Gaea

Gaea

護玄／著

vol. 1 新版

特殊傳說 1

目錄

特殊傳說
THE UNIQUE LEGEND

登場人物介紹

Atlantis 學院

姓名：褚冥漾（漾漾）
年級/班別：高中一年級/C部
性別：男
袍級/種族：無/人類
個性：非常普通的男高中生，個性有點怯懦，不太敢與人互動。

姓名：冰炎（學長）
年級/班別：高中二年級/A部
性別：男
袍級/種族：黑袍/？
個性：脾氣暴躁、眼神銳利。不過是標準刀子口豆腐心的好人～

姓名：米可蕥（喵喵）
年級/班別：高中一年級/C部
性別：女
袍級/種族：無/鳳凰族
個性：個性爽朗、不拘小節，喜歡熱鬧。非常喜歡冰炎學長！

姓名：雪野千冬歲
年級/班別：高中一年級/C部
性別：男
袍級/種族：無/人類
個性：有點自傲，知識豐富像座小型圖書館；討厭流氓！

姓名：西瑞．羅耶伊亞（五色雞頭）
年級/班別：高中一年級/C部
性別：男
袍級/種族：無/獸王族
個性：個性爽朗、自我中心。出身於暗殺家族，打扮像台客。

其他

姓名：褚冥玥
身分：一般的大一生，漾漾的姊姊
性別：女
種族：人類
個性：直率強硬，是個很有個性的冷冽美女。異性緣爆好！

一個人一生有幾次機會？

我在國中畢業升上高一的那一年，遇見了不同於任何一人的轉捩點。

而人的一生就那樣一次機會，我有拒絕它的權力，也有接受並承認它的權力。

這是一個尋找自我能力以及異世界的故事。

在這裡，所有的知識都不是知識，只有肯定了自己，世界才會肯定你。

直到今天，這個故事仍然持續發生著。

那是屬於我也可能即將屬於你的故事。

屬於我們的特殊傳說。

第一話　分發出錯

地點：Taiwan
時間：下午兩點
台中

窗外的蟬聲響起。

「各位同學，現在發下去的資料請大家一定要帶回家與家長好好看過、商量過之後，一起決定，週五交回學校……」

講台上老師高跟鞋叩叩叩的聲音來回移動著。

這是國中最後一個夏季了。

很快地，暑假和畢業即將到來。

今年國三的我，正面臨即將上高中與分發選擇等等這幾樣人生必經路程。

看著手中的成績單，我嘆了口氣，上頭的分數不管橫看豎看都是在嘲笑我。

這讓我突然想起來前不久附近某學校資優生跳樓的新聞，遺書上寫的大都是因為考不好壓力大，所以要去天堂尋找另一個美妙世界之類的。還好我不是那種資優生，不然現在成績單上的數

字夠讓我去跳樓個十次都還不夠謝罪……說不定要跳二十次。

當然，如果是我老媽把我丟下樓就另當別論了。面對著淒淒慘慘的成績單，我已經開始認真考慮回家要怎麼跟老媽交代了。

不過話說回來，幸好成績單上沒有個位數這種可怕的數字，算是不幸中的大幸。

「冥漾，你打算選哪間學校啊？」前座同學轉過頭來，對桌上慘慘赤色成績視若無睹地這樣對我問著。

那瞬間我很想回他一句，你覺得這種成績是我選學校還是學校選我啊……不過我還是忍下來了，畢竟這個同學和別人不一樣，而且完全沒惡意地單純，問話聽聽就算了。

我的名字是褚冥漾。

專長和特技沒有，若眞的要硬說的話，我的專長或特技大概就是——我很倒楣。

這麼說一點都不爲過，打從出生那一秒開始，我的霉運從來沒有停過。你聽過誰一出生臍帶居然在脖子上纏成了麻花圈，層層死結壯觀到可列爲世界奇觀之一嗎？聽說當時在醫院產房裡的醫生、護士傻眼之後馬上就放棄急救了，準備把我包一包還給家人拿去埋時，一個護士小姐不小心失手就這樣把當時已經變成嬰屍的我摔在地上；不過也不曉得是碰巧還什麼，居然就這樣一摔硬生生地把我摔活了。但是後來想想，如果我早知道這輩子會活得這麼倒楣，那時候應該叫那小姐再摔重一點，直接把我摔得肚破腸流我也不會怨她。

……說不定會變成嬰靈每天去看看她而已。

慢慢長大之後，每天每天不同的皮肉傷已變成家常便飯，除此之外還有更誇張的狀況層出不窮地發生。

例如上體育課打籃球，籃球架因爲被灌籃——而且還不是我灌的，我只是站在旁邊看而已——結果整座籃球架往前倒，還好我跑得快只被壓斷一隻腳；或是上課上到一半，年久失修的天花板整片掉下來壓到我，旁邊的同學全都僥倖逃過一劫。

還有教室窗玻璃突然被教室外上體育課的班級打來的球打碎——正好我坐在窗邊，靈異的是，我們班的教室其實是在五樓；不然就是一早到校時剛好工友在修樹，整根剪斷的樹枝砸在我身上……等等，類似此等狀況，在我漫長十來年的人生中已司空見慣了。

麻木到現在受傷都會有種「啊哈哈又受傷了」的自暴自棄感。

「衰人」這個稱號更是從我出生到現在，像甩不掉的牛皮糖一般黏在我身上，有名到幾乎連隔壁學校都知道，就連被送醫時醫生護士們都還會講「怎麼又是你」之類的話。

說眞的，我也很想知道爲什麼又是我！

超想！

「同學，魂歸來。」坐在前面那不知終極倒楣爲何物的幸運傢伙，突然抽出一捲紙往我頭上一敲，剎那間十幾年來的往事如同跑馬燈般花花地急速流過我眼前，然後我又變回了那個因爲慘慘赤色正在傷腦筋要怎樣塡志願的學生。

其實倒也不是因爲成績不好所致，大概是因爲常常受傷住院所以我看書的時間反而很多，而且個人記憶力還行，成績在班上算是不錯，每次大小考都能擠進前十名左右。可是在決定生死的大考時……該死的，我居然食物中毒！

食物中毒耶！

會不會太誇張了，明明是班上一起訂購的便當，三十九個裡面全都新鮮現做，但偏偏就我那個不新鮮，難不成是那盒便當剛好放在最上面日照到臭酸嗎？我相信命運是存心與我作對的。

毫無疑問，絕對是！

「哈哈……當然是能夠讀的學校就好了。」把第一張明星學校拿開，其實我老媽對於升學這件事已經放棄了，轉變為現在只要能有學校讀就菩薩保佑、祖先庇蔭的心態。

「這樣喔，我聽說中縣有間學校的工科感覺還不錯。」幸運同學乾脆把椅子轉過來，無視於講台上白了他一眼的老師，拿了原子筆就在我的單子空白處畫圈圈，「如果你也能申請過關，我們還可以再當三年同學哩。」圈圈裡出現了鼻子和眼睛，然後浮現某種小小的圖案。

「再說吧。」

給了幸運同學如此的回應之後，我將那厚厚一疊學校資料翻了幾次，非常後面、偏僻的角落下面有行不起眼的小字，小得讓人幾乎察覺不到存在。

是某所學校的名字。

然後，我填了。

我把那所奇怪名字的學校塡在第一志願。於是我再次體會到什麼叫作「怪事年年有、在我身上特別多」這句話。

放榜那天，所有人都開始動員全家親戚好友翻找報紙、詢問補習班、上網查看自己的資料，當然我也不例外。接著，詭異的事情發生了，那天我明明把各大報翻遍、網路查遍，就連學校也遞出複查資料了，結果傳回來的消息全都在向我說一件同樣的事：「查無此校」。

……

要耍人也要得高明一點好不好！我塡了一所根本不存在的學校？那麼那鬼校名是從哪裡冒出來的？

那本學校資料被我摔在大考中心的桌上發出重重的巨大聲響，呃，我修正一下，摔的不是我而是我姊，「你們搞什麼鬼！印這種不存在的東西給學生塡，現在又查無此校，耍人是不是！」

我必須承認我姊有氣魄多了，她比我大三歲，今年已申請進入一間著名大學。明明都是同一個媽生的，其實我曾想過是不是我這輩子的好運全都附在我姊身上，所以她格外幸運，就連前幾年大地震被招牌砸到都還只是驚嚇而沒有受傷。

重點是，受傷的那個是與她並肩出門的我！

好幾個櫃台小姐將那本資料傳了又傳，每個人看過那行小字之後，都重複同一種可以算是看到鬼般的驚訝表情。我姊褚冥玥一點也不客氣地把那本罪魁禍首從小姐的手上抽回來，重新又摔在桌上一次，「找主管來說！」她一巴掌拍在桌面上，有著極爲懾人的氣魄。

說真的，我一直覺得我姊長得挺漂亮，是那種冷冽型的美女，跟電視上的藝人啊、歌星之類的一比也毫不遜色，所以她發起飆來那種恐怖的神情也變成雙倍。具體來說，應該就像是被美麗的厲鬼索命的那種感覺，嗯，就是電視、電影上常常演的那種，有空的人可以自行觀察揣摩一下。

大概過了一會兒，那本資料又被傳到另一人手上。很明顯地，這個穿西裝打領帶的人階級似乎高了點，然後對方一邊掏出手帕一邊擦著冷汗向我姊解釋，聽說可能是印刷廠把紙張和其他資料放在一起，所以不小心蓋到之類的；高層解說人員接著拿出了另一本一模一樣的資料，翻開看，上面的確沒有這所學校的名字。

於是我姊又火了。

不小心蓋到聽起來很有可能，不過這學校的名字、編號分毫不差地蓋在選校格裡，甚至連邊框都有哩。這種可能性簡直比中樂透還難吧我想，或許今天我該去買一張來試看看，搞不好衰運負負得正就這樣給我中獎了。

從我們入門到現在已經過了三個小時，我姊將放眼所見的人罵得連個屁都不敢多放，每個人都被罵到慚愧低頭懺悔，而感覺上很像路人甲的我連一句話都沒能吭，時間就這樣在我姊啪啦啪啦的罵人聲中度過了。

很無聊……我打了一個哈欠，抬起頭，正好瞥見一個人影在外面晃過。其實外面就是人行道，別說一個人了，就算一百個人晃過都沒什麼好奇怪，畢竟這間中心還算是位處鬧區。

奇怪的是，那人是大剌剌地從自動門前面走過。

自動門，沒開。

根據我三小時漫長觀察自動門的紀錄，這門敏感到連條狗走過去都會開一下，然後從外面吹進來報紙還是垃圾什麼的，有個人走過去居然沒開？

彷彿是要證明我的疑問一般，那個人又出現在門口；這次很確定了，那扇門眞的沒有開。

……不會吧？

大白天見鬼也是衰運中神奇的一環嗎？

是說我以前也曾大白天撞見過幾次好兄弟，所以異樣地居然沒有一般人撞鬼時先尖叫後逃跑的反應。某方面來說，我還眞有點小佩服我自己。

「啪」的一個巨大聲響。

我那很有氣魄卻沒什麼良心的大姊拿著比剛剛更厚一疊的資料從我後腦勺呼下去，用力之大差點沒把我腦漿打得從眼睛鼻孔嘴巴噴出來。「你耳背喔，剛剛叫你去塡資料叫幾次了！」像厲鬼般可怕的臉孔馬上在我眼前放大，魄力更增一倍。

「啊？」我張大嘴巴，一臉茫然。

「啊你的頭！快點給我滾過去寫資料！」凶惡大魔女發出終極怒吼，我立刻全身冷汗地跑過去了解狀況。

那天最後的結果就是主辦單位也有疏失，所以把我的名字安插進去重新分發，看看還有沒有學校可以收。說難聽一點，就是看看還有沒有學校要撿剩的東西，畢竟我的成績也挺低的，低到我們全家都有心理準備會被分到只要有錢在手就可以讀的那種學校。

那天後我沒有再看見自動門外的鬼。

後來班上的一個同學聽完這件事後，就跟我說我的衰運可能正在往內腐蝕，直接侵蝕到流年八字了。我倒是沒聽過八字會因霉運變輕的啦，不過倒是因此知道了那同學的老爸職業是乩童。

就在所有人都收到入學資料的那天，我也收到了，是一所挺有名的學校。他有名的點是在只要有錢人人都可以讀，正好完全符合我家人的想像。

從此之後，註定我與幸運同學相隔兩地。

當然，這件事和這篇故事及我的將來完全沒有關係，只是順便提一下而已。幸運同學如他所願地報上了工科學校，恭喜他。

※

可是，我的衰運也不可能因此結束。

「漾漾，你的入學通知來了喔。」一回到家，那個有魄力的老姊正在一邊看她的電視節目，另一手把一個牛皮紙袋文件遞來給我。

耶？入學通知我剛剛不是才從學校拿回來了嗎？

我一頭霧水地接過牛皮紙袋，看見上面印的名字，本來第一個反應是想把它摔在地上，可是後來沒有摔，因爲那個紙袋封口上面用紅筆寫了幾個大字。

說眞的，我沒聽過有學校會這樣寫的──「摔者死！」

多麼簡潔俐落啊，簡單到讓我幾乎以爲這不是入學通知，而是寄錯的恐嚇信了，不過字體還滿優美就是。

學校名，就是那所查無此校的學校。

塡志願被擺了一道後，我查盡所有資料，連網路上都反覆查找好一陣子，還拜託朋友幫忙探聽，確定眞的沒這所學校之後才自認倒楣放棄，爲什麼偏偏在這時又出現了所謂的入學通知？

小心翼翼地避開那幾個突兀大紅字撕開封口，果然，裡面塞著的是好幾張入學報名資料，挺厚的一疊，與今天拿到的不太一樣。

最厚的那疊以文件夾好好整理起來，叫作「新生入學介紹與如何自保」，大概又是那些交通安全宣導或是小心路上壞人之類的。眞是的，都幾歲了還要每次入學都重複一次，這間學校更誇張，居然還這麼厚重一疊！

搞什麼鬼啊！我將那疊東西又塞了回去，只抓出幾張學費資料看；看來看去，居然比我今天收到資料的那間「貴」族學校便宜許多，大概要便宜上一倍吧……貴族學校果然比較會吃錢。

袋子有點沉甸甸的，好像裡面還有什麼東西，我避過那疊安全資料抓了幾下，一個不可思議的東西居然就這樣被我掏出來。

一支手機。

我揉了不下十幾次的眼睛，那支手機確確實實還是躺在我手上，沒有變成石頭還是樹葉之類的，更不可能突然變成蛇來咬我一口。是手機，活生生的手機，該不會是哪個正在包裝牛皮紙袋的笨蛋掉的吧？

不是我要這樣猜測，因爲我自己也發生過這種事，把一條抹布和生日禮物一起寄到我以前的同學家……幾天之後他又把抹布寄回來還我。

「你在發什麼呆？」節目演到一半進廣告，我姊轉過頭來問，害我連忙又把那支手機塞回紙袋裡，如果被她看到有這個東西，我還眞怕問起來會沒完沒了。

「沒有，我在想怎麼會這麼大一包。」簡直就像大型包裹了，如果每個新生都是這樣一包，那寄件的人一定搬到死。

「嗯啊，還是宅配寄來的喔。」看看好像沒有什麼問題，我姊又把頭調回去專注在她的電視節目上，然後拿起桌上的點心吃得一乾二淨。

宅配？

這下我更好奇了，究竟是怎樣的學校這麼大手筆？還有爲什麼它會是查無此校？

那天晚上我老媽特地從台中路那邊買回來好大一隻烤鴨，還下廚做了好幾道精緻菜色，可惡地說是要慶祝我好不容易竟然有學校可讀，吃得特別豐富。

於是我將兩間學校報名表上的重要事項都說了一次，一間是有名的貴族學校，一間是沒有聽

過甚至不在聯招分發中的學校；而最大的重點是，小學校的學費只有貴族學校的一半。

那天晚上，老媽就把我悲哀的一生用金錢決定好，貴族學校的通知被丟進回收箱裡，小學校得到全家人壓倒性的票數勝利。

我連微薄的抗議都發不出來。天知道那間該殺的小學校是哪間鄉下學校，報名注意事項裡還有建議住宿的字樣耶！要是如此，我還寧願去貴族學校，聽說比較好混學歷……

那支手機一直沒響。本來還等著主人自己打來找，不過卻異常地安靜，什麼詭異的聲音都沒有發出，就連想找通訊錄回撥，名單上也都空白一片。

這人一定沒什麼朋友。

「漾漾，你要住宿嗎？」我老姊一邊咬著烤鴨捲一邊問我，然後很優雅地將手指上的醬料擦掉，「你們通知單上不是有寫建議住宿。」

妳是鬼！絕對是！我姊就是如此可怕的人，那張通知單明明沒經過她手，她卻很理所當然地提問，好像老早就知道通知單上寫什麼了。「我想新生訓練時順便去看看，如果不很遠就不用住了。」開玩笑，沒先看過那小學校就住，到時候怎麼死的都不知道。

我姊點點頭，沒有繼續問。

有時候，她若有所思的那種神情比她不講話時還要恐怖。打個比方吧，你有看過魔女嗎？至少一定在電影或畫冊上看過吧，那種正要發動黑魔法殺人、陰森森想著怎樣煮毒藥的角色拿來形容我姊最恰當不過。

「漾漾，你那間學校什麼時候新生訓練？」她抬起頭，拿那雙據說會迷倒人可是卻都拿來視殺我的美麗眼眸盯著我看，說實話，挺像被蛇看的感覺。

我最後一次看到她這種表情大概是幾天前，她正在想要怎樣修理大考中心。

別吧老姊，我是妳弟耶……

「下下禮拜一。」爲了避免心臟被她盯得衰弱自滅，我立刻招了。不是沒有骨氣，相信我，如果你有個姊姊也是這種樣子，你就會明白我此時內心的感受。有時候，精神上的虐殺比身體上的虐殺還要殘酷。而我姊，就是很懂得施弄前面那項的人。

然後就看見那女人突然把左手的碗放下來，右手往口袋一抓，直接掏出好幾個上面印著ＸＸ宮絕對靈平安符之類的東西，至於裡面是不是眞的裝了平安符我就不知道了，「爲了避免你上學第一天又被時鐘砸到。」她笑得很詭異，我發誓我看見了。

這個可怕女人！

※

把最後一張相片貼在註冊單上後，我直接往床上倒。

再過幾天我就要去那所地方小學校了。

翻過身看著被我晾在書櫃上的手機，說也奇怪，一般手機不充電應該幾天就掛了，沒想到這支手機居然丟了一個星期還有電，眞是見鬼。我用力瞇起眼睛瞪著螢幕，上面居然才少一格電。科技是什麼時候悄悄進步的？這種新款的手機居然這麼不耗電，等上學之後再慮我老媽也買一支同款的來用用。

再翻過身，盯著白白的天花板。

畢業了啊，原來我眞的有畢業的一天，我還以爲以我的衰運可以讓我再多讀幾年……因爲出席率太低所以被留級重讀。不知道爲什麼突然有種感慨，畢業之後有種很茫然的感覺。因爲又要去新的環境認識新的人，然後又像以前一樣又在新的學校開始我的衰運，接下來人盡皆知，兩年之後我就會成爲全校的著名衰人。就跟以前一模一樣只是循環而已，我從小學、國中都是這樣過來的，已經很習慣了。

我在想，如果命運眞的很討厭我的話，幹嘛要我這麼衰，直接給我死一死不是還比較乾淨俐落嗎？不過可惜偏偏就是死不了，不管刀傷撞傷擦傷摔傷火傷還是啥五花八門的傷我都有過了，就是死不了。

唉，這也是一種衰啊。

就在我胡思亂想的同時，門板外傳來叩叩的敲門聲，我立即從床上跳起來拉開門，一點都不意外地看見我老姊站在外面，還是那副吊兒郎當的模樣。

我老媽常說其實我們倆是生錯性別，我也這樣覺得。

生錯性別的女人吹出葡萄口味的泡泡看了我一下，然後才緩慢地舉起右手，「蛋糕。」她說，手上提著某著名點心屋的小紙盒，藍色的，有甜甜的糖粉味道。

這種狀況我家人早就司空見慣，我老姊大概從國小以後就沒缺過所謂的追求者，有追求者就會有禮物，已經持續了好幾年，從小孩子時期的小手帕、紙娃娃，一直到現在走在路上還會有不識相的路人甲乙丙想拿錢包養她。

喔、對了，前面忘記提，我姊是空手道黑帶，今年在大專院校聯合比賽中拿到女子組冠軍。

我媽常常說不曉得我姊腦袋在想什麼，我也這樣覺得。

「吃不吃？」泡泡破了，黑帶魔女發出了不耐煩的問句，這種時候我最好趕快回應她的話，不然接下來破的不會是泡泡，大概是我。

「好啊，謝謝。」接過那個不算沉的小盒子，估計裡面大概是六吋大小左右的蛋糕，不知道又是哪個笨蛋進貢來的。

她嗯了聲，然後又像來時一樣一點聲音都沒有地往樓下移動。

轉過身，我把房門踢上，兩手忙碌地拆開那蛋糕小盒。不出所料，裡面是塊很精緻的香草奶油蛋糕，上面還有點心屋的名牌落款，用黑色巧克力畫上去的，看起來很乾淨俐落。

話說回來，我姊其實最討厭的東西就是蛋糕，恰好跟我相反。不過討厭歸討厭，只要有人送，她就會收下來，老媽唸過好幾次了她還是充耳不聞，於是我家幾乎天天活在以蛋糕餅乾為點心的生活中。

其實，我還眞的不太了解我老姊。

第二話　撞火車

地點：Taiwan
時間：上午六點二十分
台中某火車站

結果，直到最後一天晚上我還是找不到這所學校究竟是什麼學校，不管在網路上還是在任何學校資訊中，不相干的倒是查了一大堆，熬夜看了一整晚，現在精神極度衰弱中。

看著眼前清晨一派和平的美麗風光，我有一種非常、極度茫然的感覺，完全不知道自己大清早站在這裡是要幹什麼。

一大早起了床，我便照著通知單上的路線圖來到火車站，到這時我才發現一件詭異的事——這張單子上只有標註火車班次，卻沒有學校地址。就連通知書的宅配單地址欄也只填了郵政信箱，沒有實際的門牌號碼。基於之前被這間學校耍著玩的種種，通知單上不知道是不是真的忘記印地址這件事，我的反應比自己想像的還要來得冷靜。至少它還有記得教人要搭哪一班列車就好了，反正鄉下地方學校一定不多，到時候在路上隨便找人問問或是去警察局問，應該都可以找到路。

台灣就這麼丁點大，我就不信它還能蓋到哪裡去。

大清早的車站，人其實非常地少，更何況這地方是比較偏遠的小站，自然不像市中心那樣不管何時都是人來人往。月台上包括我在內就只有三個人——一個等著要轉車的阿婆，五分鐘之後她坐上了一班車離開了；另一個是個女生，高高瘦瘦的，穿著今年很流行的民族風服飾搭上幾件串珠飾品，看起來應該和我老姊差不多年紀，大概是某校的大學生吧？

是說大學生有這麼早上課的嗎？不是聽說大學生都沒有鬧鐘這種東西的？

就在我偷偷打量對方時，那個大姊猛地轉過來，突然對我笑了一下，我立刻把頭低下去，絕對不是因為害羞的關係，打死我都不承認。

「同學，你要去參加新生訓練嗎？」漂亮的大姊靠了過來，我才發現她說話帶了點口音，有點外國腔，不知道是從哪邊留學回來的吧？

「妳怎麼知道！」這是我第一個反應。

大姊指指我手上的牛皮紙袋，「我也正在就讀。」她又笑了，微勾的眼睛看起來彷如一潭深水，看久了好像會溺死在裡頭還令人不自覺……

似乎注意到我發呆了，大姊將視線轉開，「學園裡可以從高中直升大學，以後也多多指教囉，學弟。」

有那麼一瞬間，我覺得大姊的眼珠好像變成綠色的，可是當她轉過來微微笑的時候，的確是黑色的，就像我的一樣。大概是我又開始產生幻覺了，最近還真是經常作白日夢，「學姊妳好。」不知道算不算是反應快，我立刻就蹦出這麼一句。

那位學姊還是彎著柔柔的笑，然後點點我手裡的紙袋，「將裡面的安全手冊都看過一遍了嗎？」不知道是不是錯覺，她的聲音越來越柔軟，像是羽毛枕頭那種綿綿的感覺，感覺很舒服，跟我姊平常說話的感覺就是差很多。

「看過了。」其實我壓根沒看，可是不曉得爲什麼在這個學姊的眼下，我居然不敢說實話。

學姊點點頭，還是笑笑的沒有多說什麼，那個笑，怎麼看怎樣古怪。

一個巨大的車鳴聲傳來，以現在的時間來看，這輛列車只會經過，並不靠站，整個小月台都被聲音震得嗡嗡響，腳下傳來一點點波動的感覺。這時學姊突然立刻站起身，整頭長髮被風吹得四散開來，「車來了，快點跟好，不要走失了。」她說，抓著提包就急急忙忙地往外衝去。

跟好？

我愣愣地跟了上去，外頭不遠處的鐵軌方向有著小小的車頭黑點，逐漸往這方逼近，還鳴著震天的車笛聲響，用某種很強的氣勢直接飆過來。

那輛車這站不會停的。

瞪大了眼睛，我就這樣看著眼前發生的事情——那位學姊抱著手提包，就這樣往月台下一跳，然後慢慢地轉過頭回眸，一雙漂亮的眼睛還帶著疑問，好像是問我爲什麼不隨她一起跳下來。

自強號撞上去了，一瞬間我的視線就花了，什麼也看不見。

※

巨大的風壓颳得我的耳朵很痛。

我的雙腳在發抖，抖個不停，整個人震驚到腳軟得快要站不住。幾秒前還在和我講話的女孩子跳下月台、被火車撞上去，就像電視或動畫上經常見到的橋段，可是今天卻活生生地在我眼前上演，我只感覺到渾身發冷直打哆嗦。

一瞬間火車立即呼嘯而過，像是完全沒有察覺到撞死人。沒有看到漫畫中描述的血花飛濺、屍肉橫噴，也沒有被撞死時發出的輾屍體聲音，我的腦袋裡一片空白。

月台上只剩下我一個，我完全提不起勇氣走過去看看鐵軌上的慘劇，也怕一看早上吃過的漢堡會馬上從胃裡噴出來。

有人死在眼前……平常看電視、報紙那些新聞裡面有人跳樓或撞火車自殺時，都只保持著看好戲的心態，偶爾還會指說這個人真笨，腦袋不知道在想什麼，更有的時候還是全家佐飯菜一起吃的精神配料，可是真的在眼前發生了，那種無力昏眩的感覺完全是沒經驗的人所無法體會的，整個腦袋都是黑黑白白的一片，然後又混雜在一起。

現在該怎麼辦？要先打電話報警才對……還是先告訴在外面的站務員……全然混亂，現在要做什麼事情？

把我從失神發呆狀態叫回來的，是突然作響的手機鈴聲，那支收到後至今只少了兩格電源的不知名手機發出很大的聲音，「喂……喂？」我下意識地將手機拿出來，腦子還是空空一片，只把手機放在耳朵旁邊，眼睛瞪著那個女生跳下去的地方。

「你怎麼沒跟著撞車！」手機那端突然傳來極度不耐煩的聲音，很年輕，是個應該大我不了多少的男生聲音。不過重點不在這裡，在他說出來的那句話。

跟著撞車？

我張大嘴巴，錯愕三秒，「什麼……跟著撞車？」那瞬間腦袋裡突然想到的，是這支手機的主人不會是教唆自殺犯吧？一想到這裡，我全身的雞皮疙瘩都冒出來了，神經質地四下亂看，就怕突然從半空中伸出一隻手把我也推下月台。

我還年輕，完全不想結束生命啊！

「我睡晚了，叫朋友順便繞過去把你接過來，你居然沒跟著跳！」手機那端傳來嘖的一聲，感覺好像還想說些什麼不過打住了。

跟著跳？

第二個浮在我腦中的，是這支手機不會直達地獄吧？然後其實它的主人是個死神，現在的我正在跟一個要我死的死神講話，他還叫了另一個女的和我一起死順便把我帶去陰間，只是我沒有注意到那個女生要傳達的訊息所以沒有跟著一起殉情，不是，我是說直通地獄雙雙死亡。不要以為我在亂想，日本漫畫裡都有死神把筆記本丟下來了，現在丟出一支手機有哪裡好奇怪的。就算他要丟出一台電視還是丟出一台洗衣機什麼的，一定都會有他的理由，所以就不用想太多了，反正死神的腦袋一定不是我們正常人類可以理解。

手機那一頭的人顯然很沒耐性，也不等我做出反應就繼續說話，口氣還很命令式的：「算了，我過去接你，給我待在原地不准亂跑！」

啪一聲，手機斷訊，只傳來嘟嘟的聲音，我發毛了，從腳底直接冷到腦門。他說要過來接我耶……

難不成這就是代表我這輩子只能活到今天了？雖然我常常抱怨說一輩子如果要這麼衰還不如早死早超生得好，但是老天，那是抱怨啊！不代表我眞的想快點死，你是分不出來什麼叫抱怨嗎？

月台空蕩蕩的，只有我一個人，風吹來，一團垃圾從我腳邊滾過。

我馬上要死了。

可是我不知道遺囑應該寫什麼。

※

不知道抓著那支手機在原地站了多久，直到有個很細的聲音從我身後傳來。

所以俗話說的果然沒錯，人在精神極度緊張的時候往往最能發揮自己的潛力，我大概用不到零點幾秒就馬上回過身，快得連對方都愣了一下。

對方愣完馬上換我愣了。

其實在台灣甚至是台中來說，外國人並不罕見，平常在路上都會有好幾團從你身邊晃過去還會向你打招呼，也早就習慣了。可是我沒有見過這麼好看的外國人……說是外國人，他的五官輪廓卻都還是像東方人的樣子。

長長的銀白色頭髮直到腰部，柔順得可以和電視上洗髮精廣告那些模特兒相比，然後額邊挑染了一綹像是血一樣的妖異顏色，很明顯地，這人是匆匆忙忙趕來的，細細軟軟的長髮居然只用平常綁便當那種橡皮圈隨便綁一束在腦後；紅色的眼睛像是珠寶店陳列的寶石一般，讓人很想摸摸看到底是不是眞的。

五官整體上來說比剛剛那個學姊還要漂亮很多，感覺就是精緻兩個字，有點像是藝品店賣的陶瓷娃娃，可是卻帶著某種可怕的冰冷氣息，尤其他還直勾勾地瞪著我，感覺也是和我姊一樣會用視線殺人的那種同類。他的皮膚很白，白到都幾乎有點像是死人的顏色，但還是看得出來是活人的白皙，與全身的黑色制服一比，顯得更是極度地詭異。

有點可怕……其實很大點。這個人不太像人類，比較像漫畫上那些美型的妖怪鬼魂。

「你這遲鈍的傢伙！」他開口了，標準的中文，與那支手機剛剛傳過來的聲音一模一樣，用膝蓋都可以猜到他就是適才那個要帶我去死的死神。是說……現在的死神還這麼注重視覺美感嗎？如果是這樣，我還眞有想把死神都看過一遍的好奇和衝動。

「死神大人！」搶在他之前開口，天知道他下一步是不是直接把我殺了然後把靈魂拖出來帶

走，「我還沒想好遺囑，再給我一點時間好不好，不耽擱您的工作，馬上就好了。」只差沒跪下來求他了。

遺囑上至少要寫個天要亡我，家裡人才知道這不是意外死亡啊——！

「死神」突然用一種看神經病的眼光看我，然後從他黑色褲子的口袋裡拿出手機，就與我現在手上的款式一樣。大概是我太害怕了，所以沒聽清楚「死神」和對方說了些什麼，隱約只聽見幾個問句，什麼「確定今年沒收到神經病嗎」之類的話。他的口氣不怎麼好，講話冷冷的，沒什麼起伏，然後我終於第一次知道，原來「死神」也會有起床氣跟低血壓這種東西。過了一會兒，像是確認好後，「死神」把手機一關又轉過頭來盯我，詭異的紅眼睛已經不像珠寶了，像是血淋淋的獸眼。「他們要再開一次校門，如果你再沒進去也不用註冊了。」口氣很差，極度地差。

註冊？

我終於發現到這個還滿切身的字眼。這下子才看到「死神」身上穿的黑色制服，還有手腕上袖口別著的類似徽章的東西。

那不就是我未來學校的校徽？

我整個墜入了一團迷霧之中。

「還有十分鐘下一班電車才會來。」看了下手錶，「死神」又發出有點不爽的聲音，然後紅色的眼睛瞪了我一眼，逕自就在月台上的候車椅坐下，整個動作一氣呵成、自然流暢，果然人長得好看就是不一樣，連坐下的動作看起來都很賞心悅目，說不定連摔倒都會讓人想拍手。

等等，這個不是我現在應該注意的事情！還有十分鐘？也就是說我還有十分鐘可以寫遺囑囉？

當下也不管他身上佩了校徽到底代表什麼意思，我連忙從背包中拿出紙筆。對了，聽說要先安排一下自己的東西，還要告訴家人不要太難過之類的……現在我突然有種慶幸的感覺，還好我不像以前國中有些同學私下會偷買A片和黃色書籍藏在房間裡，要不然我老媽幫我整理東西時，表情一定會很精采。

本來坐在椅子上閉起眼睛可能是要補眠的「死神」，又半睜雙眼看著我正在寫遺囑的舉動，好看的臉上浮過一點疑惑，然後他放棄補眠，湊過來看看我一邊嘆氣一邊寫著的白紙是什麼。

等他看清楚最上面寫的是遺囑兩個大字的時候，我正好寫到「如果屍體太過支離破碎請幫我收集好不用費事拼了，直接火化比較省事」的文字。「你已經有自覺要先寫遺囑了嗎？」冷笑了一聲，「死神」毫不費力地把我洋洋灑灑寫了一大半的白紙抽過去，力度輕巧得竟然讓我完全沒有察覺，只是一眨眼東西就已經被他拿走了。「不過放心，如果不是死得太離譜的話，基本上都還是有希望復活的。」他轉過來，紅色的眼睛笑笑的，讓我看得毛骨悚然。

難不成他還要讓我無限復活、無限被車輾才甘心嗎？

我居然遇到一隻變態狂死神！蒼天不仁啊！

三秒後，我決定與其都要死了，還不如自己先死，死得乾淨俐落也不想被這隻變態死神玩弄！

鐵軌在震動，下一班火車就要來了。抱著一定要被輾碎的必死決心，我用力閉上眼睛，使出中午一定要搶購到便當的速度用力往月台的那端衝去，也就是剛剛那個學姊慘死的地方。

轟隆的聲響就在眼前，我想這大概是我這輩子做過最有勇氣的一件事，也是最轟轟烈烈的一件大事。

⁂

一秒後，我的悲壯煙消雲散了。

火車嗡嗡的聲響直接在我頭頂掠過。我偷偷地睜開眼睛，同時也注意到自己的衣領給人拽住，抬頭一看，那個「死神」輕鬆地拉住我的衣領，就差那麼一步我的願望就達成了……含恨！

「死神」看了我一眼，倒是沒什麼奇怪的表情，只是在車過之後放開手，不痛不癢地丟過來一句話，「你衝錯了，要撞的不是這一班。這個撞下去之後你可能會直接往生，也不用復活了。」

什麼！要死還要限定班次是嗎！什麼時候劃好位的？

我跪坐在月台上，任憑黑線陰影滿布在我身上，如果這是一本漫畫的話，現在應該還要有鬼火在我旁邊飄，然後燈光影子拍得淒美悲慘，這就是我人生最後燃燒的小光輝。

說到鬼火，等等……剛剛要衝的時候沒有想太多，現在才注意到——輾死一個人的月台理所當然應該會被噴點血的是吧？

我看來看去，四周乾乾淨淨的，一個巨大疑問像是黑色漩渦般不停啃噬著我的良心，製造出更多該死的好奇心。抖著手往旁邊爬了爬，我作出最高的心理準備，然後瞬間一秒瞪眼看過去！

照理來說，現在映入我眼睛裡面的東西，應該是具殘缺不全的屍體或是屍體碎片才對，要不然也該有顆被輾一半的頭用她死不瞑目的可怕眼睛瞪著我，或者是一個腦還是腸子噴在旁邊；接下來應該換我尖叫，然後受不了刺激兩眼翻白往後昏倒。

我是尖叫了。

但原因不是這個，月台下什麼都沒有，所以我尖叫了。明明我親眼看到一個活生生的人跳下去，怎麼可能什麼都沒有？

底下乾乾淨淨清潔溜溜，只有一片樹葉飛過去。

「鬼叫什麼！」不知何時站在我背後的「死神」用捲起來的遺囑突然往我腦後敲下去，那力度和角度還有準確度完全不輸我姊，強悍的勁道差點把我打得一頭栽到鐵軌上面去臥軌。

「什、什麼都沒有……」有那麼一瞬間，我忘記眼前那個很好看的人是「死神」，就抖著手指著月台下面，用著像是被電到一樣的聲音回答他。

於是死神的臉和額頭浮起了青筋，照我想，他應該是覺得自己被耍了。

果不期然，我的眼前突然出現了鞋底，直接往我臉上一腳踹下去，「靠！」

「死神」只給我一個字，接下來的我沒聽清楚，因爲我被踹得頭昏眼花所以聽不清楚，不過他應該是沒罵更多髒話了，因爲等我好不容易聚焦之後，他已經離我有一段距離，正在旁邊的飲料販賣機買飲料。我沒看過「死神」喝飲料，而且他居然喝蜜豆奶耶！眞是讓人倍感親切的童年飲料，原來死神也會喝這種東西啊。

「拿去。」他彎下身抽出兩罐蜜豆奶，一罐往我這邊拋過來，「喝一喝看看腦子會不會清醒一點。」還附上這句。

我大概是全世界第一個被「死神」請喝飲料的人，現在我應該是要覺得榮幸還是……？

「死神」就靠著飲料機旁邊坐下，可能是因爲他衣服夠黑所以也不怕弄髒，長長的銀髮貼在飲料機的展示玻璃上，裡面的小燈一照上來，轉變了帶著點透明銀亮的髮色。如果他不是死神，現在安安靜靜喝飲料的畫面給人感覺像是畫冊中的天使，就差沒有一雙銀色透明的翅膀。

那十分鐘大概是我這輩子最難忘的十分鐘，我和一個漂亮的死神喝著同一種飲料，在同一個月台上，呃……等死。理由還是有點詭異。

不知道死掉之後他把我靈魂拘走，是不是直接帶去地獄？

有點擔心地偷偷看過去一眼，然後我又愣住一次了。那個死神居然喝蜜豆奶喝到一半突然睡著，還是靠著飲料機睡，半截吸管就叼在他的嘴上，另外一邊接到蜜豆奶罐子裡。

當死神果然很累吧？連拘個魂都要趁機睡一下。

我看了一下時間，大概還有一分鐘火車才來。

偷偷移動了步伐，我稍微靠近了「死神」一點，不曾這麼接近觀察這種東西，呃，剛剛的鞋底不算。

「死神」的睫毛很長，像是娃娃一樣覆蓋在臉上，那一撮紅色的髮半掛在他的臉側，隨著他的呼吸還會飄動。奇怪，「死神」會呼吸？我還以為翹掉的那種靈體類應該是沒有呼吸的，此知識來源於各大漫畫電影電視。

又是一個重大發現。我開始考慮要不要拿支筆寫在月台上，就算我往生之後，如此重大發現一定也可以供給後人參考。如果我有學過素描的話，現在第一件要做的事一定是趕快把「死神」的肖像畫下來，如果每個「死神」都長得這麼好看，被他牽著去地獄應該也不是什麼可怕的事，不過如果他牽著走去的是天堂一定更好。

再怎麼說大家多少還是喜歡天堂更勝過地獄的，不是嗎？

月台下的鐵軌突然開始震動，火車來了。

那瞬間，我見到紅紅的眼睛突然睜開，然後「死神」俐落地從地上跳起來把嘴巴裡的吸管和罐子往旁邊的回收桶一丟，我眞該稱讚他還滿懂人界規矩的，知道要分類。

「快衝！」他叫著，看到我還慢吞吞地動作，就跑過來一把把我從地上拖起來。

來的仍是自強號列車，這站沒有停。我知道，它就是要輾過我的火車。

就算作好了無數的心理準備，被「死神」抓著跳下月台的那瞬間我還是尖叫了，而且自己都覺得叫得像是被殺的豬，只不過差別是豬是被刀殺，而我是被火車輾。

所以，我還是很怕死，怕得要命。

然後我看到火車頭撞過來。

下一秒，我失去了意識。

❀

我可能作了個惡夢。

夢裡因爲我不小心看到死神班車，所以死神特地過來拖著我一起撞車去死；接著被撞上那秒我靈魂出竅，看到自己被撞爛成泥水。火車緊急煞車，車上的人發出尖叫，然後在旁邊指指點點地看戲；接著我家人接到警方通報來給我收屍，而因爲我的屍體撞壞了火車，所以同時收到一張天價般的鉅款賠償單。

然後守靈的那一晚，我老媽一邊給我燒紙錢一邊拿鞭子鞭我的骨灰罈洩憤。

人生就到這邊完結，大概是這樣吧。

我的人生還眞是簡短，一切都充滿了無解的問號。

……

當我幽幽轉醒的時候，看見的是滿天白花花的一片，然後有盞日光燈，關著的，燈下面掛著一串淡藍色的海豚風鈴，不會動。室內有點冷，感覺上應該有開冷氣，我整張臉被吹得冰涼涼的，還有點痲痲刺刺的感覺，然後還有消毒水的味道。這味道最熟悉不過了，每次我倒楣受傷之後一定都會被路人或家人送上醫院，一個月裡不曉得要聞幾次。

……等等。

醫院？

理智與思考能力馬上重回大腦，讓我想起失去意識前發生的事——雖然我很不願想起，因為太詭異了。明明就是上一秒才撞火車，怎麼下一秒醒了就變成在醫院？

天啊！不會是沒撞死吧？這下慘了，依照火車那種速度，若沒被撞死，那一定逃不了變成重殘的命運，搞不好其實我已經變成一種名為植物人的狀態，現在能動的就只剩下這粒腦子……還有，跳到火車前面自殺，沒死還弄壞火車不知道要賠多少錢……

一醒來知道自己沒死成，我實在高興不起來，想到事實的殘酷之後，我就開始有點抱怨那位死神大人怎麼沒讓我好好地往生，這樣把我家賣了都還不夠賠火車啊，眞是有夠不敬業的。

等等，話說回來，都已經看見了天花板……

我嘗試慢慢地移動了頭部，居然順利轉動了，接著我看見床邊有個銀銀白白的東西像潑出去的水一樣灑翻了滿床，其中還摻夾了好幾條紅，感覺像是什麼蟲似地，然後銀白色一絲一絲的東西下面有張被遮了一半的臉，靠在手臂上。

那個死神正趴在我床邊睡，看起來好像睡得很熟的樣子，旁邊放了一個小盒子，不是我的東西，應該是他的。果然我還是死了嗎？我連遺囑都沒寫完，就這樣結束了我衰尾的一生了是嗎？

唉……

不過話說回來，這個死神大人長得眞的很漂亮，睡覺的時候也很漂亮，那種詭異的冷冷殺氣不管醒著還是睡著都存在，讓人不太敢打擾他。他不是那種女生的漂亮，也不是男生很娘的那種漂亮，怎麼說，感覺還滿中性的，有種無法忽視的強硬氣勢，不過還是可以確定是男生無誤。就在我這樣想的同時，病床旁的拉簾突然被無預警地用力拉開，發出了很大的「唰」一聲，整個室內立即迴盪著聲響。

我看見一個獅頭，呃……其實是個頭髮有點像獅頭的傢伙。那是個高高壯壯的男人，衣服下有明顯賁起的肌肉，很像電視上那種很壯的武術選手，不過不是健美先生那種鋼鐵油亮肌。他有著外國面孔，褐色挑染的長髮蓬起像獅子的頭，後面則是用一些奇奇怪怪的裝飾綁了好幾個串辮。

他給人的第一個感覺，就是像華麗土著……咳，至少對我來講是這樣。

那個男人看了我一眼，用很奇怪的眼神，若硬要形容的話，有點像是被蛇盯上那種令人起雞皮疙瘩的詭異感覺。然後蛇人土著把視線移向正在沉睡中的死神。

原來他們是同伴？

就在我這麼以爲的同時，下一秒，彷彿嘲笑我太天眞的事就這麼迅雷不及掩耳地發生了。

那個南美洲蓬毛怪人突然張大了手，像是要一把抓起小雞一般往我的床邊撲下去。如果這一下夠用力的話，我相信床一定會被他撞得彈起，然後躺在上面的我立刻不用一秒就會飛出去，接著撞到牆壁上以大字形摔下來。沒錯，就是那種經典漫畫橋段。不過這兩件事都沒有發生。

那隻「小雞」的動作更快得多，像是一陣颶風。白色死神不曉得什麼時候醒的，一把撐著我的床側，用一種違反人體工學的速度和姿勢翻高，然後迴旋了一圈，一腳就往土著的臉上踹下去。

土著被踢飛了。

我懷疑這個死神有用腳施暴的習慣，因為就在不久前我也被踹了一次。

死神的臉還有點睡後呆滯，臉上有銀白長髮壓出來的一條一條痕跡，紅紅的眼睛呆呆地看了我一下，好像沒有意識到他方才痛扁了一個土著的行為。

一切都是反射神經……是嗎？

那個居然沒被踢死的獅子土著哀號著從地上爬起，然後嘴巴裡唸出了長長一串我聽不懂的外國語言。其實也不用聽懂，他肯定是在抱怨，而且臉上還有兩管可笑的鼻血噴出來，看起來非常狼狽。土著用力抹了抹臉，鼻血整個散開，更好笑了。

這次，死神終於清醒過來了，原來迷糊呆滯的眼睛瞬間狠狠地瞇起，抿著嘴巴一句話也不說地瞪著那鼻血土著看。連我都看得出來這種表情是種警告，可那土著仍是哇啦哇啦地唸出長串抱怨，接著還擺出奇怪的挑釁表情。果然不出所料，五秒之後土著又被踹回原位。

「你昏醒了？」死神轉過頭來，口氣非常之不好地對著我問。

連忙用力點頭，「我在陰間嗎？」這地方怎麼看都不像人間，可是我又還能感覺到痛，可見應該還沒掛掉。八成是我沒死成又昏倒，眼前的漂亮死神不知道該怎麼辦，就先把我連人帶魂拖

回來再做打算……

紅紅的眼睛瞪了我一眼，接著他居然冷笑起來，「如果你要當這裡是陰間也無所謂，不過我可以跟你講，你最好要給我有心理準備，如果你只是覺得好玩來混的，這裡肯定會比陰間還要難待幾百倍。」薄薄的嘴唇吐出來的每個字都是讓人想瑟縮的恐怖。

好毛啊，我覺得整個人都在發毛。

又沒被踹死的土著竟然重新爬起來，這次他不敢招惹死神了，畏首畏尾地爬到我床邊，像個蓬毛的大熊朝著我直笑，「同學，睡一覺好一點了沒？」然後他拿起一旁的水壺自己給自己倒了杯茶，有顏色的，看起來好像不是普通的開水。

我很訝異，土著居然說中文？現在陰間拘人都還要先學會多國語言嗎？他們的業務競爭還眞是激烈。「好、好一點了。」至少清醒點了，可以繼續接受我命休矣的打擊。

土著又笑了，很海派地咧嘴笑，看起來很爽朗也很舒服，「那很好，你錯過入學典禮，至少要到教室逛逛。」

入學典禮？教室？我抬起頭，下意識地看著漂亮的死神。雖說他很凶啦，不過相處至少有一早上了，我相信這死神應該人不錯，不然他就不會請我喝飲料了。

死神正在整理他身上的黑色衣服，長長的倒像是制服大衣，又像是軍袍，整個就是乾淨俐落，而且不知道爲什麼，穿在他身上整個殺氣就是很重的樣子。這次眞的看清楚了，他胸口釘著一個徽章，黑色底金銀色浮雕交繞，上面有我今天要入學的那所學校的徽印。

一連串的事情好像隨著校徽慢慢串聯在一起。從那女孩說自己是學姊、跳了火車開始，接著死神出現到現在……所有的謎底都指向同一個地方，令人完全震驚的事實出現了！

「原來我報名的是死人學校……」這是我的總結論。

嗚，好想哭。

正在喝茶的土著噗了一聲，茶水全吐在床上，白色的床單一秒馬上出現了傳說中超難洗的茶水印子。

紅紅的眼睛瞟過來，冰冰冷冷的，和早上很像。

「靠！」一個鞋底不用半秒就出現在我眼前。

第三話　學長與校園保健室

地點：Atlantis
時間：未知

「這裡是Atlantis學院。」

就在土著將被茶噴濕的床單收走後，死神點著身上的徽章這樣告訴我。我這才注意到，不止他的章有校徽，就連我躺過的枕上也蓋了那印。那個印上的圖案，應該說是圖騰，中心的東西像是魚又像是鳥，之所以不確定是因爲它張開的東西看起來很像魚鰭又很像翅膀，分辨不出來，兩邊是交纏狀似藤蔓的東西交纏，周邊的圓框是我看不懂的爬蟲文字排列而成，看起來就是一種很神祕的感覺。

「這裡是保健室。」像是要抗議一樣，蓬毛土著一邊將被單塞進一個大大鐵製的垃圾桶還是回收筒之類的東西一邊喊著。

死神用紅色的眼睛惡狠狠地再度瞪了他一眼，然後回過頭，「Atlantis學院包括你們所說的小學、國中、高中，一直到研究所都有，招收的學生自世界各地而來，因應各種需求，有各式各樣不同的科目。」他看了我一下，勾起冰冷的笑容，「不過我建議你最好先選修精神科，先把自己

的腦袋醫好。」

我還是呆呆地看著死神，不、已經不能說是死神了，就在一分鐘前我才知道原來他是人，也同樣是學生。只比我大一歲，天啊！

那瞬間我心中出現了無聲的吶喊，倒不是針對精神科有什麼意見，而是平平都是這個年紀上下，爲什麼看起來會差那麼多。「那個火車……」我張大嘴巴，一時不知道該問什麼，只想起迎面衝來的火車。爲什麼我撞了火車之後就會到學校了？

也被撞飛得太遠了一點吧！

「校門口就放在火車前面，每天只有三個班次，錯過了你也不用來了。」將橡皮筋拉下重新綁起白色的頭髮，已經從死神降級到人類學長的他這樣告訴我。

「校、校門口？」這次我是眞的整個人呆掉了。

「這次是火車還好，上次居然放在飛機頭，還要想盡辦法混進機場撞飛機，差點沒鬧出笑話。」把被子丟好後土著咧著笑容走過來，手上多了三瓶罐裝飲料，上面是我看不懂的文字，不過從印的圖色來看應該是柳橙汁，畢竟不可能外面印著柳橙結果打開是鳳梨汁吧。「一堆機場警衛追著學生跑，眞可說是一種世界奇觀。」

撞飛機？我將注意力從罐子移到他身上，其實我心中期盼的是剛剛耳朵抽筋聽錯了。不知道是不是語言文化差異，從剛剛開始他們說的事情我沒一件聽得懂，什麼校門在火車、飛機頭，怎麼想都覺得是騙人啊！

我混亂了，被莫名其妙的什麼飛機火車交通工具弄得滿頭都在混亂。

學長相當順手自然地奪過兩瓶飲料，技巧性地竟然完全沒碰到土著，然後他將其中一瓶拋給我，「撞久了就會習慣了。」啵地一聲打開瓶蓋，傳來了果香的味道。

我確定這句話應該是在安慰我，可是怎麼聽都覺得很奇怪，手上傳來冰冰涼涼的感覺，提醒我現在聽見的全部都是眞實，不是在作夢。「我、我聽不懂你們在說什麼。」用力鼓起勇氣，我終於大喊出來，可聲音一脫離嘴巴馬上變成很小的貓叫聲，「學校、學校……」我想問的是這到底是什麼學校？所有事情都超過我的理解能力，包括他們的對話。

學長挑起眉，然後像是思索了一下。

幾秒後，柳橙汁的罐子被放在一邊，紅紅的眼睛來回看了我很久像是在確定什麼，然後他才慢慢地開口：「我問你，你知不知道Atlantis學院是什麼樣的學校？」

是什麼？不就是超便宜的鄉下學校嗎？我很想這樣講，可是紅色的眼睛很可怕，所以我用力地搖了頭。

學長哼了一聲，臉上的表情很明顯地轉變為「好死不死居然被我猜中」的那種。

「同學，你不知道Atlantis是什麼地方，居然還敢入學，眞有勇氣。」土著拉開飲料罐，一邊喝一邊對著我笑，「已經很少有這種學生了。」

不知道是不是我多心，那個笑容裡總讓我感覺有種看好戲的成分。不是我對人的成見太深，因為那種笑容從以前到現在我看過很多次了，大部分都是我很倒楣遭受天災人禍時，旁邊站著看戲的那些人常有的統一嘴臉。

「不就是一般學校……？」剛剛我還以為應該是死人學校，不過已經被否認掉可能性了，那它究竟是什麼學校？不會是專門培養黑道殺手之類的那種什麼暗之校園吧？

看著眼前的學長和土著，有幾秒鐘這個可能性差點在我心裡演變成真實。

「Atlantis學院是……異能學院。」學長看了我一下，像是怕我難以理解，於是他做了一個動作——他將手掌放在柳橙汁罐上，就在我以為他是手痠想要抵著東西休息一下的時候，那罐子竟然就在我眼前融化了。沒錯，融了。就在學長黑色手套的掌心下面，包裹著柳橙汁的鋁罐像是被熱包圍的冰霜一般急速融化，完全違背了什麼自然常識原理，幾秒後黃色的果汁爬滿了整張床墊，還傳來了土著的哀號。

我瞪大眼睛張大嘴巴，一時沒反應過來自己看到了什麼，整個人驚愕。

「異能開發學習學院，Atlantis。」學長笑了，依舊很冷，「歡迎啊，學弟。」後面那兩個字咬牙切齒地加重了。

獅子頭土著表情哀怨地將那床被柳橙汁染色的床單收下來，可以預估他今天要送洗的東西一定很多，「歡迎哪同學，我是保健室的輔長，羅林斯．提爾，中文名字則叫作鳳柩。」

「鳳柩？」好奇怪的名字。我看著眼前的獅子頭土著……呃，應該是輔長先生，他看起來一點都不像鳳，怎麼當初沒想到要取獅鷲這名字？至少諧音還滿符合他的外表形象。然後我立即想到我忘記說出自己的名字，「我、我是褚冥漾。」下意識地看了一眼學長，他一句話也沒說，視線不是正在對話的我們兩人，而是放在另一邊的窗外，好像被什麼吸引了注意力。

獅子頭土著喃喃唸了幾次我的名字，其中夾雜著幾個聽不懂的語言，很明顯地，他可能是在抱怨中文翻成外文怎麼這麼畸形難唸。不好意思我名字很難唸，連我自己都這樣覺得，而且因爲筆劃很多所以還很難寫。

就在我轉頭想找那個漂亮學長搭訕，不是，是問名字的時候，突然那扇窗外傳來驚天動地的巨大聲響，大到連室內的地板都在震動，原本獅子頭土著喝到一半擱在一旁的柳橙汁被那震動震得摔在地上，濃稠的橘色擴散著，像是咧了嘴似地嘲笑。

獅子頭土著發出二度哀號。他今天可能有水難之相，跟飲料犯沖。

然後我突然想到，不管是天塌下來還是地震之類的，現在應該要做的事不是看著蓬毛土著哀號，應該是趕快找個地方躲起來或是撤離建築物吧！

我突然注意身旁的學長一點反應也沒有，好像沒感覺到強震的樣子。

拜託，屋子如果眞的垮了會壓死人的！

「你幹什麼？」

就在我一把抓起學長的手要往逃生之門衝去的那秒，冷冰冰的聲音立即傳來，那隻手掌的主人發出絕對警告，好像是我下秒不放開，就會剁了我的手。命跟手都一樣重要，所以我放開了。

不知不覺間，那個聲響停了，只有十來秒的時間，可是還稍微有點餘震，沒仔細靜下來感覺不到的那種。我一邊接收那雙充滿殺氣的紅紅眼睛視線，一邊很沒種地陪笑著蹭到窗邊，「外面不知道怎麼了……」轉移話題，我立即抽開百葉窗。其實這麼做還有一個好處，就是學長如果真的衝過來要砍我的手的話，我還可以跳窗逃逸躲一下。

視線一轉之後，我立即愣住了。

就在轉頭看向窗外順便確保逃生路線時，窗外的那幅景象深深震撼了我。想當年被掉下來的麥當勞招牌打到也沒這麼驚訝。

爲了確認是不是看錯，我用力地揉了揉眼睛，又揉了揉，繼續用力再揉了揉。眼前沒有消失的眞實告訴我：就算我把眼珠揉爆，它還是存在。

我看見窗外有一個正正方方的東西跑過去。

如果那方形的東西是魔術方塊我大概還不至於這麼震驚，問題是跑過去的東西大概比魔術方塊大上N倍，它有門有窗，重點是裡面還有人。方形的東西正確來說不是在跑，因爲它沒有腳，所以它是用「跳」的。我不曉得這樣形容正不正確，總之我看見的是一個方形的水泥塊狀物以極高速的動作飛跳過去，然後直直地奔往璀璨的另一方。那東西每一跳都發出如剛才的震天聲響，巨響加上震動遠遠又傳來。

突然有人拍了我的肩膀，機械性回過頭，看見的是獅子頭土著，他用一種近乎默哀的表情注視著我，「同學，祝你好運。」他說，可我在他臉上又看見等戲看的好笑，「剛剛跑過去的那個，是你的教室。」

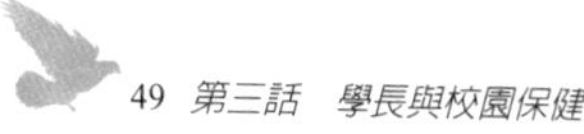

「啊？」我張大嘴巴，發出了一個超大的呆滯疑問單音。

那個水泥方塊老早就消失在我的視線之中，自行投奔自由去了。

它在動，它真的在動。

那個是什麼鬼東西，居然自己在動！

很好心的獅子頭土著用指尖叩叩敲了光滑的玻璃面，上面有我們兩人的倒影，還有我吃驚到不行的詭異表情，我被動地順著他的手往更外頭看去。看見的，是棟白色巨大建築物。我從來不曾看過這種建築物，它採用東西風格合併的設計，巨大的建築物中能看見類似西方的拱形窗門及雕塑，可是又能看見東方風味的雕刻與裝飾，奇妙的是，兩種風格融為一體，完全沒有格格不入的感覺。

建築物的白色漆牆發著淡色光點，不知是什麼材質，美得像是銀色月光。往下看，建築物中有好幾個中空的凹洞，不過可惜的是，凹洞裡裸露出醜醜的水泥顏色，破壞了所有的夢幻美感，如果洞裡也是一樣的顏色倒還可以當作是特殊設計。

就在我看著那些凹洞發呆的同時，讓我差點嚇掉眼珠的事情發生了。

白色的漂亮平面一角突然畫出了切割線，是有點方形的，幾秒後那方塊就像被人推出一般直接落出白色的牆面。從那地方掉下的東西是水泥色的立體方形，那東西落地的同時發出了巨大聲響，如同我方才所聽到的一般。幾秒後，與剛剛一模一樣的水泥方塊從我眼前二度急奔，一邊跳一邊發出聲響……然後消失。

我嚇呆了，這裡根本不是人待的地方。

這真的是學校嗎？不會又是另一個耍人的地方吧？

我到底是招誰惹誰了啊我？

※

我覺得我的臉和心靈現在應該扭曲得跟孟克的吶喊差不多了。

天啊天啊天啊天啊——！媽媽這是什麼鬼地方啊——！我想回家！立刻！馬上！再多待一秒我絕對會因爲精神崩潰而被拖去神經病院關！

我突然感覺到我家眞的是溫暖了三千倍以上，我想念我老媽也想念我那個魔女老姊，她們現在都像天使一樣可愛到極點。媽媽我後悔了，其實我應該去唸貴族學校的，至少還可以催眠自己是「貴族」學生，而不是到這邊被嚇爆全身膽。所以人家才會常常說一步錯……

「別亂說，他的教室不是那間。」耳邊傳來的是學長的聲音，慵懶得像是說著今天天氣很好那種感覺，我抬頭看了一下，風和日麗，的確是個好日子……適合闔家出外遠遊烤肉、露營溪釣等。平常如果是這種天氣，假日我家應該會齊聚一堂然後前往某個地方樂逍遙的，擺脫凡間一切俗事，忘卻人間憂愁……重點是這個嗎！

就在我維持著石化版的吶喊原地定格不動時，一個敲門聲傳來，離門口最近的蓬毛土著拉開門，一條纖細的身影閃了進來，真的快到只有看見一道影子，動作快速俐落絲毫不拖泥帶水，很顯然就算失業之後此人也絕對有資格去拍電影當忍者暗殺部的替身。那瞬間我似乎聞到很重的血腥味，就像路過屠宰場有時候會聞到的那種氣味，整個人都很不舒服。門關上之後，那個味道又立即消失不見。

進來的人站穩看清楚長相之後，眼熟到不行。她就是那位我以爲撞火車應該死掉、但又找不到屍體害我被凶狠踹一腳、自稱學姊的漂亮大姊。

她果然也沒死。居然沒被撞死！看來她也不是什麼正常人類。

「庚。」見到來人，學長站起身微微頷首。

學姊同樣禮貌性點點頭，然後看向我露出一個漂亮的微笑，「學弟，又見面了。」同樣是柔柔的笑容以及誘惑人心的聲音，「我是大學部的庚，如果學校裡哪邊有問題也可以來找我，這可不是客套話喔。」

那瞬間，我不由自主地解除了無聲吶喊的定格狀態，馬上點了點頭。她好溫柔喔……果然跟我老姊完全不一樣，只有年紀一樣。因爲以前在學校夠衰，包括老師在內沒有女生願意這麼輕聲細語地和我說話，不知道爲什麼我突然有那麼一秒感動了一下。

啊，這就是所謂的人間溫暖嗎？

神啊，請讓我多停留一秒也好，不要回到現實也好，我可以逃避現實沒關係。

一旁的學長睨了我一眼，冷笑般地哼了一聲，「庚，跑出來了。」他抬起右手點點自己的眼睛。猛然愣了半秒，學姊立即摀住眼睛，然後有點尷尬地一笑。

不知道是不是錯覺，有那麼一瞬間，我在學姊的眼角看到不明綠光，不過仔細一看又沒有了，不會是我眼睛花了吧……？

不過花得還眞有點眞實感。

「我是來說一聲，外面排隊都排到走廊外了，多少處理一下吧。」柔柔的聲音這次針對的是蓬毛土著，後者無奈地聳聳肩回應。「這樣下去很有礙觀瞻耶。」

排隊？這間保健室很搶手嗎？學生居然是用「排隊」來等候的耶……我居然還在這邊待了那麼久，突然好像有種賺到了的感覺。可是學生排隊照理來說應該不會用有礙觀瞻這種形容詞吧？

「反正他們又不會跑，等一下又不會死。」蓬毛土著哼了哼，一臉不滿地抱怨：「因爲有大事件發生，結果全醫療班都跑出去了，剩我一個在這留守，妳要我一個人工作到力竭人亡嗎？」

有那麼誇張嗎？就我的認知來說，學生到保健室報到不外乎是一些小傷、頭痛還是牙痛之類的，都是抹點藥馬上就能生龍活虎跑掉了，有須要工作到人亡嗎？

「放久了會有臭味。」學長不悅地皺起眉頭，然後突然一把抓住我的手往外扯，他的力氣出乎意料地大，與外表完全不符。「我要帶這傢伙到他們班級報到了，再不去就趕不上時間了，你自己慢慢處理吧。」

放久會臭？就在我還沒意識到這句話是什麼意思的時候，學長已拖著我、另一手打開保健室的大門，下一秒，完全不新鮮的空氣流進來。

那一秒，我突然覺得之前用孟克的吶喊一百倍版本來形容自己實在是太過輕微，「啊啊啊啊啊啊啊啊啊——————！」我敢發誓，豬在被殺瞬間發出的慘叫也絕對比不上我現在的淒厲慘烈。

中心裡原本好像還要說些什麼的蓬毛土著和學姊立即按住耳朵，以免慘遭魔音傳腦。

不過站在我身邊，也是離我最近的學長就沒那麼好運。

他呆掉了。

後來我才想起來，這時他愣了好幾秒沒任何動作肯定也是被我的慘叫嚇了一大跳，以致於不知道該立即做出什麼反應來。

「給我閉嘴！」等到學長回過神來，他不用零點一秒立即就有了動作，左手極為迅速陰狠的一巴掌從我下巴打上來，差點害我當場咬舌自盡死給他看。

不過還好舌頭位置不是放在牙齒上，所以我只咬到自己的嘴唇，然後看到有血噴出來，一滴一滴的，有種很淒美的悲慘感。「唔唔唔唔唔……」我瞪大幾乎快噴出眼淚的眼睛，一手按著差點變成腫豬腸還在滴血的嘴巴，一手顫抖地指著眼前「壯觀」的場面。

說是壯觀還太客氣了。有看過災難片或戰爭片的人一定會看過一種固有場景，就是某條長長的道路上排滿一整條屍體，或是已哀叫不出聲音的瀕死重傷患。接著燈光打黃，家屬答禮，現場充滿了一片哀淒，不時還有人把新的傷患、屍體給抬進來繼續排去。

映在我眼中的，就是這個場面——整個從保健室為起點的長長走廊上躺滿了一具具屍體，活像此處剛發生過大屠殺般。屍體的死狀很可觀，幾乎什麼樣子都有，斷手斷腳無頭無下半身……甚至還有被壓碎、壓爛到面目全非，看不出原本是什麼的肉塊肉泥。

我想吐。

然後，我眞的吐了，「嘔——！」

「靠！」最後聽到的是學長的怒吼，然後是很熟悉的鞋底印。

因爲我吐在他身上。

※

其實今天是愚人節吧？某電視公司爲了造勢所以特地花了一個月的時間來整我這個一般百姓，先是無中生有的學校，然後又撞車又死人的，怎麼想都不可能眞的會發生吧？這簡直比漫畫和電影更誇張，誇張到我無法接受。

這裡究竟是不是學校？還是這裡只是我昏倒之後在夢裡的妄想世界？

我坐在椅子上，半死不活地癱著，整個身體都使不上力氣，好像一動就會爛掉的樣子。

終於可以翻譯剛剛他們讓人聽不懂的對話了，所謂的「排隊」，是屍體大排隊。

屍體……屍體……滿街的屍體……我閉上眼睜開眼都看見屍體像星星一樣在我眼前滿天飛，好立體眞實。

「還好吧？」土著輔長一邊搖著剛從冰箱拿出來的新飲料罐，然後繞著我看，接著才在一邊找了椅子坐下來。

吐完之後我又被踢回保健室，而學長則是一臉凶狠地借了保健室的浴室和衣服，目前正在裡面大洗特洗。這讓我覺得，他可能有潔癖，而且還是那種神經質的潔癖。「大概還好……」我張開嘴，吐出四個字，一開口，感覺消毒水的味道跟著空氣流進來，沒幾秒那個噁心酸澀的感覺馬上又湧上來，讓我又想吐了。

眞的很可怕，外面的大排隊。我這輩子第一次看見這種場面，整個人都暈了。

這裡到底是什麼地方啊？火葬場和殯儀館都沒這麼詭異，更別說它應該只是一所學校。

冰冰涼涼的觸感貼在我額頭上，蓬毛土著把手上的飲料罐輕輕放在我頭上，「把這個喝下去就會舒服一點。」然後他把飲料罐放在我手上。我看著飲料罐，這次上面的文字能解讀了，是中文，檸檬水。

「剛開始比較不習慣的人都會這樣，你看久了就會麻木了。」很可能也曾是受害者之一的學姊笑了笑，用一種過來人的語氣說道。

基本上我認爲看再久應該都很難習慣。我打開檸檬水喝了幾口後，總算覺得噁心感平復了許多，不再動不動就想把膽汁啊內臟什麼都給吐出來。現在腦袋一片空白，我覺得再思考什麼東西爲什麼會這樣還是從哪邊來的都沒有意義，因爲那種很謎的畫面根本不是透過正常思考邏輯就可以有答案的。

有一種可能：其實我在出門的路上被火星人從後面一棒呼下去昏倒，然後拖回去他們外星船上做人體實驗，他們僞裝成人類出現在我的眼前，這是唯一說得通的狀況。

打斷我思考的是其他聲音，「喂！你洗完沒？」輔長不知何時走到浴室門口邊，隨手用力拍了好幾下，發出很大的聲響，「我要開始工作了！」

他的工作原來是收屍……外面那一大排都在等著他去慢慢收。我放下檸檬汁，眞誠地在心中如此想著。

不對！那些屍體是怎麼來的？

如此殘酷而詭異的事實，立即接在後頭打擊我今日已經殘存不多的知覺反應。

「＊%$%#%！」原本緊閉的浴室門突然猛地被拉開，沒預料到他會開得這麼快的輔長嚇了一跳，他掩飾得很好，不過我還是注意到他倒退了一步。請原諒我聽不懂學長說什麼，我甚至懷疑我聽見的應該是某種外星語言，銀髮上還掛著水珠的學長一開門就對外面的輔長怒吼謎樣的句子。

搞不好他們眞的就是外星人。不知道爲什麼，我直覺他那一串好像是在罵髒話，所以不想被我聽懂。

母親大人，其實我們應該報名那所貴族學校的，我錯了。

已經不知道今天第幾次我在心中如此地想著。

「你臉色很不好，是不是還不舒服？」掛在旁邊涼涼沒事做的學姊好心地這樣問，「眞的不

舒服要說出來，不然憋壞就糟糕了。」

廢話，看到屍體大排隊臉色怎麼會好。一想起剛剛那個「大隊」，發酸的噁心感又出現在我喉嚨。

「如果再吐出來，我會把剛剛那件衣服塞進你嘴裡。」一邊整理著身上衣物，學長陰冷地拋來如此恐怖威脅的話，「然後再把你凌遲處死毀屍滅跡。」

我肯定他是認眞的，而且一定會做。然後我立即用雙手捂住嘴巴，死命地就算吞也要把想吐的東西吞回去。不過剛剛我已經吐乾淨了，可能剩下的只剩胃酸和檸檬水了。是說這兩種都是酸水，搞不好我可能會吐出腐蝕性有毒液體。

「你要不要回宿舍換備用的黑袍？」看見他身上換了白色的便服，學姊微微挑起眉毛然後這樣問，「被……看到不太好，黑袍的規定不是都挺嚴格的？」

那個「……」是啥鬼？我很在意，我非常地在意。

「不用了，反正這傢伙今天只半天課，等等報到完我就下工了。」學長看了我一眼，冷哼了兩聲。

我發毛了。就在體驗毛骨悚然自虐般的快感時，正在整理頭髮要綁成一束的學長突然又移回視線，瞇著紅色眼睛盯了我很久很久。

就在我發毛指數將破百的同時，學長好看的唇形才慢慢張開：「你嘴巴不痛嗎？」

「啊？」我盯著學長，錯愕。

不過錯愕的不是他的話，是他現在正在把頭髮綁成馬尾的動作。從頭到尾我都沒有看到他拿吹風機，而且他從浴室出來到站在我面前也不過兩、三分鐘，請問他的頭髮是怎麼乾的？

自體蒸發？

其實一點都不好笑。可是如果如他們剛剛所講這裡是異能學校，那按照漫畫和小說所提供的線索，很可能是他花了不用零點一秒的時間自己吹乾了。對於這個事實，我接受得很快。至少比起跳走的教室和滿地屍體來說，這個讓人能接受的程度好很多。

「說你嘴巴，不痛嗎？」學長瞇著眼睛靠近我，突然放大的好看的臉讓我心臟漏跳一拍。雖說知道他是男生，不過好看的東西靠太近還是有某種不明的壓迫感。「發什麼呆？」注意到我呆掉，學長哼了聲。

「沒有。」我現在很怕他因為剛剛被我吐滿身的事情突然出手捅死我。

漫畫上不是都有那種劇情嗎，徒手穿過人體那個，狠一點的就是手伸回來之後會掛一串內臟什麼的，依照剛剛所經歷的一切，我覺得他們好像做得出這種事。

「你剛剛咬到是吧。」學長伸出手，劃過我的嘴唇。

突然感覺到很痛，我才想起來剛剛差點打得我咬舌的那一巴掌，大概是因為驚嚇過度，到前一秒我都沒有痛覺反應，現在學長一摸就突然很痛。「痛啊！」而且你的手好冰啊！學長！簡直像冰塊。我又開始懷疑其實他真的是死神，為了讓我安心下地獄才騙我說這裡是學校。

「就這種小傷口也叫痛，哼哼。」輔長的聲音突然在我耳邊響起，讓我完全記起有這麼一號被遺忘的人物。

然後我的視線立刻變高。更正，不是我視線變高，是我突然被輔長像小雞一樣拎起來。我突然有種重溫五歲時被我阿爸提起來玩飛機的感覺，不過那時候本人沒有意願又不太會說話抖得要死，結果我老爸以為我玩得很爽整整繞個幾十圈，回家之後我有好幾天都一直見到有圈圈在眼睛前面轉，後來有好一段時間我躲我阿爸躲得很遠。

「學、學長！」不管你是不是鬼，拜託先救我。我看著站在地上的學長，發出渴望的哀求。其實我不應該拜託他的，因為我早就大概可以猜出他的態度。果真，毫無良心的學長哼了一聲之後別開頭，完全不甩我。

「乖乖，這點小傷還有什麼好怕。」為了強化我的信心，輔長發出不明話語。

問題是我不是怕傷，是怕你啊老大！雖說是初次見面也是才剛認識，不過我內心深植的多年警報雷達告訴我，這個人最好是有多遠離多遠。

「別嚇他了，要不今天都沒辦法去新生報到。」還是學姊比較有良心一點，坐在原位這樣告訴輔長。

雖然學姊妳一步也沒動只動口，我還是會記得您的恩情。

「我才沒嚇他，還有話說回來妳不是也帶了新生嗎？為什麼這麼閒坐在這？」輔長把我拋到一旁的診療椅上坐好，然後從小推車上隨便抓下一罐完全沒有標示是什麼鬼東西的不明藥瓶。

「這個是什麼藥……」那個，用密藥是很危險的一件事，尤其是用在我身上。總感覺塗下去搞不好會變成什麼生化科技機器人之類的東西。

「我那個算舊生了，原班直升上來的，不用我跟著也可以適應良好，所以很閒。」完全無視於我問句的兩人開始聊起天來。

不過一邊聊天的同時，輔長的動作倒也沒有停下，他抽了一支乾淨的棉棒然後沾了一點透明的膏狀物，不用兩秒就幫我上好藥，冰冰涼涼的立刻就沒有痛感了。

什麼藥膏這麼好用？我馬上推翻對密藥的觀感。

「喏，你看看還有哪邊有傷。」聊天空閒中，輔長拋了一面鏡子過來。

疑惑他的話，我拿起鏡子本來想敷衍地照一下，就在我看見鏡子影像的那秒，一雙眼睛都瞠大了。鏡子裡我的傷痕消失得一乾二淨，好像從來沒受過傷一樣。眞是太神奇了！我一定要問問是什麼藥膏這麼有效，照我每日受傷的程度來看，這應該已經算是日常必需品了，不知道大量訂購有沒有打折？

「呃……」

「既然傷好了，我就先帶這傢伙去報到。」再次被打斷了話，一把抽走我手上鏡子的學長把鏡子拋還給士著輔長，然後也不問問我的意願，就直接揪著我的領子往另一邊走去。

「我……」我還想問藥膏去哪裡買啊！

※

這次我們沒有再走前面那條走廊了，學長帶我繞過保健室層層疊疊的櫃子走後門。

這間保健室還眞不小，居然連後門這種東西都有。環視了一下，這邊應該有兩間教室大，旁邊有臨時床位，另一端有幾扇門，其中一扇打開後裡面是間簡單的單人病房，布置得非常舒適。想到以前學校的保健室小得要命，連床都只有兩張，有時候遇到一票人同時不舒服還要躺椅子排隊等床用，整個差了十萬八千里。

帶我走後門的原因我不用問也知道，一定是學長不想被我第二次嘔吐攻擊才刻意走後門，眞不知道該說他是善良還是預先做好防範什麼的。就在我爲了這個貼心產生小小感動的同時，走在前方三步的學長在離開保健室不遠便突然停下腳步，銀色的馬尾擺動了一下，像是一道光波在我眼前橫掃而過然後停止，一切都是這麼完美。

「哇啊！」一切都是這麼完美我幹嘛尖叫？

破壞這份完美的是個大大的水泥方塊教室突然從我們兩人面前蹦過去，整個地面狠狠劇烈地震動了一大下，就像大地震一樣晃動了地面，力道之大讓我差點摔倒。轟隆的聲音像打雷，應該說比打雷更響，就像雷聲直接打在你耳朵旁還附有回音那種感覺，整個耳朵都嗡嗡響，好一陣子才慢慢安靜下來能聽見其他聲音。我這才注意到，學長帶我走到一片不知是何處的大空地，看不到盡頭。這邊給人的感覺好像有點霧霧的，不過倒是很清楚可以看見就是一大片空地，大概是沙塵很多才造成霧霧的錯覺吧？

裡面有好幾個據說應該是教室的水泥方塊到處亂跳，距離有點遠，可是震動的力道很大，連我站在這邊都可以感覺地上還在震動，持續的小地震停不下來。

打雷的聲音轟隆隆地不停傳來，我連忙捂起耳朵，怕被震聾了。倒是學長連耳朵也不捂，環著手瞇起眼睛看著那堆亂跳的教室。有一秒，我說只有那一秒，他側面看起來還眞像要暗殺那些教室的刺客，就像漫畫上畫的一樣。如果他現在說他要宰殺教室，我想我一定也不會意外，因爲他看起來就是那種感覺，整個殺氣就是很重。

「你在亂想什麼！」不知道何時走到我身旁的學長突然一巴掌往我後腦勺打下去，發出很大的啪一聲。

好熟悉的感覺，因爲我老姊平常也是這樣打我。讓我突然有種感覺，是不是我的後腦勺在我不知道的情況下曾得罪過別人啊？不然爲什麼大家都專挑我後腦打，如果哪天突然變笨，凶手絕對就是這些人。不過如果不是場所不對，其實我懷疑他本來想用腳踹我，「沒、沒有……」我只是在對那堆教室和學長你發出讚歎，因爲你們都是不正常的東西，讓我大開眼界。

很懷疑地看了我一眼，學長才把視線轉回那堆水泥塊狀物，「我找到你的教室了。」很輕鬆自然的語氣。

「啥？」你說啥？那裡面有我的教室嗎？

我看著眼前轟隆轟隆的幾個巨大方塊，心中頓時涼了一大截，有種名爲往生的結局好像就在對面向我招手。

第四話　燃燒吧！教室！

地點：Atlantis
時間：估計應該是下午三點（學長提供）

曾經有人說過這樣一句話。

這個世界正在改變，無論你跟不跟得上世界的時間潮流，你都必須眼睜睜地看著它的變化。

我很認同，因爲我的世界不但正在改變，而且是朝著絕對突變的狀況直直悶頭衝去，完全不理會我在後面的淒慘吶喊。

巨響，一個方塊又衝過去。

「我沒有心情跟你開玩笑。」在我正想笑笑、雲淡風輕地詢問學長是不是騙我的前一秒，學長已經搶先如此斬斷我唯一的希望之火。

他是這麼地殘忍果決，連一點點、一咪咪、一小撮的微弱希望幼苗都不給我。天啊……我這輩子沒有對不起任何人，對不起最多的是我老媽——因爲她要常常上醫院幫我出醫藥費；還有我以前的同學——因爲有時候他們站得離我太近了也會跟著衰到，不過不是我故意而是純屬天意，但是爲什麼要這樣整我！學長指的那間教室跳得特別凶狠，估計時速應該有一百二，也許更高，大空

地中發出最大的聲音奔跑，有如邁向夕陽的熱血青年就是它！

「呀哈哈……」我認了。反正早死晚死都是死，被火車輾過去或被水泥屋壓過去，都是一樣會死……拖著虛浮的腳步往下面空地走去，我很認命地體驗著傳說中人生最後一段路，以及不知道出現幾次還是那麼閃亮的跑馬燈，一切都是那麼地虛幻啊……我微渺短暫的生命。

一旁的學長突然抓住我的手，「你是想一步上西天嗎！」銳利的紅眼像是刀子般瞪過來，我立刻感覺到皮膚被切了幾百刀。

「唉唉，反正都要上西天了不差這一、兩步。」不知道爲什麼，我突然有心情開玩笑了！

學長又看了我一眼，這次很明顯是硬忍了才沒踹我，然後他做了兩個深呼吸，「這下面空地都是彼岸水，你下去就直接通往地獄，也不用去西天了。」

啥彼岸水？我看見的空地連一點水都沒有。

彷彿看穿了我的疑問，學長從口袋掏出了一張紙，「天上飛、影現。」然後那張紙突然飄了起來，就在一瞬間，紙張反摺了兩摺，變成一雙紙翅膀往空地飛去，「你的程度還不夠看見彼岸水。」冷冷一笑，學長擺明等著看好戲。

就在我張口想要問這句話是什麼意思的同時，那紙翅膀拍著拍著就拍進了空地裡，然後慢慢往地上停去。

電光火石的一瞬間——什麼都沒有的空地突然有一秒空間扭曲，就像在沙漠裡常常看見的熱空氣蒸騰一樣，然後我看見疑似鯊魚嘴巴的東西在紙翅膀停在地上的同一時間突然冒出來，

「吼」的一聲迅雷不及掩耳地把翅膀吞了。一切，都在一瞬間，快得讓人視線無法迴避。

……

那個很眞切的立體音效是怎麼回事……

翅膀消失了，只留下了一片靜默。

不過我想，如果剛剛踏上去的是我，現在應該會噴得滿地血，依照動物頻道來推測，應該是如此；接著過一陣子後，社會新聞大概就會出現學生入學第一天不明失蹤，家人正在舉行招魂儀式，若有看過相片上的男性學生請與ＸＸＸ聯絡……我愕然驚覺我的思考方式已經朝悲劇衝過去了。

「要追教室要用這個。」不知何時手上多了一塊衝浪板的學長這樣對我說。那眞的就是一塊衝浪板，在電視上和體育用品店都能看見、外表非常普通的一塊衝浪板。

「……喔，好，我現在去買。」我已經完全不會意外了，一點都不會了，現在我心如止水，什麼都不會意外了，就算學長突然把教室叫停下來坐下握手，我也不會嚇到了。

……

媽啦這到底是什麼鬼學校啊！衝浪板是什麼鬼！這是應該在一所正常學校裡出現的東西嗎，你告訴我啊！

「買你的頭啦！」學長又瞪了我一眼，然後把手上的白色衝浪板拋在空地上，很神奇地板子居然在離地三十公分處浮起來，一浮一浮微微漂動還眞的像是有浪一樣。

我好像可以聽見海浪聲。

夕陽、沙灘、椰子樹，多麼完美的景色。我好像可以聽見海水的浪潮聲……不知道金氏世界紀錄裡有沒有一秒瘋的申請？

「看好，我只做一次給你看，這東西要這樣用。」

一腳踏上白色衝浪板之後，學長彎下腰從板子上翻開一個小小夾層，然後立起裡面的三角架子，架上綁著一條白繩，學長抓起了白繩正好到腰部處收緊在手掌上，「這樣就可以用了。」

我站在原地看著學長非常俐落熟練的動作，開始懷疑他是不是每天都踩著衝浪板在半空中追教室……

「如果不是因為你不會用移動陣得教你替代方式！我才不想用這個行動！」學長對我發出咆哮，感覺好像把一肚子不滿都轟到我身上。

好吧，我錯了，他應該不是每天用。可是學長果然不愧是學長，就連站在衝浪板上都有某程度的帥氣，如果這裡真的是美麗的椰子樹沙灘，可能現在旁邊就會圍一堆粉絲大叫了。不過可惜這裡不是，哈哈哈……

「還不上來。」紅紅的眼睛又瞪了我一眼，好像下一秒我再不上去，他就會實行用衝浪板飆出高速兩百二，幫我在頭頂上剃出高速公路這種髮型。

「我來了來了！」是說，不明的鯊魚嘴我真的好怕啊！那個……我不吃魚翅也不去海洋博物館看鯊魚，麻煩請盡量不要找我，感謝各位鯊魚大哥。作好心理建設之後我一腳跳上衝浪板，那一秒我的確有往下沉然後又被浪花推高的漂浮感覺，衝浪板在學長的手上非常穩，完全不像我去年去海邊玩一次一百五的那種東西，一翻直接飛到海底然後被一票救生員撈起來那種奇妙的經驗。

「我先告訴你以免你搞不清楚狀況，在這所學校裡每樣有生命的東西都有一個名字束縛它，就像我們腳下的板子也有名字，你需要它的時候呼喚它、用完時感謝它是基本使用禮儀。」學長很冷靜地這樣告訴我，看起來完全不像開玩笑。

「啊？」好麻煩。

學長看著我，表情一點都沒變，「不要嫌它麻煩，就算是你，被人家拿來用一用之後沒被感謝也會不爽吧！」

很有道理。不過我現在有個很嚴重的問題，嚴重到我不得不先求證發問，「學長……」我鄭重懷疑他知道我腦袋在想什麼。從早上到現在，我覺得自己好像被扒光之後被他看得清清楚楚，如果說他是用猜的，也未免猜得太強了一點，強到某種詭異的程度。

「我沒興趣窺探太多你的無聊想法。」哼氣從鼻子出來，學長撇過頭，整臉都是不屑。

你明明聽得見嘛！這學校給不給人隱私啊！我要求正式抗議以及上訴，我需要人權。

「想要隱私這種東西你就自己努力上進，現在給我乖乖聽好！」一拳砸在我頭上，不給我任何哀號時間，學長就繼續又開始他的衝浪板講座。「這板名字是斯林，使用水之晶鍛鍊而成的板，一般來說只要不要遇上什麼大衝擊都不會毀壞，使用期限可以非常久。你要用之前要這樣說：『請給我水上奔馳速度，斯林。』」

同一瞬間，我突然覺得腳下板子好像微微浮動，像是被什麼撐得更高浮起的感覺，「名字是一種呼喚，你呼喚了它，它醒來、接受，然後成立。」我看著底下的板子，突然有種不妙的感覺。

「奔跑吧。」只是單單三個字，在學長如此說完之後，衝浪板突然像是被人拿石頭打到的瘋野狗，不用半秒就衝出去。

我還沒站穩，整個人往後翻，一想到水底有鯊魚又一秒往前撲，緊緊抱住學長的腰完全不敢鬆手。滾下去會死，絕對會死！

「哇啊啊啊——！」我開始懷疑其實今日的入學訓練就是尖叫大典。

該死該死這什麼鬼衝浪板！一定有時速一百八的啊啊啊啊啊！

一種水果般甜甜的香氣突然捲過風中然後竄進我的嗅覺，可是目前我的臉都快被風壓颳得變形，根本沒時間好好感受一下香味來自何方。

「呀啊啊啊——！」口水被風颳到噴出，掉到衝浪板下面。我的臉變形了我的臉變形了我的臉絕對變形了！好痛超痛無敵痛！等一下下衝浪板我絕對會變形成超級大餅臉！

「吵死了！」風壓裡傳來凶狠的聲音，我不用一秒立刻把手伸進嘴巴，咬住。

一天相處下來我深刻體驗到學長比任何東西都可怕，不可以忤逆他。

「斯林，追上去。」拉著繩子操縱方向的學長依舊站得很威風直挺，就連我已經滑下去蹲在板子上，從抱腰變成抱著他大腿掛在他身上這些事情都完全無視。

我不玩了我不玩了，誰來放我回家！媽啊，快幫我辦休學啊！

就在我連眼淚都快飆出來跟鼻涕糊在一起時，領子突然一緊，整個人都被拽起來，「看好，那間是你的教室。」不知道什麼時候已經追在巨大水泥塊後面的學長一手拽著我，一手拉著繩子，就在我眼前這樣說，他的銀髮現在好像晾乾的米粉一樣一直摔在我臉上，我有種臉會刮花的痛感。如果想知道那是什麼感覺，建議可以找一個長頭髮的人騎機車載你，風大速度快長髮噴飛砸在你臉上時，你就會明白我的心情。

我從一堆頭髮裡看到與其他水泥塊差不多的水泥塊在前面轟隆轟隆地跳，開始懷疑自己的辨識能力很差，連一間教室都分不出來，「就算你是笨蛋好了，每間教室上面都有門牌，除非你是眼殘才看不到。」學長割人心的冷言又飄來。

這次，我清楚明白地看見奔跳的教室上……掛著大大門牌，隨著跳躍動作晃來晃去，晃得我有點眼花。

那間教室上面寫著：一年級，C部。

「學校是按異能能力分班。」喔喔，那話說回來其實我的能力應該不差，這個數字滿前面的。

「每個年級只有三班。」學長隨後補上。

「……」你讓我多幻想幾秒你會短命嗎？

※

「哇啊！」

「該死！」

就在我們兩個要靠近教室門口時，可惡的大水泥塊突然緊急煞車、固定、站穩，然後立即回頭往後跑。它是鬼水泥！這是什麼角度緊急變換！一般的水泥會做出這麼可怕的事情嗎！

「可惡的傢伙！」學長也不遑多讓，煞車穩住不用一口氣，手上繩子用力扯緊，整塊衝浪板立刻一百八十度大掉頭，快到我整個人像流星一樣差點被甩出去。

不過我還記得我不是流星，至少流星還會把地面砸出一個大洞，可是我飛出去卻會被鯊魚嘴咬出大洞，所以很惜命的我緊緊抓住學長不敢放手。

媽媽，我遇到衝浪板飆板族了。好孩子千萬不能學，尤其我還不知道這位表演的大哥哥有沒有練過。

「渾蛋，給我注意一點！」我還以爲在罵我，不過抬頭一看，學長的視線不在我身上，而是在其他地方。學長正對著前面的教室叫囂，很明顯地，已經沉醉在與人競速的快感當中渾然忘我了。

其實我現在突然覺得那些晚上不睡覺製造噪音的飆車族沒有什麼，眞的。當你看過有人踩著衝浪板與房子互尬的場面的話，相信你一定也會和我一樣有這般感覺。兩害取其輕，我寧願看到飆車族從窗戶外殺過去，也不想看見有房子在我眼前衝過去。

「學學學學學學長……」我發出顫抖的聲音。不知道是不是因爲「覺得好玩」，附近幾間不相干的教室突然擠了上來，咚咚地在我們眼前撞在一起然後又被彈開，水泥碰撞的巨大沙塵在我們面前揚起，裡面還挾著破碎的小石塊，感覺就是碰碰車現場的水泥塊放大版本。

「閉嘴，抓緊一點！」很顯然是沙場老將的學長臉色一點都沒有改變，整個就是鎮定到反而讓我覺得極度不正常。他手上的繩子左右拉扯，衝浪板靈巧地在一大堆撞來撞去的水泥塊中像是滑溜溜的泥鰍般不停竄動，「這種程度想玩贏我，再回去修練修練吧！」我不確定他在跟誰講話，可是我的直覺是他好像在跟……水泥塊……嗆聲。被甩在後頭的水泥塊又群起騷動，撞成一團發出更大的聲音，然後我們又重新追在我的教室後面了。

「喂，你聽好，這裡的每間教室都有它的名字，只有正確叫對名字，它們才會停下來讓你進去。」學長控制好速度後，轉頭過來對我說。

好孩子不可以學，因爲駕車中轉頭是危險行爲……基本上我覺得今天發生的所有事情，各位好孩子都千萬不可以學習，正常人應該會去掉整條命，可能連不正常的九條命都不夠玩。

「我我我我我知道了……」我抖音。

嘆了一口氣，於是學長開始說話：「記好了，這間教室的名字是：布里德．阿卡．巴兒達達．西納西諾阿那．C．古卡。」

落落長一串劈過來，活像是異度空間語言。

「啥？」你說啥？完全聽不懂。剛剛那個是人類的語言嗎？那個長長一條的文字是什麼？

「布里德．阿卡．巴兒達達．西納西諾阿那．C．古卡。」學長又重複了一次，不過他臉上的表情很清楚地寫上了如果再叫他說第三次，他會把我丟下衝浪板餵鯊魚的明顯意思。

我沒有勇氣對教室喊出口，而且我有心理障礙，因爲這樣喊感覺上來講還滿蠢的。除此之外，我還想先弄清楚一件事。「請問，如果名字叫錯會怎樣？」

「不會怎樣。」學長的答案出乎我意料之外。

「眞的不會怎樣嗎？」我對前面那句話的可信度感到懷疑。

「是不會怎樣。」學長的答案沒有變，多了一個字，這讓我更加懷疑了。

就在我們兩個僵持不下的同時，遠遠另一邊也出現了衝浪板，上面有個穿學生服的傢伙也追著教室跑，然後嘴裡不知道大喊著什麼。

原來用衝浪板追教室的不是只有我們。

不知道爲什麼，總之我的心理好像平衡多了。可是遠遠看來，這種行爲果然很蠢，只是我沒資格說別人，因爲我自己也好不到哪邊去，差只差在我這邊還多了一個人陪我丟臉。

那個人喊了很長一串，幾秒之後又更大聲地重複一次，連我這邊都算聽得有點清楚，我想他應該也是在叫教室的名字。

「那個笨蛋，叫錯名字了。」學長繼續一邊駕駛衝浪板一邊回頭的危險動作，然後看著那個遠方的衝浪板同志。

我順著他的視線看過去——那個人原本在追的教室突然靜止了下來，整個感覺就是緊急煞車，因爲追在後頭的那人差點沒有大字形直接撞上水泥牆壁，幸好他停得也夠快。我只用了半秒就看見水泥塊的上面突然推高了一個「╪」的形狀。

那是什麼詭異的玩意？

然後水泥塊轉頭……我想應該是頭，因爲我實在分辨不出它哪邊是頭，就這樣突然暴走起來狂追那個學生。那個學生臉色大變轉身就衝。

這是驚悚的一幕。

我的呼吸和心跳感覺上在那瞬間都快停止了。剛剛學長他說了什麼說了什麼——？

「經常都有笨蛋叫錯教室的名字。」我旁邊又拋來這樣一句話，彷彿要加強肯定我心中所想。

那個水泥塊像是餓瘋了的野狗突然看見帶肉的骨頭般，急起直追，追到整片空地轟隆隆地巨響不停，一旁原本在散步的其他水泥塊一看見它來勢洶洶，讓開了大條的路給它衝。然後，變成慢速播放，水泥塊跳高、落下，砰咚一聲，砸在來不及逃走的學生身上。

「對了，叫錯教室的名字它會發飆喔。」學長這樣說，然後指著那個還冒著「╪」形狀的水泥塊。那個水泥塊還在左扭右扭地洩憤，好像平常時我們在家中踩死一隻蟑螂還要滅屍的那種標準動作，「大部分都會這樣，不過有時候只會追你跑一段路就算了，要看當天它們的心情而定。」

無言，我已經不知道該說什麼了。

有一種……哀莫大於心死的感覺。現在突然知道保健室外面被壓爛的屍體怎麼來的了。

我想回家。不知道是第幾次的回憶跑馬燈在我眼前閃過，我彷彿可以看見前年翹掉的阿嬤在雲端上招手。

「學長。」我很認命地硬著頭皮喚了對方，「對不起我完全記不住。」與其被水泥教室砸死然後還被當成蟑螂般旋轉幾腳，我寧願被學長踹死，至少他的鞋底看起來還比較親切嬌小一點。重點是，被鞋底踹到我不會爛掉。

「我知道，因爲你是笨蛋。」非常順口的一句話，讓我完全感覺到自己的悲哀。

「我先示範給你看，你最好別像被壓死的那個，這樣帶你的我會丟臉。」補上後兩句我覺得應該才是重點的話之後，學長一扯繩子，整個衝浪板往右側滑去，就貼在教室門旁邊奔馳，「布里德·阿卡·巴兒達達·西納西諾阿那·C·古卡，再不停下來我就拆了你！」我非常確定最後那一句咬牙切齒的狠話不是教室的名字。

就在學長發出最後警告的同時，教室突然震動了兩下，看起來活像是鬼抽筋一樣抖了抖，慢慢地停止不動。

「這樣就可以了。」教室門突然打開，我還來不及思考彼岸水會不會流進去的問題時，前面的學長不知道什麼時候繞到我後面，一腳把我踹進教室後自己也跳了進來。

根本讓我來不及反應，我差點拿臉去撞地板，還好我已經很有應付突發狀況的經驗，連忙穩住身體沒摔倒。

「啊，對了。」我連忙轉頭，還記得學長的交代，「斯林，謝謝你。」如果這是在正常的世界，一般人應該會以爲我瘋了，因爲我正在對一塊衝浪板道謝。

「好了，快給我去位子上。」學長揪著我的領子往內走。

然後教室門緩緩地關上，一切就像鬼屋裡會發生的事，不是自動門的門自己變成自動門關上。

就在門扉闔上的那瞬間，我好像聽見了什麼聲音，「不客氣，歡迎下次繼續光顧。」沙啞的老人聲音與幼兒稚嫩的聲音疊合在一起，詭異地傳來。

……

我決定……還是當它是幻聽好了。

第五話　喵喵

地點：Atlantis

時間：估計應該是下午三點二十分（學長提供）

我現在很認同一句話：人生下來註定就是要吃苦。

可是我不覺得我吃苦之後會變成傳說中的某種大人物，很可能直接就這樣翹掉然後被後人拿來當借鏡恥笑。是說，這樣好像也算是某方面的大人物，因為至少大家都知道你這人的存在。

踏入教室後，我原本準備好接受第N次的驚嚇洗禮，不過出乎我意料之外的是，教室裡面……

「人咧？」空蕩蕩，小貓兩三隻。我突然有種落差很大的感覺，也不是說失望，不知道應該說失落還是突然輕鬆下來，總之那種感覺挺複雜的就是。

學長看看手機上顯示的時間，嘆了口氣，「差不多回去了。」很明顯地，我們完全遲到了，連老師的一面都見不上。

這是一間很普通的教室，就和每所高中都會有的教室一樣，黑板、課桌椅，天花板上有電扇下面有地板，唯一的不同之處，就是正常的教室不會在外面奔跑。我注意到好像有一道視線，循著視線看去，我看見教室最後面角落坐著一個女孩子，打從我們一進教室就一直目不轉睛地瞪著我們看。呃，更正一下，她好像是盯著學長看。

不用幾秒之後，女孩的臉上浮現某種崇拜跟紅暈。

什麼情形？

因爲教室裡、外的情況相差太大，讓我有點受寵若驚，原來教室裡面如此平靜，平靜到剛剛外面親眼看到的壓死人好像都是騙人的。說到平靜，我現在才注意到，教室跳得這麼厲害就連窗戶外都是驚人的上下彈跳景色，可是教室裡居然連一點晃動都沒有，像是分離出來了一樣。難不成在踏入教室的那一秒，我們又被傳送到什麼異空間去了嗎？

學長瞄了我一眼，沒有說什麼，不過我覺得他好像有話要說然後幾經衡量之下又不想說，也有可能是懶得說了。

「學、學長。」持續觀望了好一陣子之後，女孩才小心翼翼地湊了過來，手上抱著一份公文夾，裡面夾著數十張紙頁，「你帶新生過來報到的嗎？」

我仔細打量這個女孩子，白白淨淨的，比我稍微矮半個頭，及肩的髮燙了可愛的小娃娃鬈然後用髮飾稍微綁了一些樣式出來。讓我注意到她的原因是她的金髮，輪廓也有點像是外國女孩，像陶瓷娃娃般可愛，是很多男生喜歡的那種嬌小類型。她身上有種香氣，不是沐浴乳的那種自然香味。怎麼講，我知道這種形容很奇怪，不過與我一個朋友家的寵物身上那種味道有點像，因爲我朋友以前來找我玩時身上有時候會沾到那種味道。

「嗯，庚有先告訴過妳吧。」完全忽略少女期盼眼神的學長隨口敷衍了兩句，「點名都已經結束了嗎？」他左右看了一下，自己好像也大概可以猜到答案。

「嗯。」女孩像大娃娃狗般用力地點頭，只差沒有搖起尾巴。

完全看得很出來她愛慕著學長，可是學長一點反應也沒有。這就是傳說中的無良木頭人，面對這種愛慕的目光居然不為所動，讓一個可愛的女生盯著他痴痴地看著。就在我這麼想的同時，我突然記起來不是人的學長會偷窺別人的心聲！

慘了，他一定全都偷聽完了。

「我說過我沒有太大的興趣偷窺你！」前面拋來陰狠的一句話。

沒興趣你還偷聽！我馬上跳後三步遠，很怕他又一腳踹過來，「那、那個報到都已經結束了，我是不是可以回家了。」娘啊，妳知道妳兒子我現在有多想妳嗎！有生以來我第一次覺得，那總是被我認為很倒楣的世界有多麼可親可愛，而我居然從來沒有發現過它的好。

我錯了。從今以後，我會乖乖地當個很倒楣的平凡人，看你要整我、用招牌砸我還是被天花板打到我都沒有怨言了……只要我現在可以馬上離開這根本不是人類可以讀的學校，我以後絕對不再抱怨自己的命很爛了，絕對不會！

「老師有交代要褚同學把這些資料填好。」女孩綻開甜甜的笑容，然後從公文夾裡抽出四、五張紙，上面寫了不少黑字，都是一些學生基本資料調查之類的，新生報到必填。「寫好之後我會送去老師那邊。」

有三秒鐘的時間我被那個甜甜笑容給融化了，她笑起來好可愛……

「別發呆！」

一記重拳砸在我腦袋上伴隨著冰冷的言語，我馬上被凍醒回到這個殘酷的異世界，「我馬上寫、馬上寫。」在血色惡狠的眼睛瞪視下，我連忙翻出筆開始填寫這些學生資料。

內容不外乎就是一些新生必備的資料等等，姓名啊地址之類的，不過讓我覺得很奇怪的是，上面有一欄東西叫作種族。

啥種族？這是什麼怪選項？難不成這所學校裡還有什麼奇奇怪怪的東西我不知道嗎？

再三思考之後，我戰戰兢兢地在上面空格寫下了人類兩個字。我想我寫人類應該沒有錯吧？還是其實我不是人類，我是衰人族？

「原來褚同學的代導人是學長，好羨慕喔。」女孩開始和學長攀談起來，看來他們以前多少應該有點交情。然後女孩愛慕學長，只是很難找到機會跟他聊天。

啊，這就是電視劇中傳說的暗戀啊。接著就是傳統的戲碼，男生明明知道還要假裝不知道，任憑女孩痴痴等，直到花落人也老才終於死心。

眞是芭樂劇。

「嗯，是學校臨時換的，本來是另外排了一個大學的學長給他，不過後來突然發生了一些問題才插過來我這邊，而且還有那三位直屬下來的命令，不然我本來已經不太接代導人的事情了。」一邊瞄著我正在寫的字，學長一邊回答。

代導人？什麼東西啊？

「代導人就是來幫助還沒弄清楚狀況的新進學生的人，尤其是你這種人更需要，每個人身邊都會有個學長或者學姊跟著，不管是高中或是大學的學生都可以應徵這個工作。」已經很大方承認可以偷窺我心事的學長，再一次不管我的意願偷窺了人家心中所想，然後直接回答我的疑問，「另外，如果是舊生直升覺得麻煩的話，可以向學校辦理取消代導人的手續，這類的人就不會有學長、學姊跟著，不過相對地，發生了問題就得自己全權解決。」

「原來如此。」我寫下基本資料後翻到第三頁，上面寫著的是學生住宿事項，翻了翻，上面有一些新生的住宿規定之類的，「耶？學校強制住宿嗎？」我有點懷疑，因為從我家到撞火車站的那段路很近，也就是說我每天只要走一段路到火車站被撞之後就會到學校，應該不用住宿吧？

我突然對自己的適應性感到恐怖，我居然會覺得被火車撞來學校不是什麼嚴重的事？果然一天下來的打擊會讓人腦袋壞掉。

「沒有強制住宿，可是我建議你最好住宿。」學長瞄著資料上的解說，這樣告訴我，「反正學校住宿的花費不大，而且可以算得上是幾乎不用繳費，只要你有本事住得進來的話。」

他後面補充的這句話讓我有點害怕……有本事住的話，該不會要進房得先跟房間搏鬥一番才可以吧？照今日的經歷來看，我覺得這是百分之兩百非常有可能的事情。

學長勾起冷笑，我知道他已經很明白我在想些什麼。

「像學長這種程度的人住宿舍應該已經不用錢了吧？」女孩仍笑得很甜，繼續用崇拜的目光看著學長，「庚學姊說袍級的人住的地方都是學校免費提供的呢。」

袍級？

這次學長並沒有回答我的疑問，也沒再與女孩搭話。

是不想回答的話題？

「有一天，你們都會達到那個目標的。」久久，學長突然這樣說，臉上還掛著淡淡的微笑，與剛剛那個凶狠的人完全不同樣。

我不明白，應該說，就連自己為什麼會站在這地方我也不明白。這裡根本就是個不存在我所知世界中的學校。

我為什麼會站在這裡？

※

「對了，還沒向褚同學介紹呢。」

女孩轉向我甜甜地笑了，「我的名字叫米可蕥，認識的人都叫我喵喵。」她伸出手掌可愛地撥動了兩下，「因為我很喜歡帶著貓貓出門，所以大家也叫我喵喵。」

所以妳是貓女嗎？這一秒出現在我的心中疑問是這個。

旁邊會偷窺人心的學長嗤了聲，感覺上很像在嘲笑我。

「我的名字是褚冥漾，呃，妳應該已經知道了。」頓了頓，我開始回憶我有什麼可以告訴這女孩的美麗綽號，結果我發現好像沒有，從小到大跟隨在我身邊的外號不外乎都是一些衰鬼、衰星、衰人、倒楣鬼和楣星等等之類的，還有一些楣鬼變化版和最終進化版有的沒有的；全部過濾之後我突然發現自己沒有什麼能聽的綽號好告訴喵喵。

不知道是我做人失敗還是我的運勢失敗，那瞬間我發現我還眞是淒慘。

「那叫你漾漾好嗎？」不知道是不是發現我的窘境，女孩仍是大方地甜笑，嘴巴裡卻說出一個只有我家人才知道、才會叫的暱稱。

「好、好的。」不知道爲什麼，胸口有點暖暖的。不過同時我也發現，喵喵的外表雖然有點像西方人，可是她現在說的卻是再標準不過的中文。難不成其實這是高資優學校？所以每個人都要會說很多種語言嗎？這讓我突然對我未來的「學途」感覺到一片黑暗，因爲連最基本的英文都零零落落的我哪有可能把其他語言也學好。

「那些有的沒的之後再說。」學長一把抽起我剛寫完的資料快速地翻看了一下之後遞給喵喵收去，「這樣今天的報到算是結束了，接下來正式試學上課是一星期後……」

「咦？」我愣了一下，發出疑惑之音。

「怎麼了嗎？」喵喵關心地看著我。

然後我發現，喵喵的眼睛居然是暗綠色的，像是美麗的玉石，「一般新生訓練不是應該三天到一星期左右嗎？」至少我聽說我同學的就都是三天啊，爲什麼這邊一天就結束了？我不懂。

那兩人一左一右站著然後看著我，沉默，安靜，四周空間突然進入一種靜寂無聲的詭異狀態。

我是不是問了什麼不該問的問題？

過了好半晌，喵喵終於打破沉靜開口，「那個，漾漾，如果學校眞的要進行新生訓練的話，三天應該是不夠用的。」她抖了抖肩膀，很沉重地說，像是有某種不爲人知的內情。

我開始後悔問這個問題。

「本來新生訓練都要三天，可是每次第一天就死一半，第二天又死剩餘人數的一半，其他還有重傷、輕傷的，第三天根本沒什麼倖存下來的人可以上課了；所以學校才將新生訓練改成一天，剩下的注意事項都寫在入學通知裡的冊子上了。」喵喵很詳細地幫我解說，完全無視於我一陣青一陣白像撞到鬼般悲慘的臉。

也就是說，如果我今天不是在保健室昏睡折騰了大半天，那一大半死亡名單裡應該有我。一想到這裡，我就頭皮發麻。南無大慈大悲觀世音菩薩，感謝您的保佑；還有我的主啊，多謝您的庇護；滿天的神神佛佛，謝謝你們只給我倒楣可是還算得上是不死之身的體質。

學長又看了我一眼，紅紅的眼睛閃過冷笑。

「漾漾回家要仔細多看幾次冊子喔，不然新生很容易出意外的。」喵喵這樣認眞地告誡我。

其實不用她說，我已經很後悔沒將那本學生安全自保的鬼東西看完。不知道爲什麼，我現在直覺那本冊子裡一定有提過關於學校這些靈異現象的事情。沒看是我的錯，我知道……我是笨蛋，我應該去撞牆撞個兩百次。如果早看完手冊，搞不好我已經快快樂樂地奔往另一所學校，不會在這邊嚇個半死了。

「他導師還交代什麼？」在話題告一段落之後，學長無視於我內心的掙扎又這樣問了喵喵。

「啊，還有漾漾的選課單。」一被提問，猛然想起的喵喵手忙腳亂地從她的公文夾裡又抽出一個小夾子塞到我手上，「漾漾，我們學校和你以前讀的學校應該不一樣，上課、選課的方式也完全不同，你好好看完選課單之後再交給學長請他送出去就可以了。」

我看了手上小夾子裡的幾張紙單，差點沒眼睛花掉。

「基礎課堂有三十種，你可以在時間許可情況下自己選擇要讀的。」站在一旁的學長這樣告訴我，感覺上課方式好像比較接近西方，和我們以前排滿滿的課表不太一樣，「另外進階課程與特殊課程有一百零八門，有些是要看你的經歷和等級才能選，所以你先看基礎課程就夠了。」

當然是看基礎課程，不然你們是想要我去學什麼額外課程？基本的國英數和一些外語就夠我玩了，我還上什麼特殊課程。然後我開始讀課表，在看完第一行之後徹底崩潰了。

我居然看到基礎課程上居然有妖魔解剖學！

這是什麼鬼東西啦！

「那個，有沒有……正常一點……」我吞了吞口水，這樣問。我熟悉的國英數基本課程怎麼都不見了？上面寫的一堆什麼跟屍體對話、靈魂漫遊、如何竊聽，這到底是些什麼鬼課程？這應該是高中生上的課嗎！不會一跳跳太遠了一點嗎！

「喵喵有讀修選，有中國古文。」喵喵很高興地湊過來告訴我，然後我看見了密密麻麻的選課單中的確有這麼一門國文課，「還有外語修選、美術修選，漾漾要不要一起讀？」在喵喵的指引下，我終於在選課單中看見了稍微正常的東西。

喵喵靠在我旁邊，讓我有點心跳加快，要知道衰人是很少會有女孩子主動靠近的，「基礎課程的話喵喵記得學長之前好像有選八大國家語文，後來全部都考過了資格，漾漾要不要也選看看？」喵喵很崇拜地看了學長一會兒，這樣告訴我。

「呃，不用了。」我不想跟一個鬼相提並論。

啪一聲，學長直接往我後腦勺拍下去。他又在偷聽！

「學長有選基礎課程嗎？」看著一旁動手不動口的學長，喵喵這樣問著。

偏頭想了一下，學長點點頭，「墓陵。」

我看了選課單，裡面眞的有一門名爲墓陵的實習課程。不過這個名字聽起來就很不妙，整個感覺就很像是殭屍復活的課程。

不過我想問的是另一件事，「耶？不同年級可以選修一樣的課嗎？」學長應該大我一個年級吧？因爲他大我一歲，二年級不是有二年級的課程嗎？

「嗯，大家的課程全都一樣。」喵喵用力地點點頭，「只有教室班級有分年級，不過選修的課程全部是混在一起選的。」

我想也是。

捏著手上的課程單，這些課程的確不用分年級學，因爲根本不是人可以選的課！

「每個星期三都要回到自己的班級開會，然後是社團時間，所以星期三是不用上課的，只有早上一定要在班級教室，下午就可以自由參加社團活動了。另外就是有特殊課程的話可以在那一天加選，特殊課程有部分我們也可以上的。」喵喵很盡責地幫我解釋。

我翻到第三頁的社團活動。

在看見第一行是「捕捉惡靈敢死團」之後，我用不到半秒把它拍上闔起。

我覺得自己應該不會參加社團。

眞的！

⁂

「那個……如果和學長選一樣的基礎課程可以嗎？」

我怯怯地詢問旁邊的學長，他眼睛有點瞇好像要睡著的樣子。如果、如果我有要讀下去啦，我是說如果喔！如果我腦袋壞掉繼續在這所鬼學校讀下去，我比較希望可以盡量跟學長同班，因爲他看起來頗強。而且我還不想成爲在保健室外面「排隊」的其中一人。

學長看了我一眼，應該是知道我的心思，「隨便你。」我聽不出話裡有咬牙切齒的成分，應該是真的隨便我。

「那喵喵也要跟學長同班。」喵喵連忙蹦回去座位上，那裡有個可愛的白兔包包，她從裡面抓出一本跟我一樣的夾子翻開，在裡面寫下，「也要跟漾漾同班。」

嗚！好可愛的女生，我有一種心窩被射中一箭的感覺。因為以前我們國中班的女生清一色都是母老虎，不然就是動不動愛起鬨大喊男生愛女生還是畫粉筆線、以為自己很漂亮等等的那種，還沒有像喵喵這樣眞的讓人感覺清爽可愛的女孩子。如果明天要盧我老媽來休學，我會很懷念喵喵的。

一隻冰涼的手突然搭在我的肩膀上，然後是冰冷的氣息。那感覺頗像某次班遊在外面住宿被鬼壓床還被鬼騷擾的那種冰，「……入學之後沒有讀完是不能辦休學或退學的……」

「哇啊！」我按著耳朵往前衝了好幾步，然後轉過頭才看到學長站在原地環著手要笑不笑地看著我，喵喵也是一臉莫名其妙地瞪大眼睛看著突然尖叫亂跑的我。

「不然你會被學校詛咒喔。」剛剛在我耳邊像鬼一樣說話的學長冷哼了兩聲，用一種幸災樂禍的語氣告訴我。

「什、什麼詛咒？」我鼓起勇氣，大聲問。

「被詛咒之後你就知道了。」很乾脆簡潔的回答。

「……」這眞是廢話。

一旁的喵喵改好課表之後拿出了一個銀色的小懷錶，「呀，時間很晚了，學長還要送漾漾回家吧？因爲學校的接送工具已經出發很久了，喵喵也有工作要出去了。」她急急忙忙收好東西之後露出抱歉的笑容，「那就這樣囉，漾漾我們開學之後再見。」

也來不及等我回禮，她就拉著包包往外跑。

就在喵喵拉開門的那瞬間，我突然想起某件事情，「危險！」我想起來教室在鯊魚嘴上亂跳！

喵喵對我們兩人揮揮手，下一秒便跳出教室門外。

我想跑去拉住她，不然會被教室壓成爛泥！

「別亂跑。」學長皺眉一把抓住我的後領，力氣詭異地大，我一步都走不出去，只看見喵喵在跳躍的景色中直線落下。

「啊……」我瞪大眼。就在我以爲喵喵會變成貓泥的那一秒，我看見讓我眼睛可以滾出來的東西——一隻約莫一層樓般巨大的白貓從教室外竄過去，然後發出「喵～～」的巨大貓叫聲。貓頸上掛著很像座位的皮製工具然後連接到貓背上，仔細看似乎是種類似馬鞍的東西，不過在貓的脖子上應該叫貓鞍吧我想。喵喵就坐在那個貓鞍上對我揮手掰掰。

只是半秒時間，貓竄過去，我看見九條毛茸茸的尾巴拍打過教室門、窗戶，然後隨著轟隆的腳步聲之後消失。「哈哈哈……」喵喵應該也不是人我想。

那隻巨大的貓是什麼鬼？貓又嗎！我聯想到日本漫畫裡常常出來的妖怪。

「那是白貓王，蘇亞，米可蕥的家族坐騎。」學長鬆開手彈了一下手指，教室門砰的一聲自動關上，教室裡又立刻安靜下來。

我看了看外面仍然跳動的風景，然後又看了看學長，不知道應該說什麼。

白貓王……貓王……「貓王不是很會唱歌的那個人嗎？」我笑了笑，吐出這句話。

「……」

學長用一種很複雜的表情看我。

我知道他想幹什麼了。

「靠！」這次，他踹我屁股。

※

有個故事叫作愛麗絲夢遊仙境。

故事大致上是說有個叫作愛麗絲的女孩子被一隻死兔子引起該死的好奇心，然後跑到異世界裡鬧出一大堆事情，後來才發現其實只是一場發蠢的夢。

我現在也有種我作了一個詭異到極點的蠢夢的那種感覺。

現在是黃昏。經歷過一整天像是作夢般的驚嚇之後，我現在正站在家門口。一堆鳥從高空飛過，我聽見疑似烏鴉的啊啊啊叫聲。

其實我不是很明白自己是怎樣回到家門口的，因為我記得上一秒學長叫我閉上眼睛，然後聽見幾秒呼呼的風聲之後，再睜開已經站在門口了。

學長沒有跟過來，就只有我一個人。如果不是手上有選課的公文夾，我眞的會以爲自己撞鬼，而且是撞得有夠離譜的那種鬼。等等，該不會其實選課資料也是假的，然後我隔天打開，裡面就會塞得滿滿都是冥紙這種標準鬼故事的後續吧？

「你站在門口幹嘛？」正在努力思考可能性時，我身後突然冒出聲音，我立刻轉過頭，見到我姊站在我身後用一種看見路障的表情看我，「要就快進去，不要站在這裡擋路。」她手上提著裝著泳裝的包包，頭髮是盤起來的，看樣子今天大概跟誰約好了去玩水。

好羨慕。

我今天是去被一所詭異的學校玩，而且說出去百分之百沒有人會相信的那種玩法。

就在我慢慢回憶今日悲慘之旅的同時，一個小禮盒擺在我面前，「拿去。」冥玥的手上出現了一個蛋糕禮盒，也是報章雜誌介紹過很有名氣的一家甜點屋，上次在電視上有專題介紹，我還跟我老媽說有空我們可以去試吃看看。「老媽晚上有事，晚一點會買東西回來當晚餐，你先吃這個。」然後她繞過我，自己走回家裡，拿了鑰匙開門、進去，整個流程順利到不行。

看著我老姊的背影，我又低頭看了看蛋糕盒，白色的，上面有銀色的線條捲曲著，像是學長的頭髮。

我到家了，我突然驚覺這個事實。有種鬆了口氣的感覺，我快步跟上去，然後進屋關上門，屋裡的擺飾與白天出門時一樣完全沒有改變，還是那個我看了十多年的房子，可是現在的我卻有種眼眶熱熱的感覺。

「你幹嘛一副很累的樣子？」先進屋的老姊回頭看了我一眼，用一種充滿疑惑的表情看我，然後把包包拋在沙發上走向廚房沖茶，「你們今天新生訓練不會是跑操場吧？」她無心的一句話，狠狠刺傷我幼小的心靈。

好、痛、啊。

我還寧願跑操場。可是如果說是在空地上衝浪追教室一定沒人會相信的，然後我除了衰星之外應該還會多加一個綽號叫作妄想。

可是，我突然覺得今天的時間不知道怎麼過得那麼快，跑跑追追，一瞬間就過去了。

我的時間什麼時候過得如此之快？

就連在學校中，每日每日也都是無聊蹉磨，看著事物在我眼前轉動，時間就像停止不走一樣，就這樣熬過一天一天。

「學校好嗎？」冥玥從廚房走出來，手上是兩杯蜂蜜檸檬茶，她放了一杯在我前面給我配蛋糕，然後自己舒舒服服地抱著杯子坐進沙發裡，「老媽今天還一直唸說很怕一開學就聽到你又重傷的事，整天不是守在電話旁就是等手機，原本還說要跟你去學校看看校園狀況什麼的。」

我看了看冥玥，拆了蛋糕盒。

我的確是差點就重傷了，不過不知道是不是因爲學長在旁邊的關係，今天倒是創下有史以來最驚嚇卻完全沒有受到一點傷的新紀錄。呃，咬到嘴巴那個例外。我自己也覺得很驚訝，我居然沒有受到什麼重大傷害平安回家了。

盒子裡裝的是布丁蛋糕，甘甜的楓糖香瀰漫著，我才發現今天嚇了一整天什麼也沒吃，就只在輔長那邊喝了飲料而已，現在餓得要命。

「漾漾，你……應該沒有想休學吧？」

「噗！」正吞下第一口的我聽見我老姊這樣說，差點沒被噎死。

抬頭，她已經放下杯子，用一種很銳利的眼神看著我，就像蛇盯著青蛙的那種表情。

我錯了，就算不是在學校，家裡也還有一個鬼，我被驚嚇之後完全忘記有這檔事，「我、我才沒有！」連忙搖頭。其實有，可是我不敢跟我姊說。

「最好沒有，學費少是少，不過還是要錢，你最好別做浪費錢的事。」冥玥瞇起眼睛盯著我，冷哼了哼。

有那麼一秒，我把我姊和學長的影像重疊了。其實妳根本是學長化身的吧！

她只給了我很像警告的幾句話之後又轉回去，什麼也不說了。

我匆匆把東西吃完之後洗了澡，幾乎是用逃的逃回了自己的房間。就如早上出門前一樣，裡面一點變動也沒有。

頹然倒在床上，這一整日的荒唐事造成的疲勞突然全部湧上身，有種被鬼壓的沉重感馬上降臨，然後很睏。

好累，眞的好累。先睡一下，其他的事等醒來之後再說吧。

第六話　灰眼的客人

地點：Taiwan

時間：下午三點十分

時鐘的秒針走了三步，整點發出沉重的聲響。

在新生訓練之後又過了兩天，我的日常哀人生活竟然過得異常平靜。本來想快快叫我老媽幫我辦休學的，可是我姊講過那句話之後，我就完全不敢跟我老媽提這件事，一個字也不敢。

因爲我怕我姊掐死我。

翻著那天從學校拿回來要給家長塡的資料，整理一下收拾好塞進背包中。然後，我注意到學生手冊，據說是必看的厚重手冊。

那天我回來之後就開始翻來看，然後越看越覺得自己的理解力搞不好很差，裡面太多東西不是正常人可以理解的，我想我有必要去尋找翻譯。

異世界專用翻譯。

「漾漾，去幫我買包鹽。」正在廚房準備午餐的老媽突然喊了我一聲。

「沒了嗎？」我丟下正在看的學校手冊迅速從樓上房間跑下來，看見老媽一邊擦著手一邊掏

出一張五百元大鈔給我，廚房傳來香味，我老媽不知道又在煮什麼了。

「晚餐可能不夠啦，你去買個幾包回來放，看你要不要吃冰還是飲料什麼的，記得順便幫你姊買一份。」交代了一下後，老媽又鑽進廚房開始準備她的東西。

我媽很喜歡廚房，更喜歡煮東西，不是我吹牛，她甚至比很多有名的大廚都厲害，只是她喜歡將興趣當興趣，不想拿興趣來勞累自己，所以沒去應徵大廚幹掉別人。

「啊，對了漾漾。」本來拿了一包麵粉不知道要幹嘛的老媽突然喊住走到玄關的我，「你前幾天髒衣服裡有一支手機沒拿起來，是誰的啊？」她的手上掛著學長那支免充電鬼手機晃來晃去，螢幕上的電格居然還沒什麼少。

我三步併作兩步地衝過去，連忙把手機拿回來，「沒有啦，學校學長的，前幾天他借我打電話時忘記還他。」我查看了一下，還好這兩天都沒人打電話進來，不過眞的有電話的話我也不知道該不該接就是了。

老媽的表情很疑惑，「誰那麼粗線條忘記把手機拿回去。」不過她好像沒有追問的意思，把手機還我之後就回廚房繼續她的大工程了。

「哈哈哈……」我乾笑，那個人一點都不粗線條，粗線條的是妳兒子我，「對了，姊咧？」

今天一整天都沒看到那個女魔王。

「聽說和同學去看電影了。」廚房裡拋來這麼一句話。

「喔。」眞好，這幾天下來我都在用功學校的那本手冊，可是我越看越害怕。

早上撞車算是還好中的還好了，接下來的內容才教人毛骨悚然。例如大川堂上有個食人壁畫，新生千萬不能好奇去摸它之類的，要不然可能會有血光之災。其實我覺得那應該不是血光之災而是性命危機。我不太想讀書了……我不太想用命去讀書了……

好恐怖。

猛然覺得這個世界非常可愛——不知道是這兩天第幾次湧上的想法了。是不是眞的應該找時間看看能不能說服我老姊跟我媽……我覺得我可能沒有那個勇氣繼續踏入那間奇怪的學校一步，更別說要在裡頭唸書。

我眞的不敢。

找個時間跟她們說說吧……就今晚好了，趁我姊出門看電影心情比較好時，今晚和她們好好談談換學校的事情。

就在主意打定、穿上布鞋之後，我立時拉開門，然後愣了一下。

門外站了一個人，不是我姊，但也不是我認識的人。一個身穿白衣的人，有著一頭俐落的短黑髮，然後，讓我毛骨悚然的是，他筆直的劉海下，居然是雙灰白的眼睛，冷得像冰塊一樣恐怖；就連他身上穿的全白衣褲，看起來都有點像是人往生之後所穿的東西的那種感覺，粗布麻衣，只差沒有穿上褂子。那個人連笑都不笑，給人的感覺就像沒生命的娃娃一樣。

我起雞皮疙瘩了，於是我下一個動作，是猛然砰地一聲甩上門。

這年頭的怪人特別多！

※

「你就是褚冥漾嗎？」

像是冷凍庫裡拿出來的聲音在我腦後飄來，凍得我頭皮發麻。有種瞬間腦門被人重敲一記的感覺，「哇啊啊——！」他什麼時候跟進來的？

我跳開好幾步差點撞到大門馬上連忙轉身，瞪大眼看著不知何時已站在我身後的鬼東西，他站在玄關處用他冰冰的死魚眼看著我，我被看得全身發毛。

這個人比學長更像鬼！不，他應該是眞正的鬼。

「漾漾，你在外面叫什麼？」我老媽的聲音從廚房傳來。

對了！老媽還在家！

我怕她被嚇壞了，畢竟不是每個人都像我一樣有詭異經驗的，所以沒有多加思考，迅速拉開門就往外衝，果不其然，那個鬼魂也跟著我跑出來了。

「呀啊——！」又撞鬼了、又撞鬼了，媽的爲什麼我倒楣就算了還每次都會撞到鬼，這是什麼該死的衰運啊！我努力地跑、死命地跑、不要命地往前跑，可是那個白衣鬼像是沒感覺一樣，居然輕鬆地跟在我旁邊跑，最重點的是他表情居然一點都沒變！莫非你是被快乾膠黏住臉了，連抽筋都不會是不是！

可惡，我想呼他一巴掌。

就在我用生平最快速度跑了五分鐘之後，轉了彎到大排水溝橋上，迎面走來的是那個考上工科的幸運同學。爲什麼人總在最倒楣的時候上天偏偏還要給你一記重槌？尤其是我，幾乎每次都會被雪上加霜，好像祂認爲我還不夠倒楣似地。

「冥漾！」他看見我朝著他跑去，很高興地舉高手對我揮。

很抱歉同學，我不是找你啊！

就在我打算一直線地從他身邊衝過，幸運同學突然一把抓住我，「跑過頭了，你是不是又被狗還是什麼東西追？要不要幫你趕？」他很好心地問被攔截下來喘吁吁的我，然後四周看了一下在地上撿了根棍子。

說眞的，幸運同學大概是我這輩子最好的一個朋友，只是可惜他常常搞不清楚狀況就是。

「我、我被人追！」我瞪大眼，那個鬼魂居然在同學旁邊停下來了。

「人？」

「在你旁邊！」我大叫出聲，指著我同學右側。

「我旁邊？」同學順著我的手轉頭，一臉極度疑惑，然後又慢慢地轉頭回來看我，「冥漾，你是不是看錯了？我……旁邊沒人啊？」百分之百不能理解的語氣。

「欸？」明明就在你旁邊。

就在我想起追著我跑的那東西既然是鬼魂、我同學自然也看不見的同時，那隻詭異的幽靈已經對我伸出手。

我聽見幸運同學的聲音離我好遠好遠，像是隔了一層膜。那張面孔已經貼在我的眼前，我看見黑髮下的灰白色眸子死沉沉地對上我的眼睛，他的瞳孔就在我眼前不斷放大。然後，我看見……他一隻眼睛有兩個瞳孔！

媽啊他眞的是鬼啊！

「冥漾？」同學的聲音又飄來，相隔十萬八千里遠。

別叫！因爲我聽不太到！我想這樣對同學吼，可是完全發不出聲音來。

按照所有漫畫小說電視電影等等的慣例，這是十足十惡靈纏身的凶案現場，我連動都不能動，只能狂冒冷汗看著四隻瞳孔到底想幹嘛。

「找到了。」貼在我臉前的嘴巴張張闔闔，吐出的都是冰冷的空氣，而且……臭死了！該死的死鬼是多久沒刷牙！

「找到你了……妖師的後代……」

※

我聽見同學發出像離我很遠的大叫聲，然後眼前的鬼瞳孔突然被拉開一段距離。

我看見我同學伸出手好像想拉我，他用力探出護欄伸長了手指，勉強搆上了我的衣領，「伸出手，快點！」他的聲音從很遠很遠的地方飄來，可是卻又很近，然後他伸出另一隻手要扯住我的衣服。

不知道是不是惡鬼的影響，我幾乎全身都脫力了，連手指都抬不起來。

「快點……把你的手伸給我。」幾乎半個身體都已超過護欄，我同學非常吃力地咬牙發出聲音，他整張臉漲得通紅。我可以聽見他的衣服摩擦護欄的沙沙聲，還有他用力時關節發出的喀喀聲響。

我是個衰鬼，就連我身邊的人也隨著我倒楣。一股風從下方往上吹，我睜大眼完全無力地看著，隨著風颳過，我同學的手上突然迸裂出許多血痕，像是一下子被很多刀片劃傷一樣。

「冥……」同學因爲吃痛鬆開了手，但立即察覺不對，馬上又伸直手掌想搆住我。

不過卻拉不到，我們之間的距離瞬間不斷拉長。

我明白我正在下墜。

那隻該死的四眼瞳孔鬼推了我一把又打傷我同學，我感覺到一種冰冷的觸感，就像被冰塊砸到般，然後我在橋上往後倒栽下去，看見鬼和同學的影子逐漸縮小。視線整個移開，我看見了今日天氣很好的天空，然後天空倒轉過來，接著在我眼中消失。

我記得排水溝的水被污染得很嚴重，而且都是臭水。不知道這次被送進醫院會不會先被潑上幾桶消毒水？很有經驗的我用力閉上眼睛，等待摔進臭水之後的臭氣，還有在水裡被沖走之後，傷口必定會非常劇痛。

每次都是這麼倒楣……

我究竟在這裡做什麼？爲什麼每次都會變成這樣？

就在臭水惡臭的壓力在我頭頂傳來時，四周的風和聲音好像安靜下來。我知道這是怎麼回事，傳說中的跑馬燈時刻又將閃亮亮地降臨。然後我睜開眼睛，準備和不知道翹掉幾年、老是喜歡在雲端對我招手的阿嬤，再次一對一打聲招呼。

風吹過，不同於水溝的惡臭，是陣清涼的風。

然後一雙紫金色的眼映入我的眼中。

那是個小孩，白白嫩嫩的奶娃，大概是國小生的年紀。黑色的削短髮隨著風有點小飄，非常古典的五官精緻地鑲在白白的小臉上，身上穿的卻是一襲中國的古代袍子，上半身是文生長接袖，下半身的裙褲服裝之類的卻有點像武生。

別問我爲什麼懂這些，因爲我老媽很喜歡歌仔戲所以我曾稍微翻過相關資料，否則有時候和我老媽會無法溝通。

那小孩站在風中，而我用詭譎的倒栽蔥模樣掛在空中，就這樣停止了往下掉，他的臉正好和我倒過來的臉面對面，兩人大眼瞪小眼。

四周的景色突然變成灰白色，所有東西的顏色都被洗去了，就連橋和同學也都褪色，然後靜默不動。說眞的，在漫畫上看沒感覺，現場看見眞人褪色還眞是噁心到家。

我的世界眞的整個變成黑白了。對照廣告詞來講，現在我應該去檢查我的肝有沒有問題。

「吾家下了結界，請放心，不會再影響他人。」娃兒奶聲奶氣地說話了，可是說出來的話讓人感到老氣橫秋，阿公那輩的標準代表，「請快點起來做迎敵準備。」他兩手貼在身邊，長長的袖管一直垂到膝蓋，眞的好像歌仔戲女主角會穿的那種加長型。

我還眞懷疑這小娃兒要用手的時候怎麼辦。

等等！他剛剛說什麼？

「敵人已經到了，請準備迎敵。」

迎敵？

我抬起頭，看見唯一沒褪色的惡靈往下跳來，直直衝向我，「我拿什麼鬼迎敵！」布鞋嗎？全身上下唯一具有殺傷力的東西只有我腳下踩著的布鞋，因爲它可以脫起來丟。是之前在鞋店買的零碼鞋，三九九一雙，丟了我也會心痛的。

咚地一聲，惡靈像是落到我們所站的半空中，我感覺到腳下看不見的空氣震動了一下，差點摔倒。

「這是鬼王的手下，請判斷迎敵。」娃兒浮在半空中，紫金色的眼睛看著我，他的臉完全沒有這年紀該有的天眞無邪，整個繃緊，少年老成的小鬼一個。「吾家已經布下了結界，所以不會影響到附近的人事物，請放心。」

那你幹嘛不和他隔離在一起就好了！

我在心中尖叫。

還有，鬼王是什麼東西啦！

直接字面翻譯，我直覺他是我完全無法接受的某種活體……不，搞不好這玩意連活體都沾不上邊。不給任何思考的空間，不遠的惡靈不知道什麼時候已站在我們面前，用他四隻瞳孔陰惻惻地看著我們，他的嘴巴勾起了大大的笑容；眞的很大，因爲他的嘴角一直裂開到耳根，汩汩黑色的血從他的裂嘴流出來，整個空間裡都是惡臭，比水溝水還要臭。

娃兒舉起了一隻手，我看見我身上的那支手機就浮在他的袖子前面，叮叮的聲音傳來，手機居然開始自動撥號！

「褚冥漾沒有反擊能力，撥號給黑袍中。」我已沒有心情去看娃兒到底撥去哪邊找人聊天，因爲那隻惡鬼咧開的嘴露出森白的牙齒，像是野獸般手腳著地邊發出了呼呼詭異的抽氣聲看著我。

「你你你你你你……快走開！」我抖著聲音揮舞著手，現在突然覺得被野狗咬到還算是比較好了，我怎樣都不想被裂嘴男咬。

我根本不清楚這是怎麼回事，還以爲從學校回來之後就可以過一小段太平安穩的日子。

可是……現在這隻明顯不是人類的鬼東西又是什麼啊？

「呼……呼呼……」蹲在地上的人獸惡靈，發出了疑似半夜響起的變態電話裡傳來的那種呻吟聲。

他的四隻瞳孔都盯著我看。

我好怕。

娃兒突然轉身，明顯已經講完手機了，紫金色的眼睛好像有點怪異，「吞鬼準備，三、二、一。」我根本來不及知道那隻鬼娃娃想要幹什麼。

就在那半秒瞬間，我看到不該看的事情。

「媽啊——！」

那個紫金色眼睛的鬼娃娃突然張大嘴巴——張、大、嘴、巴，整張嘴大得比橋寬還要大。

我嚇傻了，我相信那隻人獸惡鬼也嚇傻了。

「吞食。」隨著一聲落下，我眼睜睜看著惡靈被鬼娃吃掉。

一切發生得都是這麼自然。

「啊啊啊——！」我不玩了啦！

其實今天是整人節目大作戰對吧，這一切都不是真的，他其實只是我不知道什麼時候嗑了藥的幻覺。他是假的……拜託，他一定要是假的。

我精神開始崩裂了。

鬼娃將惡靈吞掉之後舔了舔舌頭，嘴巴變回正常尺寸，「敵人殲滅，撤銷結界。」

撤銷？

等等，下面是臭水溝啊！

就在鬼娃像是氣泡般從我面前啵地消失的那瞬間，我不用半秒立刻做好會摔到臭水溝的準備。不過意外的是，我竟然沒有撲通一聲然後失去知覺被送到醫院，然後醒來又是充滿消毒水味的房間。我摔在地上，遠處傳來幸運同學的叫聲，像接續上一段情節一樣，然後越來越遠，最後就消失了。

睜開眼，四周是軟綿綿的青草地，這是與橋有些距離的河川上游處，比較沒那麼臭，而且堤防上下全都是草地。

風吹來，帶著青草的氣息。

「好玩嗎？」

順著聲音我轉過頭看過去。

不知道什麼時候到達的學長已經站在那邊等著我了。

❀

夕陽落下，四周都被染得紅通通一片。

我坐在公園的椅子上，雖然現在已經安全許多，可是剛剛被鬼追又被推下橋的經歷讓我的手還在抖。好心的同學不知道怎樣了，鬧成那場面他搞不好已經跑去報警了，畢竟一個人莫名其妙摔下橋，而他又被風割傷，怎麼想都很像明天新聞會出現的超級大版面頭條。

我有點頭昏。

那支手機不知怎地又回到我身上。

學長領著我從河邊走到這裡，這是離我家有段距離但算得上是最近的公園。這邊人煙少，又是下班時間，裡頭只有偶爾想抄近路回家的學生兩、三隻。

「拿去。」冰冰涼涼的飲料罐突然貼在臉旁，我連忙接過來，抬頭一看是晃到飲料機邊投幣的學長拿著兩瓶氣泡飲料又走回來。「你那個朋友……應該是吧，就是在橋上那個人，我們已經做了緊急處理，他沒有任何生命危險，也不會記得發生過什麼事，所以你大可放心。」

夕陽的餘暉映在飲料罐上，折射出一種奇異的金屬光澤。

是嗎，原來他沒事……那就好。

「剛剛那個東西……」我在心底綜合所有疑問外加動漫畫看來的東西之後，有個結論，「不會是什麼見鬼的學生測驗吧？」這個最有可能，不然那個鬼娃不可能這麼剛好就出現在我附近還嚷著迎敵什麼的。

這一切都是傳說中的迎新是吧？

拜託，請跟我說沒錯這樣我還比較放心。

「我才沒那麼無聊。」自顧自打開汽水喝了一口的學長拋了一句冷言過來，他的臉色好像有點不善，身上還是穿著我們在火車站初次見面時的那件黑色長衣，「剛剛瞳狼不是說過那個是鬼王的手下嗎？」

是喔，那個鬼娃好像有說過那個惡靈是什麼王的手下。我愣愣地回想著剛剛被追時那隻惡鬼沒人回應還說得很高興的單方面話語，「什麼是鬼王？」我只知道鬼王鍾馗，可是我又不是小鬼，他叫他手下來收拾我幹嘛？

等等，難不成其實我已經快變成鬼了？所以被納入他的管轄範圍而不自知嗎？

「……就是最大隻的鬼。」

……

我覺得我的理解力應該沒有很好，因爲學長給的答案我眞的聽不懂。

「眞是的。」看著我一臉茫然，學長煩躁地站起身，把手上不知道什麼時候喝完的飲料罐遠遠抛入了回收垃圾桶，發出響亮一聲。夕陽映上他的銀髮，閃著亮亮的光點，有那麼一瞬間，我覺得他的髮好像被血染紅，眩惑得讓人覺得有些邪門，「不管是哪個世界都有靈、鬼、妖、魔、怪等等的東西。」

「啊啊，這個我知道。」漫畫和電影裡常常都有，像是◎◎◎大妖怪之類的。

「實際上用你看過的那些東西拿來作參考也行，這類東西會依照地區、靈能、氣脈等不同因素各自聚集在一起，而其中被拱高的首領就是王或其他類似稱呼。」學長並沒有反駁我心中所想，反而加以肯定，「鬼王，就是一群地區性黑暗之物拱出來的領頭，你剛剛想的那個東西已經有點神格化，算是鬼神的一種，可是追擊你的這個鬼王是不被承認的……換句話說，就是你們一般人口中說的惡鬼總首。」

我有點聽昏了，不過也大概可以知道學長的意思。

「還有，鬼王有好幾個，剛剛追你的那個是比申惡鬼王的手下。」

沒聽過。

是某種品牌還是分類名嗎？

許多疑問在我心中閃過，不過現在我最想知道的是另一件事，「那麼那個鬼什麼王的幹嘛追我？」我記得最近發生最驚天動地的事，只有追教室那個和死人排，可是並沒有在學校碰到這種東西。

等等，不會是我在無意識中又得罪了誰誰誰之類的吧？

「……被你的衰運吸引過來的。」連思考都不用，學長非常直接地給了我這個答案。

……

「對不起，我知道我很衰。」現在更衰，連鬼都追著我跑。

學長看了我一下，「放心，你不是第一個被追的。」他這樣說，讓我聽完後突然有種「原來有別人也被追過、聽見有同伴眞好」的感覺，「你的氣因爲學校而改變了，會慢慢將你個人的能力引發出來，所以像這類東西以後可能會變多不會變少。」

「欸？」只會變多不會變少？

媽啊！

爲什麼我要遇到這些事情？我只想當個平凡人好好把衰人的一生過完啊，爲什麼還要開始被鬼追？

這一切詭異的事情好像都是從入學開始的。我的人生突然朝著扭曲的方向破錶直飆，而且沒有喊停的機會。不知道爲什麼，我隱約覺得好像有隻看不見的手拖著我一直走，雖然我不願意，但它仍然我行我素得很。

其實，我眞的只想當一個平凡人。

「你眞的以爲你可以當平凡人嗎？」學長看著我，紅色的眼睛突然銳利了起來，「學校並不是出錯才會剛好被你選到，而是有特殊能力和各種聯繫的人才會選到我們學校，就算你今日不是在我們學校就讀，那個能力也會隨著你長大而越漸增加，被鬼追也只是遲早的事。」

不知爲何，我覺得學長好像有點動氣了，雖然他一天到晚看起來都是不太高興的感覺，可是現在看起來好像是非常不爽。

我知道他聽得見我在想什麼。

四周稍微安靜了下來，感覺有種沉默的尷尬，我一句話也接不上去，不知道應該怎麼打破這份沉默。

幾乎沒有朋友的我不太能應付這種場面。

學長沉默了半晌，才慢慢說出一句話，「你總有一天會知道能力所代表的意義。爲了讓你能走到那個地步，學校已經做好了全部的準備，只等你踏入那一腳，你自己決定要怎樣吧。」

我看著學長，思緒微微飄遠。

就如同學長所說，要是萬一不幸我眞的有什麼連自己都不知道的能力……搞不好那個能力叫「千年衰運」之類的，過了很久很久之後鬼仍然會追我……我想起了今天，這隻鬼光明正大地入侵到我家，不但差點連我老媽都牽扯進來，還因此害不相干的同學受傷。

我不太願意，不想因爲這樣把家人、朋友牽連進來。要倒楣的話我一個人倒楣就夠了，反正我已經習慣了。

可是，如果以後變成很多鬼衝進來的話，我又要怎麼辦？

我看著學長，有種決心慢慢在心中成形。他們說過，Atlantis是異能開發學習學院。是我現在入學要就讀的學校。

第七話　初遇之鬼

地點：Taiwan

時間：下午六點整

「噓。」

正在我想了很久想講話的時候，學長突然豎起了手指瞇起紅眼，「又跟來了。」他的聲音不大，可是也不算小，剛好我們兩人都能聽見的音量。

我還不懂他說什麼東西跟來。

「那個。」學長抬起手，隨便指了一個地方。

我狐疑地看過去，呆掉。

死魚眼分身來了，他帶著很多同伴悄悄地來了。

「那個那個那個那個……」剛剛的惡夢又回來了，灰白的人眼就出現在我眼前，我自己都知道我結巴得很厲害，呼吸變得急促，「鬼鬼鬼鬼……」

一大群十來個灰白眼睛的人從公廁方向冒出來，有男有女，嘴巴都裂到耳根還不斷冒血。

「鬼——！」廁所鬼！

「吵死了！」學長狠狠瞪了我一眼，只差沒一腳踹上來，「才一群小手下就叫成這樣，你最喜歡的米可蕥一次應付一大群也不吭一聲。」

因爲你們都不是人啊！

想起那個笑容甜美的喵喵，我就含淚。還以爲遇到正常不過的可愛女孩，可是她隨身攜帶的「貓咪」也太大隻了吧！

「你給我看好，遇到這種東西的清理方法。」臉色完全不變的學長微微傾了身，從口袋拿出一張白色的紙，大小像符，上面有個紅色的印子與一個看不懂的外星字，「這是爆符，你以後如果有選修符術就會畫到的基本入門咒。當然，是在你有入學選修的前提下。」

我看著那張被拋到我手上的紙，看見了那個圓圓印子好像一把火焰，中間點綴了像是金帛的東西微微發亮。

就某方面來講，還好這紙是白的不是黃的，不然應該會超像冥紙。

「褚，你要仔細看好。」學長剛說的時候我沒意識到他是在叫我，過了幾秒才知道他叫了我的姓。也是，好像外國人滿多會直接稱呼姓，「基本上，不管你用什麼東西，心意都很重要。」

學長說出一句很像是把馬子祕訣的至理名言。

「心意心意心意心意……」我看著那張疑似冥紙的符，上面亮亮的東西一直反光，射得我眼睛好痛。

其實我不知道有什麼心意。

老實說，我現在最想的就是直逼我們而來的那群惡鬼快點消失。

可是說也奇怪，這個時間公園周圍的人應該會開始增多，因爲附近有下班、下課的廣大人潮，但他們不但對這群惡鬼視若無睹，就連像學長這類外表出色的人在這邊站了好一陣子了也沒有國、高中女生來搭訕，這種狀況有點反常。

「爆火，隨著我的思想成爲退敵所用。」重新拿出一張符紙的學長將紙揉成一團握在手心上，如此簡短地唸了以上的句子。

等等，漫畫上那些要發動魔法的人，不是要唸長長一串外加旁人聽不懂的梵文、惡魔文之類的東西嗎？爲什麼學長的這麼簡單明瞭？

「就說過心意最重要了聽不懂嗎！」學長二度提醒我那句至理名言。

四周被惡鬼團團包圍。

不要說心意，現在連個屁我都放不出來了。

有個很臭的味道。他們該不會眞的是從公廁的馬桶爬出來的吧？有點像魚腥味，可是又很像肉放到臭掉的詭異味道，讓我有點想吐。

就在第一個灰眼女人張開手指往我們抓過來時，學長的動作比她快上更多，揮動手，一道黑色的流光在我眼前劃過黯淡的光芒，在夕陽完全落下的同時，我看見一條線自學長的掌心劃開。

那是一把槍，不是發出砰一聲子彈飛出的那種，是中國古代的那種長槍，改良型的黑色寬面槍。黑色的槍身上刻繪著許多奇怪的金紅色花紋，亮起的公園路燈照映下，整支槍居然微微發著光，像是有螢火蟲在上面似地。

黑槍劃出了一個圓之後，槍尖頂著那灰白眼女鬼的額頭，再多一吋就會貫穿。

「爆火、滅。」學長的聲音很低，像是吟著咒語卻又簡單得只有幾個字。我在旁邊看著，他的動作就好像某種祭祀，然後祭品是死魚眼的鬼群。

就在聲音落下的同時，那個女鬼突然發出用指甲刮玻璃般的尖銳哀號。聲音很大，好像耳膜都會被刮破，我受不了所以連忙捂住耳朵。

灰白眼女鬼震了兩下，就當著我的面突然整隻爆開，紫黑青白的腐臭內臟噴得後面追來的鬼到處都是，閃得迅速的學長已經往下一隻衝去。

看見內臟飛出來的那一秒我差點吐出來，還好剛剛沒吃什麼只有酸水的味道，我壓住嘴巴才沒有眞的吐出來。

這個畫面比看國家地理頻道還要驚悚。

我明白那個爆符的意思了。

不過如果是爆開鬼怪的話，爲什麼不乾脆用大規模的炸彈一次全滅就好了？這樣一隻一隻打多浪費時間啊？如果是炸彈，一定快很多。

就在我如此想像的同時，已快撂倒約一半鬼群的學長猛然回過頭，紅色眼睛與我視線相對。

然後他往下看。

我也往下看。

有個吱吱吱的不明燃燒聲音。

「哇啊啊——！」

我尖叫。

「你這白痴！」學長怒吼。

「炸彈炸彈炸彈！」我從椅子上跳起，抱著不知何時出現、籃球般大小的黑色炸彈來回跑。

炸彈就是那種卡通和漫畫愛用的黑色球形品牌，現在上面接著一條正在冒火快速燃燒的引線。

「會爆會爆會爆！」我團團轉。突然，我想到現在應該做的是把炸彈拋出去，接著轟然一聲就會把這些鬼爆得滿天飛，全部乾乾淨淨一塵不染，惡夢就此解決無影無蹤，所以我立刻把炸彈丟出去。

叩咚一個很沉重的聲音，黑色球炸彈飛出了完美的拋物線後滾了好幾圈，停了下來。

四周突然有一秒的安靜。

「我殺了你！」瞪著滾到腳邊的黑色球體炸彈，學長很鎮定地拋來這樣一句話。話中帶著陰狠凶惡的殺氣，那種一刀刀凌遲處死的語中殺意。

「對不起對不起我不是故意的。」因爲你剛好站在惡鬼中心點。我抱著頭狂叫，全身發毛，然後瞪著引線被燒到剩沒三公分還在繼續狂燃。

我眞的覺得學長會把他手上的黑槍往我腦袋捅。

就在炸彈引線燒到兩公分時，學長一槍射穿離他最近的惡鬼，然後擺脫那一大團往我這邊閃來，什麼也沒說就硬拖著我的手快速奔跑。

他一定是運動健將！

不但會高空衝浪，連跑步都快得跟鬼一樣！

我被疑似一百公尺只花五秒的那種速度拖著跑，眨眼間就到了距離有一段路的大象溜滑梯旁，「進去！」學長直接一腳把我踹進溜滑梯挖空的大象肚子裡，然後自己也鑽進來。

說眞的，大象肚子滿小的，因爲是給小朋友玩的關係，所以兩個人得彎身蹲在裡面。

就在我想好好喘一口氣的時候，外面傳出通天爆的巨大聲響，像瓦斯氣爆的巨響，轟隆隆的外面整片天空都在震動。

那聲音一爆開，我整個耳朵都在痛，嗡嗡的聽不見聲音。

大象在震動，有種快要分屍倒塌的感覺，小空間不斷有細微的沙土掉下來落在我們頭上，外頭一直傳來連環爆裂的聲音。身旁的學長迅速地脫下他的黑色袍子，不知用什麼東西固定了四個角封住了大象肚子的入口。我看見隱約有東西砸在衣服上面，但聽不見應該有的咚咚響聲，接著聞到了火藥的臭味與剛剛那種腥臭味。

整個小空間都是黑色的，只有外面路燈透過細縫隱約透了點光線進來。

不知道過了多久，聲音和震動才停下來。

我有點暈眩，眼睛花花的，耳朵裡像有一堆蜜蜂在嗡嗡嗡。

過了好半晌，學長才把衣服扯下來，沒穿就掛在手上鑽出了大象肚子。

暈眩過去之後，我也跟著學長爬出去，然後傻住。

「不會吧……」我瞪大眼睛，剛剛我們喝飲料的地方已經被炸出一個大大的窟窿，被炸壞的公園飲水機與公廁都在噴水，窟窿馬上就被塡成了小水池……只是小水池裡有不明的眼珠與內臟在亂滾。看到這種狀況，我立時想到的是：政府不會找我索賠吧？

學長轉過頭，「你這白痴你這白痴你這白痴！」他用力掐住我，搖晃！完全失去那種高貴優雅的氣質。

「我不是故意的我不是故意的！」我差點翻白眼，亂叫！

我怎麼知道爆符會變炸彈，我還以爲它只會變槍嘛！嗚嗚，我現在也覺得我自己很白痴，炸掉四分之一座的公園。

大概幾秒之後學長應該是掐夠了，把我丟到旁邊，「眞是的，沒想到會搞成這樣子。」

不好意思，我也不知道爲什麼會搞成這樣。

就在很沒種的我想詢問我可不可以先走一步的同時，某種奇異的騷動聲慢慢傳來。一種，像是有什麼在爬動的聲音。

通常在各大動畫電影當中如果聽到這種異物攀爬的沙沙聲，歷史寫下的血之教訓告訴我們，千萬不要回頭看而是要一秒拔腿狂奔。不過很可悲的是，人類這種生物完全不知道什麼叫作記取教訓。因爲我是人類，所以我回頭了。

這次我連叫都叫不出來。

昏暗的天空底下，被打壞的公園路燈搖搖晃晃的只剩下微弱的光芒，幾個喳喳聲響之後宣告陣亡，四周立即出現了昏暗詭譎的色澤。

漂浮在水窪上的眼珠開始劇烈震動著，然後像是傳染一般，四周地面也像是發生地震一樣開始微微地上下搖動。

學長閉上眼，然後睜開，血紅色的眼睛只有深沉與鎮定，幾乎讓人察覺不出他現在心中的想法。「來了。」他這樣說。

我立即抬頭，不知道爲什麼我有種頭皮發麻的感覺，好像四周的氣溫急速下降一般，「什麼來了？」

紅色的眼睛轉而看我，「你的大爆炸將鬼王直屬手下，也就是這堆腐屍的頭頭引出來了。」

他很鎮定，鎮定得和我現在的心情完全成反比。

我引了什麼？

不知不覺，我猛然注意到自己的手腳顫抖得厲害，根本制止不住。

還來不及問出口，距離我們最近的水窪中心猛然穿出了一隻雪白到幾乎像是上了一層白蠟的手，啪地一聲手掌用力拍了下地面，將原本漂浮在上面的眼珠拍得稀爛。

我有種噁心想吐的感覺。

那隻手撐著地面，隨著手掌定位撐起，我看見水窪中浮現了灰白色細長的髮絲，然後是一樣蒼白得反青的頭皮，一雙眼睛從水中出現，灰黃濃濁的顏色牢牢盯著我看。我像是被蛇盯住的青蛙般一動也不敢動，全身都在冒冷汗。

我害怕，生平第一次有種幾乎絕望的冰冷懼怕。

「比申惡鬼王所屬的七大邪鬼貴族，瀨琳。」隨著學長的聲音在我耳邊飄移，水窪中站起了一個女人的形體，灰白的長髮全部沾黏在身上，她沒穿衣服，但是蒼白的身上全部都是灰白色的詭異鱗片，一雙眼睛中有兩個瞳孔，就和稍早我碰上的那隻鬼一樣。

我屏住呼吸，往後退了一步。

那個女鬼很高，非常高，估計至少有兩百公分左右，連學長都矮了一大截。

然後她緩緩地張開口，我看見那雙詭異的眼睛之下猛然出現了巨大的裂口，裂口裡是尖銳綠黃的牙，其中還有幾根沾染上了紅色。

我覺得我應該知道那些紅色是什麼東西。

「是哪個人……」

冰冷的聲音慢慢地響起，我有種全身都起雞皮疙瘩的感覺。她的聲音很像是拿砂紙去刮玻璃，聽了整個人拚命發毛。

猛地我的肩膀被一把抓住然後往後扯。和我不同，幾乎一點畏懼神色也沒有的學長站在我身前，擋住了女鬼的視線。「深水貴族瀨琳，妳是鬼王的直屬手下，這裡是妳不應該來的地方，破戒來此，妳該已做好受死的準備。」

四隻瞳孔在聽了那幾句話之後立即聚焦在學長身上。

然後，她笑了，一種低沉到不能再低沉的詭異聲音，震得四周地面都動搖，「在吾王之下，沒有我到不了的地方。無知小輩，正好拿你來血祭我那些被你們所殺的可愛兒女。」

被我們殺的？

說眞的，我只能想到一種東西，就是剛剛瘋狂攻擊的腐屍。沒想到這些東西叫作可愛……不過這個貴族是這長相，我也只能相信在她眼中那些腐屍眞的是可愛了。

學長將我往後推開了幾步，空隙之間我看到他的另一手重新出現黑槍，「她和之前那些東西的程度不同，你馬上躲回剛剛的地方。」他將手上的黑色大衣拋給我，「快去！」

我連點頭的時間都沒有，就在拔腿同時，某種碰撞的劇烈聲響從我身邊傳來。下意識地回過頭一看，那個女鬼臉幾乎就貼在我身邊，四隻瞳孔像是發狂般地滾動。之所以沒整個撲過來是因爲她的身體被學長的槍身橫擋，兩人一時間僵持不下。

「還不快去！」

幾乎是連滾帶爬，我衝回剛剛的大象肚子裡。

「你們把他藏起來了！」在我衝進去的那瞬間，女鬼發出尖銳的嘶吼聲，像是極度憤怒的野獸發出的可怕咆哮，在整個小空間裡轟隆隆地迴盪，我的耳朵整個都痛起來了，難以忍受地伸出手緊緊壓住耳朵，可是那聲音還是竄進我的聽覺。

一道閃光劃過我眼前。

有著可怕蠻力的瀨琳猛然推開橫在腹部的槍身，帶著鱗片的十指指尖立即鑽出十來公分長的灰色利甲，朝著還未避開的學長就是極凶地一揮，當場就在學長的手背上刮出又深又長的血痕。

赤色的血珠慢慢滴落。

完全不爲所動的學長看也不看傷口，只盯著眼前舔去指甲上血珠的女鬼，然後冰冷地開口：

「深水貴族瀨琳，妳眞的不想活了。」

就在還來不及眨眼的瞬間，我看見學長輕巧地一迴身，快到連那女鬼也來不及有更多反應。

叩咚一聲，一顆頭顱掉落在我面前。

我想尖叫，我眞的想尖叫。

那顆腦袋上一雙眼睛四個瞳孔全都轉向我這邊。

「別碰！她還沒死！」一腳將頭顱踢進水窪的學長用黑槍一抵，還矗立著的巨大身軀也跟著往後倒入水窪中。「鬼王的手下都很難殺死，總之先將她強制封印然後送回原處再做打算。」

將黑槍收起，學長抽出另一種紅色的符紙。

四周的氣溫似乎稍微回升了些，「異界返回。」紅符發出點點亮光，同時間地面也出現紅色的奇異圖騰陣，「不該於此界之物，憑由烈刃強制返送。」就在學長唸完的同時，那灘水窪重新起了波動，在上方的頭顱與軀體像是被吸進流沙般緩緩下沉，終至消失。

呃，這個情況應該算是危機解除了吧？

我偷偷伸出一隻腳，沒有被制止，接著整個人才慢慢地從裡面爬出來。

學長的戰鬥華麗且迅速，好像在瞬間就完成了所有動作一樣。跟我比起來……嘖嘖，滿目瘡痍一看就知道程度差多少了。

不理會我，學長從口袋拿出手機撥了一組號碼，「提爾，我這出事了……嗯，你查所在地派組人過來處理。對，有鬼王手下的反應，是七大貴族的瀨琳，麻煩一起往上呈報。」我似乎聽見很耳熟的名字，一下子想不起來是誰。

學長掛掉電話之後，我立刻跳開，很怕現在殺紅眼的他會延續剛剛的報復繼續掐爆我。

「走了。」意外地，他只是很平靜地對我說了兩個字。

「啊？」通常越平靜的人發起飆來越恐怖。

「不然你想留在這邊被觀賞嗎！」這次，學長的話裡加了咬牙切齒。

「當然不想。」被他這樣一提醒，我才注意到因為爆炸還有地震的關係，附近已經引起一陣騷動，公園外聚集了一大群人，大概不用幾秒就會通通衝進來。

「那就快走。」顯然很有經驗的學長邁開腳步就往另一邊還沒什麼人聚集的方向走去，我連忙跟上他有點快的腳步。

就在我們一前一後踏出公園範圍的同時，警笛聲也剛好響起，很快地，四周突然冒出十來輛警車將公園包圍住、拉出黃布條，然後消防車與救護車也跟在後頭將人群隔開。

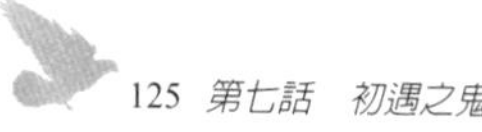

我有點訝異，這次警方出動得居然超快。

平常有這樣嗎？

※

一路上，學長一句話都沒說，悶著頭就是直直走。

我知道他很生氣，絕對是。一般人應該會直接氣到把我掐死吧我想，他算是很手下留情了。

我想道歉，可是又很怕，而且我還很擔心他手背上的傷，雖說沒有繼續滴血，不過還是應該先處理一下比較好吧？

「這是什麼？」前面忽然停下腳步，我也連忙煞住才沒從他背後撞下去，驚嚇之後是疑惑，我隨著學長的視線看去，看到不遠處有個小攤販上面掛了紅豆餅的牌子，以前都三個十元的，現在好像原物料都漲價了，已經變成三個二十元，甚至連一個十元、二十元的都有。

「是紅豆餅啊，裡面有包紅豆的點心，也有包綠豆、芋頭、蘿蔔絲、高麗菜有的沒的，這家滿好吃的。」剛好這是我以前上下課必經之路，以前下課肚子餓，我老媽都會給我零錢來這邊買幾個回去當點心，所以我和老闆很熟，「學長你要吃看看嗎？」

我覺得奇怪，學長沒吃過紅豆餅嗎？看他的表情好像完全不知道什麼是紅豆餅，就盯著車台直直看了好一會兒才轉開視線。就算是外國，現在這種東西應該到處都可以見到吧？台灣的小吃聞名天下啊，華人區、唐人街應該都不少才對。

學長看著我，然後搖搖頭，銀色的髮劃出好幾道波浪，「我等等還有工作，不吃東西。」

「工作？」疑問，學長在打零工？可是爲什麼打工不能吃東西？

「Atlantis允許學生接受各種委託工作，等級從最低階的白袍、中階的紫袍到最高階的黑袍三種，像你現在連白袍都不是，離獨立接任務還很遠。」學長把視線收回來看了我一下，這樣說，「工作範圍當然是處理有關人類處理不來的問題。」

我知道了，就是像漫畫上那種類似除魔師的東西。

「不是除魔師。」學長瞬間就推翻我的想法，「像我等等要去做的事情就是貓妖委託的樹靈任務，範圍廣到你想不到。」他勾起唇角，冷冷地笑。

現在就已經很想像不到了，所以我不會去揣測範圍到底有多廣。

「你剛剛那個被惡鬼追的事雖不是正式任務，可是鬼王的手下本來就是很麻煩的問題，所以我想學校方面應該會派給你獎金才對。」學長又拿出手機，在觸碰式螢幕上點了些什麼然後傳出去，「如果你再遇到的話，瞳狼會幫你，就是剛剛吃掉鬼的小孩，你只要叫他吃掉就可以了。」

那個鬼娃？

我抖了下，有點怕。

「那就這樣了，我還很忙，再見。」收起手機後，學長對我揮揮手。

我猛地回神，才發現不知道什麼時候我已經站在家門口了，「學長！」看著學長離開的背

影，我卯起勇氣喊他。

學長回過頭，滿臉寫著「你還有什麼事」之類的字。

「今天給你添麻煩了對不起，還有，開學後見！」雖然還有點猶豫不決，但我想，我已經稍微可以接受到Atlantis上學的事情了。和家人商量轉學的事再等等吧，看過一段時間之後會如何再說。

而且，我想學會保護自己不再牽連他人。

慣性地冷冷勾起唇，學長哼笑了聲，「笨蛋。」

下一秒，他的身影被風吹散，好像從來沒有來過一樣。

有種似乎心中放下什麼的輕鬆感，我哼著歌往家裡走。

打開門，我老媽就站在玄關處看我。

「漾漾，鹽呢？」

……

我慘了。

第八話　月與決心

地點：Taiwan
時間：上午八點十五分

在那之後又過了幾天。

距離開學還有三天，就在我打算用這段時間把我所有心情都調適完畢，然後迎接開學日來臨時，家裡來了意外的訪客。

「漾漾、漾漾，來玩吧！」窗外傳來女孩子的叫聲，很清純甜美的那種感覺。

那時候我正在一樓廚房吃早餐，我老媽一聽見有女孩子叫我的聲音立時便往玄關跑去，那速度快到讓我覺得我老媽平常在說腳痛腰痛身體痛有可能都是虛構的。不過因爲我活到現在從來沒半個女生曾找上門，班上所有女生都認爲和我接觸會被傳染衰運，所以就只和幾個男生朋友稍微有交集而已，因此我完全可以理解我老媽往外跑是爲什麼。

不過，問題不在這裡，「妳幹什麼啦！」我也跟著跑出去，在我老媽大嗓門還沒引來左鄰右舍時先早一步衝到門口。

要知道，我老媽對沒有女生找我這件事耿耿於懷很久了。她老驕傲地說我姊是搶手貨，從幼

稚園被追到大，可是不知道爲什麼到我就變成滯銷貨，所以很不平。

「我幫你朋友開門啊。」老媽說得很理所當然。

「免了，我自己開就好。」誰知道我媽殺出去第一句話會不會先對別人做身家調查。

「你早餐還沒吃完滾去吃啦！」很顯然地，我老媽很堅持。

「妳剛剛不是說要去做蘋果派，快去做啦。」我比她更堅持。

母子兩人僵持不下。

「漾漾，出來玩！」門外的女孩又喊了一聲。

我老媽終於決定拿出身爲母親特有的威嚴與特權，「打開門，不然我就扁你然後三餐給你吃垃圾。」

可惡……

屈於淫威的我只能不甘不願地打開大門。門外果眞站了一個可愛的女孩，一身白色藍底碎花的小洋裝，微鬈的金髮綁在頭部兩側，看起來就像小公主一般。最教人移不開目光的是女孩有著偏西方人的五官與輪廓，整體搭配起來就像是電視上那些不可高攀的貴族千金。「喵喵？妳怎麼會來？」完全訝異的我沒想過喵喵會找到我家來，還站在門外大喊來玩。是說，她是怎麼知道我家住址的？

「今天沒工作嘛，來找漾漾出去玩。」喵喵無視我訝異的視線，甜甜地笑，「褚媽媽好。」

她注意到站在我身後瞠目結舌的老媽，非常有禮貌地一鞠躬。

我老媽立即回過神，「哇哇，好可愛的女孩子，小妹妹妳叫什麼名字？是我家漾漾的同學嗎？」她曖昧詭笑地頂了我的背兩下，然後大方笑著招呼喵喵。

「我叫米可薙，是漾漾的同班同學。」喵喵抬起手，手上掛著包裝精美的水果籃，「這是米可薙家裡產銷的東西，希望褚媽媽喜歡。」她將裝滿櫻桃、價值不菲的高級水果籃交給我老媽。

我瞄到了，很貴的進口櫻桃。

「這個太貴了，褚媽媽不能收，小薙帶回去吃吧。」我老媽的稱呼一下子三級跳，立刻和喵喵熟稔了起來。

然後，我被當成空氣遺忘在一邊。

「這是米可薙家裡銷售的東西，爸爸出門時交代我一定要送過來的，所以請褚媽媽收下沒關係。」喵喵仍然甜甜地微笑。

「那褚媽媽就不客氣收下囉。」我老媽也不好意思一直推來推去地不好看，所以就把水果籃收下來，「漾漾還在吃早餐，小薙妳吃飽沒？要不要先進來坐坐。」

「好啊。」

喂喂，我的意願呢？

看著老媽和喵喵愉快地進屋聊天，被當成空氣般的我臉上滑下了三條黑線。

有種預感，我今天大概又不得安寧了。

※

大約九點，我吃過早餐、換過衣服後便被我老媽轟出來，旁邊還跟著喵喵一枚。

「妳找我有事嗎？」我們兩個一前一後走過往市區的馬路，前幾天被爆符轟掉的公園現在還在維修，速度不知道爲什麼挺快的，已經慢慢恢復成原來的樣貌。

我一直感覺不太對勁，可是又說不出來哪裡不對勁。公園維修是理所當然的事，爲什麼我會覺得不對勁呢？

「有啊，喵喵今天沒有工作，來找你一起玩。」甜甜的笑容仍沒有改變，接著她從身側的小背包裡拿出兩張票券揚了揚，「有招待券，我們先去看電影，庚學姊也在那邊等我們喔。」

庚學姊就是第一天在火車月台跳給我看的那個美麗大姊。

「學姊也來了？」可是，爲什麼學姊會來呢？我與學姊也沒什麼多大的交情，只有第一天被嚇的交情，而其實跟喵喵也沒有，所以她會出現這地方實在是讓我感到訝異。

「嗯，庚說學長託了東西要拿給你，剛好我們都沒有事所以一起來找你看電影。」喵喵微笑著回答我的問題，「我們剛剛看了簡介，有一部冒險電影剛上映不久，正好可以去看；可惜學長沒來，學長也很喜歡這類的電影說。」

很難想像學長會喜歡冒險電影，我還以爲他比較喜歡血腥電影，也不是絕對有把握啦，不過就是一種直覺。

「妳家真的是賣櫻桃的嗎？」剛剛她送來我家的昂貴禮物，讓我有點懷疑。不像不像，她怎麼看都不像是果農。

果然，喵喵搖頭，「我們家是古老異能者家族。」

照漫畫來說，就是世襲的詭異職業，「對不起讓妳破費了。」那籃怎麼看都要幾千塊，對我來說算是一筆不小的數目。

「不會不會呀，沒有花到錢。」喵喵咧了笑容，「我家有旁系家族，是在做一般工作的，剛剛那個是從我家親戚那裡拿來，免費的，喵喵只是借花獻佛而已。」

……我突然覺得，喵喵應該是非常有錢人家的大小姐。

市區離我家不遠，從那被轟爛的公園再走個十五分鐘就到了。平常我都會騎腳踏車到市區逛逛，可是今天喵喵同行，所以沒辦法騎，我們兩個就邊走邊聊，路倒也不是那麼遠了。

「庚已經到了。」

今天是非假日，而且時間又挺早的，所以市區人潮並沒有很多，大約要過十二點這邊才會比較擁擠。

喵喵朝馬路另一端電影院大招牌下的黑黑人影揮手，對方也做出一樣的動作。

我們兩個過馬路後，果然見到滿臉笑容的庚學姊已經站在那邊等我們了。今天學姊是黑色系的合身套裝打扮，看起來超優雅，站在人群裡極度顯眼，好幾個路過的上班族都在偷看她，可見她的魅力。

「漾漾，早。」庚朝著我溫雅地笑。

「學姊早。」連忙回應後，我看了一下學姊又看了電影時刻表，「妳們今天還有要看哪一部片嗎？」有點尷尬，我還是第一次跟不是我家人的女生單獨出來，而且還一次兩個，一個是氣質美女，一個是甜美小公主，我覺得路過的男生都想拿視線當刀把我捅死。

「沒有了，只是好一陣子沒來這地方，感覺又變了。」這般說著，然後庚從斜揹的包包裡拿出一個小信封遞給我，「這是你學長託我給你的東西。」

我接過那個白到有點像喪事用白包的信封，打開一看，裡面夾著兩張紙，「這是……」我將東西抽出來，瞪大眼睛。

裡面一張是請款單，一張是國際支票。

國際支票上印的公司名號我沒看過，可是燙金的式樣就是有種很高級的感覺。

「我們聽提爾說了，漾漾打壞了公園，所以一張是打壞公園之後學校維修支出的費用，另一張是漾漾驅除鬼人之後的費用。」喵喵湊在我旁邊這樣說，「雖然沒有很多錢，不過這應該算是漾漾你第一次拿到任務費用吧，好厲害。」她拍著手說。

沒有很多錢？

我心裡那張吶喊圖又冒出來了。

天啊！沒有很多錢？

上面蓋著學校戳印的請款單填著令人昏眩的天文數字，可是可以立刻兌現的支票上居然也填著差不多的天文數字。

我昏了。

等等！我明白了！其實這兩張是玩具紙吧？

我拿起來對著陽光看，想找出有沒有玩具廠商的浮水印。可是看來看去，就是找不到證明它是玩具的證據。這真的是支票？

「繳完請款費用後應該還有幾萬可以用。」庚迅速地掃視著上頭的數字然後幫我結算，「這次請款的費用還算少了，上次喵喵轟了別人的古蹟，結果費了好大一番工夫才將古蹟還原成本來的樣子沒被發現，也被請了很大筆錢。」

「庚庚也被請過。」喵喵和她的學姊對算起來。

妳們其實是想說我這個算小條不用太介意的吧？對於用錢節省的正常人如我，搞不懂她們詭異的金錢觀。

「漾漾，你要謝謝你學長喔。」不知道爲什麼突然這樣說的庚看了我一眼，笑笑的很顯然沒打算繼續說下去。

謝謝學長？啊，我知道我那天的確惹了很多麻煩給他。

那開學之後再去謝謝學長好了，然後買個東西去請他吃……就在我思考著要買什麼東西的時候，喵喵像是被什麼吸引了注意力，一直看著不遠處的某個定點——那邊有個小攤販，還沒中午就已經擺攤了。市區這一帶大部分都得過十一點才會熱鬧起來，所以現在看到清清冷冷的人行道上出現攤販我反而感到有些稀奇。

那個攤位上擺滿了許多女孩子們喜歡的首飾，在陽光之下，攤位亮晶晶地閃爍著。

※

那部冒險片演了兩個半小時。

那是一部淒美的兒女英雄歷險大片，最後男主角得到夢寐以求的寶藏，女主角卻走了，接著就完結了。

當我們三人出來時，手上都還抱著沒吃完的可樂和爆米花，喵喵的眼睛有點紅紅的，剛剛她才喜歡上的冒險片配角到最後被敵人一秒秒殺，所以她現在正在哀悼中。

「等片子出來之後我要買回家看。」抽了抽鼻子的喵喵這樣說，「那個可惡的壞人，以後在街上看到她一次我就打她一次。」

基本上，應該很難在街上碰見吧？

不過我有點怕，怕幾天後的報紙頭條會出現某大牌影星夜半遭巨貓海扁一頓的可怕消息，因爲我知道喵喵是絕對有這個能力幹下如此驚天動地的事情。

「東死得好慘。」喵喵拉著庚的手，不知道第幾次重複這句話。

庚只有笑笑的，沒有回話。

順帶一提，東就是我們剛剛看的冒險片裡的男配角，後來翹辮子了。

「剛剛那個攤販還在。」庚看往街道的另一邊，我也跟著看過去，她說的是剛剛在人行道上擺飾品的小攤販，「我們過去看看吧。」

「去看看。」喵喵立刻把她的配角東拋到腦後，挽著庚的手笑。

認命的我只好無言地跟過去。

那是個販賣首飾的攤位，擺滿了現在流行的許多物品，像是銀飾、民族風皮飾等等，小小攤位裡該有的幾乎都有。這邊主要的特色就是純手工製作，還標榜獨一無二不撞飾品，「兩位小姐慢慢看喔。」攤販這樣熱絡地招呼著，她的攤位客人很少，一看見喵喵兩人站著看東西之後眼睛都亮了。

不知道爲什麼，庚和喵喵並沒有立刻應聲，兩人都看著同一個東西。

一條項鍊，民族風、月亮形狀的項鍊，月牙的彎弧四周鑲著細碎的小彩石，就像是月亮悄悄地拂過地面，給人寂靜的感覺。

「庚庚，這個……」像是詢問，喵喵看著她的學姊，「要買回去嗎？」

我不明白爲什麼喵喵要這樣問，如果是喜歡的飾品買回去不就得了？

見兩人有意思要買，小販立刻放下手中的紅茶杯招呼起來，「美女眞是好眼力啊，這條項鍊是我最近才從國外帶回來的，是當地人手工限量版，不會跟人家撞飾喔。今天老闆也還沒開市，如果兩位美女喜歡，說個價錢，可以的話老闆就算給你們。」她捧著笑臉，然後將掛在盒上的項鍊拿下來給喵喵看清楚，「要不要試戴看看，這邊有鏡子可以給妳照喔。」

喵喵捧著那條項鍊，突然看向我，「漾漾，你覺得這個好看嗎？」她把項鍊捧到我面前給我瞧清楚，可是卻沒有要試戴的打算。

我打量著那條項鍊。說也奇怪，這條項鍊的手工雖然很精緻，可是隱約不知爲何，看起來就是有點怪怪的，好像哪邊不對勁。

是整體感覺嗎？

不過我看它的設計也不錯啊……那到底是哪邊奇怪？

「妳要不要再看看別的？」我張望了一下，看見檯面上還有另一條設計相似的月亮首飾，「我覺得這個比較好。」同樣是月亮飾品，不過這條是以皮革編成的手鍊，中間有個月亮形的小墜，看起來很有個性，而且這條沒有給我那種詭異的感覺。

庚和喵喵也看過去。

「的確，這個比較好。」庚突然勾起了微笑，「喵喵，那條項鍊別買了。」她拿起手鍊看了一下，這樣說。

其實這算是一般女孩子購買商品的普通對話，可是不曉得爲什麼，我總隱約覺得她們好像話中有話，暗暗地正在溝通些什麼。

喵喵將項鍊還給了攤販，「那我們就買別的好了。」她不知道爲什麼看起來有點高興，「果然漾漾的眼光很好。」

啥？

我一臉疑惑。

突然，右手邊的角落有個亮亮的東西引起我的注意，轉過去一看，最裡頭的盒子很不起眼的地方，有條被埋沒的皮革項鍊，上面掛著一塊牌子。現在很多人都會佩戴這種東西，我老媽還說這是狗牌。

牌子上是銀亮的面，角落有一簇火，銀色的火，這把火與銀亮面讓我不禁聯想起某個人。當我發現時，我已經把項鍊拿起來了。

「帥哥喜歡這個嗎？那條項鍊已經放很久了，如果喜歡的話老闆就賠錢給你啦！」小販立刻湊到我旁邊這樣說，「這個不管帥哥還是美女用都很合適喔。」

我直覺想將它買下來，這個感覺讓我自己都訝異，因爲我是萬年不買這種小東西的人，「好吧，就這個。」我把東西交給老闆。

「這是純銀的牌子，好吧，看在帥哥和它有緣，一口價一千八。」

「欸？」暴貴！

我還以爲一條一百五。

因爲在外面這類東西都差不多是這種價錢。

庚接過我手上的項鍊看了一下，「的確是純銀的東西。」她像是會鑑定的樣子，馬上便把鍊子還給我，「雖然稍貴了些，不過價錢還算可以。」

既然人家都這樣說了，我只好翻出我乾乾的皮夾，狠心將過年存下來的壓歲錢兩張大鈔掏出遞給老闆。

「那我買這個。」喵喵也沒問價錢，就握著那條月亮手鍊然後遞出幾張大鈔和硬幣。

老闆看見喵喵掏出的錢，有點訝異，「剛剛好耶美女，妳算得好準。」

喵喵只是咧了嘴笑，然後對我眨眼。

※

「漾漾，你挑選項鍊時是照什麼依據呢？」

當我們離開市區後，庚挑了一間中國風的茶館讓我們坐下休息。四周人造湖傳來潺潺的水聲，整個幽靜舒服。

「欸？什麼東西？」挑東西還有啥依據嗎？不就是看順眼再買這樣，「沒什麼依據啊……就看了不錯……」

喵喵與庚對看了一眼，兩人臉上都掛著差不多的微笑。

「那間店的東西執念都滿強的。」喵喵邊把玩著精巧的茶杯邊說道：「我和庚庚都在猜那應該是老闆自己到處去批來的貨，不過可能因爲某些原因，貨源不是那麼好。」

我聽不太懂她們的意思，「呃……到處去挑的東西不是比較有特色嗎？」現在像這類小東西

都是到批發商那邊一次拿的，所以四處去找的不是比較受歡迎？

「是這樣沒錯。」庚微微笑著，然後放下手上的茶杯，「可是在挑那些東西時，附著在上頭的思念、執念對我們來說是非常需要注意的事情，畢竟我們所在的地方不是人類的地方，所以就算是一點點小東西都會影響。」

不是人類的地方。

基本上，我的耳朵選擇性地接收到這句話。

我就知道，那間學校絕對不是人讀的！

「喵喵有注意到她賣的東西很多都是手工的，就是手工的東西才特別容易有問題。」完全不知道我現在腦袋中正在狂風暴雨，喵喵戳了塊涼糕拋進嘴巴，「不過漾漾剛剛挑到的東西很好，漾漾有著好眼力呢。」

好眼力？

「開學後你一定會學到相關的事，畢竟眼力算是到目前都還很重要的課程，你家的學長也一直有在選修。」頓了頓，庚這般說，「漾漾只要繼續保持自己的直覺，相信你的眼力一定會是數一數二地好喔。」

她對我太有信心了，如果我眼力好，當初就不會因爲拿到酸便當被拋到不是人讀的學校。

我是眞誠地如此這樣想著。

就在庚好像還想說些什麼的時候，她包包中響起了聲音，接著見到她抱歉地笑了笑，拿了手機就往外面走。

「庚庚的工作好像來了。」喵喵這樣對我說。

果不其然，當庚講完電話回到這邊後，便不好意思地對我們笑了下，「我收到緊急工作了，得先離開，漾漾謝謝你今天陪我們逛一天喔。」

「啊，不會。」我陪笑，其實今天看電影還滿愉快的就是。

「喵喵晚上也有約會，謝謝漾漾。」很禮貌地一躬身，喵喵咧了可愛的笑容，「漾漾，開學時見囉。」

我愣了下，連忙回話，「好，開學時見。」

先離開的庚付了錢，一下子就消失影子。

看著她離開的背影，我突然覺得其實今天庚和喵喵會來找我，大概不是聯絡什麼同學感情。是不是她們已經知道我不想去？知道我沒有勇氣去？或是知道我現在搖擺不定？

「漾漾，要去學校喔。」喵喵對我揮揮手，「一起來玩。」她笑得非常天真開朗，就像是外頭的晴空一樣，一點雜質也沒有。

如果我入學的話，我們就可以再一起玩了。

然後，喵喵的影子也消失在店門外。

※

我究竟該不該入學？

看著滿街人潮，問題反反覆覆地盤旋在我腦中，我一直提不起勇氣，可是又必須踏入那所學院。我知道學院裡可能有我要的答案，也知道學院應該沒有我想像的可怕，可是一想到那天看見的混亂，我就有種很想退卻的感覺。

旁邊的店家玻璃反映了中午的陽光，亮晶晶的非常刺眼。

我突然很介意那個月亮的飾品。套一句漫畫上經常會出現的台詞，它充滿邪氣，整體感覺就是邪門，除了邪門之外沒有別的詞可以形容。

就在不知不覺間，我已繞回了剛剛的攤子附近，由此種狀況來說，我深深懷疑我鬼打牆了。

「你在這裡幹嘛？」猛地我身後被人狠狠一拍，差點嚇到整個人叫出來。拜託請不要在一個人認為鬼打牆的時候隨便叫他好嗎，眞恐怖。

「老媽說你和朋友出來，你朋友勒？」不知道爲什麼會出現在這個地方的冥玥環著手看我，仍是那種高深莫測的表情。說眞的，我越來越覺得她和學長有某部分很像，不是外表像，是給人的感覺很像，搞不好他們是同一類人，應該會很合得來我覺得。

「剛剛回去了，妳在這裡幹嘛？」我往兩旁看了一下，確定我姊應該是自己一個人。

「跟朋友出來逛街，她去買東西。」冥玥偏頭往旁邊一點，我跟著看過去，路邊有家冰淇淋店裡有人和她招手。是個我沒見過的女生，應該是她大學同學吧？

「她說沒有在市區逛過街，所以我陪她出來走走，你現在要回去了嗎？」把手上的點心盒拿給我，大概不知道又是誰送的，這次是很有名的點心派。

我現在要回去了嗎？

其實我本來已經打算要回去了，不知爲何又走回來這邊就是了。

我還沒有回答，冰淇淋店裡的女生已經抱著東西跑出來了，「小玥，這是妳……？」

「我弟弟。」冥玥這樣跟她說。

對方轉過來向我微微點了點頭，我也很禮貌地和她打了招呼，「妳弟弟跟妳滿像的。」我老姊的朋友這樣說，不過聽起來比較像恭維，我老媽這輩子最扼腕的事就是我和我姊完全不像。

「嗯。」褚冥玥也沒反駁，「他叫褚冥漾，我之前有跟妳提過一點。」

「原來他就是妳說的那個人。」女生對著我微笑，我這才發現她好像哪邊很特別，就和喵喵一樣，她也是外國人，不過輪廓上像是東方人，髮色是淺褐色的，眼睛是藍色，有著海水的感覺，「你好啊小玥的弟弟，我是小玥學校的朋友，名字是辛西亞·愛德兒。」

外國人？

不知道是不是先看過喵喵他們的關係，我居然沒有任何新鮮感，「呃，我是褚冥漾，妳好。」雖說我老姊已經介紹過了，不過我想我還是自己再講一次比較好。

辛西亞給我一種和庚很接近的感覺，不過哪邊像，我講不出來。大概是她們屬於同一種類型吧，都是那種鄰家大姊姊的感覺。

我姊什麼時候有這種同學了？疑問。以前我曾看過的都沒有這類型的，難不成他們班有轉學生嗎？

「哪，這個請你吃吧，漾漾。」遞過一個超大冰淇淋，她微笑著說，「我就想應該是小玥認識的人，所以多買了一份。」

接過冰，果然我姊和她手上也都一個。

「如果你還沒有要回家，順便等我們一下吧，我們買個東西也要回去了。」褚冥玥看了我一眼然後這樣說。

買東西？

「不會很久的。」辛西亞微笑著這樣告訴我。

她們倆的視線都看向同一個地方，就是剛剛賣月亮飾品的那家攤子。

※

「兩位美女歡迎光臨……」

那個小販一看到我馬上停了招呼聲，一臉看見鬼的表情，「帥哥，你……」

我知道她想說你好樣的一天和四個不同的女生廝混，「這是我姊。」沒好氣地搶在她前面發話，對於跟我老姊出門經常被人家說鮮花插在牛糞上這種事，我已經很習慣了。

「喔喔，不好意思，因爲你們完全不像。」她說出了我心中的痛，「兩位美女看看喔，有喜歡什麼東西說一聲，可以給妳們打折。」

攤位上的東西好像稍微有點變動，與剛剛看見的位置有點不太一樣，可能是後來稍微補了貨改了擺放位置吧。

辛西亞倒是沒有仔細挑選，很快地，就從裡頭翻出一條項鍊，恰恰那麼剛好，就是剛剛喵喵她們沒買下、讓我一直覺得有古怪的月亮項鍊。「小玥，妳看這個東西。」她將項鍊拿到我姊眼前，一閃一閃的裝飾刺得我眼睛有點痛。

那條項鍊給我的感覺還是和剛剛一樣不怎麼好。

我姊瞇起眼看了好一會兒，「不是很好，我看買回去吧？」她說的話有點矛盾，不好的東西幹嘛買？

「可是也不到回收的標準。」辛西亞皺起眉頭這樣說。

回收？我聽見很謎樣的字句……等等，該不會辛西亞就是這個東西的創作者吧？

聽說這間店的商品都是手工製的，說不定眞的就是她做的，然後老闆跟她買來的。這樣就很合理了，不然我實在想不出有啥理由說不好要買的。

「如果妳們喜歡，這條項鍊可以給妳們打八折喔，這是從國外選購回來的，國內找不到一模一樣的東西，保證戴出去不會撞鍊。」見她們兩個在猶豫，小販立即湊上前開始推薦，「今年流行民族風，這款項鍊搭衣服很有特色，什麼場合都很適合喔。」

「我們再看一下，謝謝。」我老姊一句話就讓小販閉嘴，其實應該說是她的氣勢讓小販不敢打擾，隱約有種不得隨意騷擾不然會被怎樣怎樣的感覺。

辛西亞又拿著項鍊看了好半晌，「那好吧，就這條。」然後她遞出一張大鈔給小販。

小販立刻眉開眼笑地把東西打包好然後找零。

其實我一直覺得我老姊應該在某方面也很強，如果我感覺到鍊子不對勁，怎麼可能她會完全不曉得？

接過項鍊盒子放到背包裡，辛西亞與我老姊對看一眼，「走吧。」

她們要走了，應該是回家？

就在我們準備打道回府時，街道另一端猛地傳來陣陣騷動，接著是好幾個人的驚呼和一個不小的聲音。聽起來很像機車的聲響。

可是這裡是人行道吧？這裡眞的是人行道吧！

「漾漾，你發什麼呆！」就在我聽到這句話的同時，我突然感覺我的手從後面被人用力一拽，整個人給往後拖。

人行道上傳來驚叫聲，兩台小綿羊一前一後猛衝過來，路上行人紛紛躲避。在我還來不及叫之前，比較靠近走道的辛西亞尖叫了聲，前面那台小綿羊後座上的人猛然搶了她的背包，後面那台小綿羊的騎士則順勢把她推倒在地。

「搶劫！」人行道上不認識的女孩子大叫起來，幾個男生本來想撲上去攔人，不過機車一轉闖出人行道，在馬路上加快油門便揚長而去。

「沒事吧？」冥玥放開我的手，然後蹲下身把辛西亞扶起。

不知道是不是我的錯覺，她們好像對於背包被搶感覺沒啥要緊，一點驚慌神色都沒有。

難不成其實包包裡面是空的？

不對啊，我剛剛才看見她把皮包跟項鍊都放進去。

「沒事，撞到手一下而已。」辛西亞拍拍身上的灰塵，手肘處出現了紅色擦傷，「討厭，人家的衣服是新的說，爲了來這兒玩特地買的。」

這是問題嗎？

「先去報警了吧兩位？」我看被搶走的包包裡有錢又有東西，第一個想到的是先找警察，搞不好幸運的話等等機車被攔截東西還可以找回來哩。

「啊，裡面沒有什麼重要的東西，沒關係的。」朝著我微微一笑，辛西亞這樣說著，果然我的感覺沒錯，「該回來的東西就會回來，不然這樣勞師動眾地找也對大家挺不好意思。」

基本上，如果人人都抱持這種想法的話，我看搶匪應該很快就發了。

「放心，而且小玥也會幫我拿回來的。」

辛西亞笑得太單純了，講得很像是……

「老姊，妳有裝自動搜尋雷達嗎？」自己拿回來勒。

我老姊的回答就是給我一記凶猛的肘擊，不用半秒我立刻感覺到好像被熊打到一樣，馬上劇痛和滿腦發黑，天國近了。

喂！我是妳弟耶！

⁂

沒兩分鐘，我們周圍被一群人包圍……更正，裡面沒有我。

那兩個女人被一堆男人包圍。這個場面我很熟悉，叫作獻殷勤。如果今天換成一個腫臉的醜女被搶了，我看壓根不會有半個人來甩她吧？

「兩位小姐有沒有事，要不要到附近喝飲料壓壓驚……？」我聽到的都是諸如此類的問語。

十秒過後——「煩死了，給我滾開！」我老姊不耐煩的強硬拒絕話語出現了，「不然殺了你們！」那個圈圈團一下子安靜了下來，懾於狠戾的氣勢，我看見那堆不識相的人慢慢讓出一條路，我老姊跟一臉莫名其妙的辛西亞很大方地走出來，「站著幹嘛，走啦！」她從我腳上一踹，自己就往前走人。

「會痛耶！」而且妳穿高跟鞋！我一邊跳腳一邊快速跟上去。

「廢話，不痛我幹嘛踢你。」冥玥白了我一眼。

不是這個問題啊渾蛋！

「小玥，我該回去了喔。」在轉角處停下來之後，辛西亞從口袋裡拿出手機看了上面的時間這樣跟我們說，「還有漾漾，很高興認識你，今天眞愉快，下次我們再一起出來逛街吧。」

她的手機款式很眼熟，今年最流行的韓國機。

因爲我身上也有一支一樣的。

是說，只是買個東西構得成愉快嗎？而且剛剛她還被搶哩，眞是個怪人。

「好，再見。」

我老姊很平淡地打完招呼，辛西亞馬上便消失在街頭的轉角處了。

這種來匆匆去匆匆的方式跟某人好像。

「走吧。」

「啊？」突然的發言讓我一頭霧水，不然妳是想走去哪裡？

「我們去把辛西亞的背包拿回來吧。」我姊環著手，往回家的另一條路走去。

拿回來？

出現了！恐怖的靈能力者！

其實搞不好我姊比我適合去那間怪學校哩！她絕對會適應良好，然後總有一天會稱霸學院變成裡面的超級女魔頭什麼的。

叩！

「唉喲！」我被高跟鞋踹了一腳。

「叫你跟就跟，廢話那麼多幹嘛！」冥玥轉過頭惡狠狠地瞪了我一眼，被人誇讚完美靈氣的眼神中充滿不服者殺的銳利凶狠。

我只能乖乖跟上。

現在終於發現，不管是在學校還是家裡，我都是處於下位者，好慘。不過話說回來，通常下面的不用動腦筋照著做就可以了，某方面來說還滿輕鬆就是了。

其實我根本不知道我姊要去哪裡拿回背包，因爲她走的方向不是警察局也不是剛剛被搶的那條街道，反而是往另一條比較人少的路走。

「對了，你記得你有個表哥嗎？」我姊猛然拋了這樣一個問句。

「誰？」表哥？我對這個人沒有啥印象，自從我開始衰之後我就很少跟親戚往來。

「老媽的弟弟的小孩，你表哥，以前我們有一陣子和他們往來滿頻繁的，現在比較少。」冥玥用一種很奇怪的表情看著我，好像我本來就應該知道他是誰的樣子。

說實在話，我一點都不記得有這個人。

「辛西亞是他女朋友。」

「欸！」我被這句話震驚到了，難怪我沒看過我姊有這種朋友，原來是親戚那邊認識的。

「你以前小時候老愛纏著他玩，居然忘得一乾二淨了，難怪人家說小孩子最無情，轉眼就忘。」我姊用白眼看我，「上個月我幫老媽送東西過去時在那邊認識辛西亞的，他還一直問你有沒有時間過去玩，結果你居然把他忘光光了。」

喂喂，誰記得小時候的事情啊！我腦袋中全部充滿了十幾年來的衰運大全，沒多餘的空間記得誰是誰好嗎！

「好了，聊天到這邊爲止。」冥玥突然停下腳步，我這才注意到我們不知不覺已經走了幾條街，在市區外環人比較少、車流量較大的地方。

左看右看，這裡也不像會長出包包的地方。就在我這樣覺得的時候，路口處傳來緊急煞車的聲音，接著是很大的碰撞聲，然後是更多煞車聲，最後是駕駛們搖下車窗的咒罵聲。

我嚇了一大跳，雖說以前常常發生車禍，不過置身事外看見相撞的感覺又不太一樣。

從紅燈口猛地闖出一台機車，來不及煞車的小客車駕駛當場迎面撞了上去，機車上的人被撞飛了好幾公尺，整個路口癱瘓了下來，隨後是許多人探出頭觀看發生了什麼事，不用半晌，附近的交通警察立即跑過來拉起黃線。

隨後一台小綿羊同時在一邊停了下來，我認出他們就是剛剛搶劫的人！

「什麼東西都有個道理可循，他們騎車那麼快遲早都要出事。」冥玥連一步都沒有移動，就這樣彎下身撿起了一樣東西，銀色的閃亮立刻吸引我的注意力。

月亮首飾？爲什麼會……？

我跟著看過去，看見可能是因爲車禍所以被彈飛的包包就掉在我們前面幾公分的地方攤開，首飾就是從裡面掉出來的。層層疊疊的人群蓋住了事發現場，所以我們沒有看見那個人究竟怎樣了，不久後救護車的警笛響起，穿過了人群停到中心點。

「走吧。」冥玥走了兩步撿起背包把東西放回去，然後催促。

「喔。」

我立即跟上她的腳步。

警笛聲離我們越來越遠。

※

那個月亮到底是什麼東西？

我的第六感告訴我那場車禍絕對與那飾品有關係。因爲太過剛好，反而讓人起疑且害怕。

我老姊走了好一段距離，直到離開市區後腳步才緩下來。也或許是她根本沒有快過，只是因爲我很緊張的關係才覺得她走很快。

「你有沒有聽過戰場的月亮？」她偏過頭，很隨性地這樣問我。

「紅色的那個嗎？」很多小說和漫畫都喜歡用，死很多人的那日，月亮、太陽之類的都會變成血紅色。是說我還沒看過，那天在保健室外人是死得夠多了，可我沒注意到上面變成紅色還是粉紅色，失策！

冥玥點點頭，「我們買的那個首飾，就叫作血月，聽說是很久之前在戰場上某兵將的東西，吸收了戰場上的人血之後自己有了詛咒，凡是人類擁有它，都會付出血的代價。」她拋拋手上的背包，語氣一轉又變得不同，「不過純屬無稽之談，你也不用太相信。」

基本上，我相信了，一秒就信了。

妳們是從哪個雜誌介紹看來這個怪東西的啊！

不知不覺間，我的手錶時間走到了三點，看來應該是剛剛在市區亂晃時晃太久。

當我們經過回家必定要路過的公園時，那座公園又和早上不太一樣，完成度更高了，部分草皮已經整頓好，有兩、三個小孩子拿著球在裡面追著跑，不時發出大大的笑聲。

褚冥玥突然停下了腳步。

莫名其妙，不過我也只好跟著她停下來。

「漾漾，我現在問你，你要老實回答。」將背包甩到身後，我老姊轉過身用一種不知道為什麼很嚴肅的表情看我。

她要問啥？

「好。」反正我說不好一定會被K，回答只有一個。

冥玥看了我大半晌，才慢慢開口，「你那天新生訓練有去過學校，可是回來之後什麼也沒有說，你對學校有什麼感覺？」

一個很突兀的問題就這樣問了出來。

我對學校有什麼感覺？

多待一秒就會我命休矣的感覺。

「老媽也很緊張喔。」她瞇起漂亮的眼睛看我，「因為你每次新生入學都會出事，她一直在想你那天到底有沒有怎樣，一直說如果回來你不習慣要幫你換學校之類的，雖然我那天跟你說過最好不要想休學，不過最後的決定權還是在你手上。」

她頓了一下，「你呢，怎麼說？」

不知道爲什麼，我覺得她好像是在對我確認什麼。

可是我說不上來那種感覺。如果說之前是類似玩笑的威脅話，今天說的就很像是等我確定某件事情。學長代表學校的確認，喵喵等於班上與同學的確認，現在老姊這樣說，好像是屬於家中的確認。不知道爲什麼，我總感覺一切很像在暗處被安排好進行，發生得那麼順利，可是他們又不可能先前有所聯繫，什麼都太過剛好了，剛好得好像有一條我看不見的軌道等著我走上去。

「我……不是很習慣那個地方，不過我很想試看看……看看我可以在那邊做到怎樣的地步。」如果說出來肯定不會有人相信的學校，但是不知道爲什麼，我總覺得在那個地方與在我以往的地方是完全不同的。

或許我……眞的可以學上許多東西。

「你確定你不後悔嗎？」

然後，我用力地點頭，在見過學長與喵喵之後，我覺得我到底還是得下定決心，不然就無法和他們兩人交代了。

不過我想大概上學之後哪天又被啥怪東西追我會馬上就會後悔。

「漾漾，我一直有些話想告訴你。」冥玥拍拍我的肩，勾出一抹溫和得幾乎讓我以爲她不是我姊而是外星人喬裝的溫柔微笑，「有些地方不是只有去了就行，在自己無法肯定自己的時候，你身邊的所有也不會肯定你。」

「咦？」

我有點吃驚，因爲我老姊很少會和我說這些事情。

「只有你肯定自己，世界才會肯定你。」她騰出手在我肩膀上拍一拍，「新入學就當作一個新的開始，一切會更好的，多給自己一點信心，不管在什麼學校都是一樣。」

或許，她只是想鼓勵我。

我還一直以爲我老姊只是冷眼看著我進學校裡鬧笑話哩，沒想到她也很在意我的事情嘛。

「幹嘛笑得那麼噁心。」冥玥皺起眉，瞪了我一眼。

「哈哈，沒事啦。」

或許，我進新學校眞的會發生好事情。

「對了，老姊，下次我們去拜訪舅舅他們吧？」我突然很好奇我以前很纏的人現在長怎樣了。是不是也差不多和我們一樣是高中生還是大學生吧？不知道他現在還認不認得我們？

冥玥瞄了我一眼，啪地一聲往我後腦一巴然後才抬起腳步繼續往回家的路走。午後的影子逐漸被拉長，公園的小孩們仍然追著球笑著跑著。

「囉唆。」

然後，我的新生生涯即將開始了。

第九話　上學啦！

地點：Taiwan
時間：上午六點二十分

假日的最後一天，我收到了來自學校的制服。

白色的，上面有著剪裁俐落的領子和藍色的領帶，合身的設計、側開的衣線和幾個看起來應該像是年級區別的校徽，感覺非常不一樣。

校徽我在學長身上看過，不過我的這個是很普通的銀藍色校徽，學長的那幾個都是閃閃發光的金色，整個看起來就是帥。長袖短袖的色系都一樣，褲子則是深藍色的一般學生褲，還有件深色大衣外套，整個設計看起來就是很漂亮、很帥氣，比以前我就讀的國中制服好看許多。照我姊說的，學校可能在設計費上砸了不少錢吧。

不過有一個地方我覺得頗怪，因為制服全都有了，卻沒有體育服？

該不會是像我老姊他們大學一樣要班級訂做吧？

「那是因為體育服是不必要的東西。」早我一步來的學長悠悠哉哉地拿著一個便當盒坐在火車站的候車椅，腿上還放著一本原文書，看見我來之後第一句就是這個，「早期還有，後來因為

消耗量太大，平均上一次課就要換一次，甚至有時候上不到半節就毀損。所以學校取消了；至於制服是因爲關係到學校的面子與整體性，所以才繼續使用。」

這也就是說，如果學校不想要面子的話，老早也廢除制服就是了？

不過聽他這樣講，我大概可以理解沒有體育服的原因了，這也讓我不敢去想像之後的「體育課」會是什麼樣子，「學長早。」我在另一邊的位子坐下，已經有點習慣學長會竊聽人心事。

「我說過我沒興趣聽你說無聊話。」冷哼了這樣一句，學長把手上的便當盒拋給我，「拿去。」口氣一樣很差，不過比較沒有之前的攻擊性，大概他今天心情比較好吧我想？

「這是？」翻開便當盒，裡面塞了幾個壽司捲。還沒吃早餐就趕著出門的我肚子立刻咕咕叫了起來。因爲我老媽昨天守著醬料一整晚所以今天爬不起來做早餐，要我自己在附近買個東西吃，可是我剛剛急著來車站就忘了這事情。

「連吃的東西都看不出來，你腦袋已經不行了嗎？」嘴巴依舊很毒的學長冷冷拋來這句話。

看來應該是要請我吃的，我自動自發地解析他的話。是說，我還沒看過附近有賣這個東西，重點是盒子，看起來就是很貴、很高級的雙層木片盒。

壽司捲裡的料看起來都很好，有蝦有肉，整個就是很好吃的樣子。

「學長……」現在我只擔心一件事。

「幹嘛？」

「那個，包料應該不會活起來吧？」我很怕吃到一半蝦子會跳起來還是肉自己重組變成豬衝出來，活體殭屍的壽司我還是敬謝不敏的，畢竟我沒有那麼強的心臟和那麼大的勇氣。

學長好看的紅色眼睛瞇起來。

「……你要我踹你還是扁你。」

我感覺得出來目前學長覺得腳很癢，很想找個東西踹踹，而那個東西就是我，「呃……當我沒說過話。」有時候，人眞的是自己找死，現在我很能明白這句話的含意。

是說，我覺得有點奇怪，因爲學校只要和火車頭撞一下就到了，爲什麼手冊上寫的班車時間會這麼早？

六點半。

「這個時間比較沒有人。」環著手，學長解釋說，「學校在安排班車時都會先探察過時間，要不然每天跳來跳去，很容易引起側目。」

你們也知道喔！那居然還把門口亂放！怕引人側目就放在正常的地方啊！用這種方式考驗學生對嗎！

「你確定不住校嗎？」看完我交給他那份已經塡妥的資料表，學長這樣問：「已經快排滿了，你後悔的話也沒得住了喔。」

我點點頭，「通車這麼方便，不用住應該也沒關係吧？」

學長勾起一抹冷笑，「隨你，瞳狼。」

一道煙從我身邊劃過，眨眼後我只看到那個小鬼娃已經出現在學長眼前，半飄在空中，「早安，黑袍。」然後他看到我，「早安，褚冥漾。」

「呃，早。」看到鬼娃我還是有點怕怕的，腦袋中一直是他嘴巴可以吞大象那幅畫面。

很顯然地鬼娃對我沒有太大的興趣，所以馬上又轉回過學長那邊，「找吾家有事嗎？」他將手捧在身前，長袖子飄來飄去。

「麻煩一下，將這個傳送過去。」學長將資料遞給鬼娃。

「好的。」

然後我看見我的惡夢——鬼娃張開嘴，以不到零點一秒的時間把那份資料吞了！

他的胃通向異次元空間！絕對是！

「已經安全抵達。」鬼娃過了幾秒後這樣回報。

「那可以了，多謝你。」

我聽見轟隆轟隆火車進站的聲音，也看見學長站起來，所以知道我們的列車來了。

「不用客氣，祝兩位有愉快的一天。」然後，鬼娃又變成一道煙拂過我，消失。

學長看著我，勾起笑容，「走吧。」火車即將進站的那瞬間，他這樣說。

撞火車的時間到了。

※

說眞的，就算已經知道火車撞下去不會死，但那種感覺眞的非常詭異。

我覺得，我應該要更多一點的心理準備……畢竟我的心靈是非常脆弱的，不像其他跳得面不改色的人那麼強，我需要適應時間。

「不要發抖了，給我滾下去！」站在我身後的學長見我磨磨蹭蹭的，終於一腳往我背後踹下去。

「哇啊！」我還來不及遮眼睛，火車就直接衝到我眼前，然後輾過去。

那是一種很奇妙的感覺。

呃，應該說什麼感覺也沒有。

如果眞的想體驗看看的人，建議可以自己去撞看看，幸運的話撞不死，不幸運的話也麻煩不要回來找。

……

各位好孩子千萬不要學，我純粹開玩笑，因爲就連哥哥都沒有練過。

請好好愛惜自己的生命。

「別發呆了。」就在我恍神之際，一拳重拳砸在我腦袋上的學長這樣說，「到了。」

不用幾秒的時間，當我重新聚焦看清楚眼前景象之後，一座偌大的校園正門口出現在我面前。非常壯觀的景象，整扇校園大門都是石材刻成的，而且還是白色稍微透明的玉石；而拱形的大門上沿著邊緣有許多我看不懂的奇異文字，然後是白色的精靈雕像。

爲什麼我會確定那是精靈雕像？

很簡單，因爲雕像就和電影上那些雪白雪白的精靈特徵大致一樣，一點新意都沒有。

十多尊巨大精靈雕像自門口往左右排開，各自拿了兵器，看起來有點殺氣騰騰，卻又給人很夢幻安逸的感覺。那些雕像散發著微弱光芒，像是折射日光也像是本身的光。

這是我第一次看見學校大門外觀，因爲之前是昏著被扛進來的所以沒見過，稍微有點看呆了。畢竟我從來沒看過這種石雕建築，我居住的地方根本沒有，只有在電視、電影或雜誌書籍上才偶爾見到過。

「這些是大門的警衛。」學長這樣幫我介紹，「外牆有問題的話，他們會解決。」

看著精靈巨像，我點點頭。就算巨像眞的活起來追著人狂殺，我想我一定也不會意外。

眞的，我絕對不會意外。

一點也不會。

「早上好，兩位。」就在我要跟著學長走進學校的時候，一個人……應該是人的人朝我們走過來。是說，這裡的人中文都這麼好嗎？每個都講得很道地，連一點腔調都沒有。

那個人有淡金色、髮尾微鬈的長髮，外國人的輪廓，藍色的眼睛與白色的皮膚，看起來倒是有點像書上那種傳統型精靈。附帶一提，他耳朵是尖的，而且長得很好看，外表明顯是個男生，乾乾淨淨的還眞的有點精靈的感覺。

「早。」先與他打過招呼之後，學長才轉過頭來幫我們介紹，「這位是夏卡斯帝多，全名你一定記不住，有空你再問他。」

他的全名一定長長一串，我有經驗了。

「我認識這位，前幾日已經聽說過了。」就在學長似乎要介紹我的時候，那個人自己先開口了，「你可以直接叫我夏卡斯，請多指教，漾漾。」他微微彎了身，標準的西方禮儀。

不知道爲什麼，我的暱稱在學校不知不覺神奇地流傳開了。

「夏卡斯是學校會計部的頭頭。」

我倒退了一步，瞪大眼睛。

就是他把那張見鬼的帳單寄給我！

「下次別亂炸人界的東西喔，因爲處理起來格外浪費力氣。」夏卡斯這樣拍拍我的肩膀，很沉重地說，「還沒正式開學就被寄請款單，你是繼他之後的第二人。」他瞄了一眼學長，後者不屑地哼了一聲。

學長也炸過公園？

喔！我的同伴！

「我沒像你那麼白痴去炸公園！」從我後腦一拳呼下去打得我眼冒金星，學長直接對著我低吼。完全看得出來他一點也不想當我的同伴。

當我的同伴有這麼困難嗎？

「啊啊，他在開學的前三天，沒有經過通報就自行跟路過看不順眼的三級妖靈王戰鬥，結果一槍打爛了吸血鬼族的重要遺跡根據地，還驚動了學校董事出面解決才得以罷休。」笑著，夏卡斯環著手，很有戳別人漏洞的喜好之感，「不過那隻妖靈王是各界發高額懸賞金通緝的東西，所以那次扣完賠償金後好像多少還賺了點。」

整個聽起來就是比炸公園還要嚴重就對了。

「囉唆。」學長不耐煩地狠瞪了會計頭頭一眼，完全不怕得罪別人，「滾回去算你的錢。」

我看著學長又看了看夏卡斯，怎樣都覺得這兩人還頗熟的樣子。

「唉唉，年輕人火氣可別這麼大。」夏卡斯又是優雅地笑了笑，「那我還有事情忙去了，漾漾如果有事情找我的話，到會計部就行了。」

「好，謝謝。」我連忙彎了彎身，答謝。

當我第二次抬起頭的時候，夏卡斯已經消失得無影無蹤了。

「你少去和那傢伙打交道。」很顯然剛剛被揭底的學長不太爽，口氣有點差，「沒事的話就別亂去會計部。」

我想我也不會有什麼事要去吧？

※

六點半。

我習慣性地看了一下手錶，然後抬頭。學校正門口的校舍上一定都會有大鐘，我想核對一下學校時間和人類世界的正常時間，這是絕對正常的動作，尤其在學生身上。

「別抬頭！」

學長的警告晚了。

就在我抬頭的那瞬間，我看見一個大鐘，沒錯，一個已經變很大的鐘。

「哇啊——！」我立刻往後跳了一步，眼前發出鏘的一個詭異的聲音，地上灰塵整個飛起，有個閃亮亮的光影在我眼前閃爍。

鐘掉了！

鐘是整個脫了框掉下來，我還看見了異常銳利的邊緣對著我閃閃發亮，那銳利的程度就像我老媽剛磨好的菜刀，放在旁邊等著宰殺某東西的感覺。

不對！什麼時候了我看他邊緣幹嘛！

可是我腳軟了，跑不掉。

那一秒我突然想到之前看過的某部漫畫裡，有人就是用大鐘落下殺人法把人劈成兩半，現在好像輪我體驗一下那是什麼感覺……就在我準備迎接我阿嬤的來臨時，一道力量突然將我往後拉，力道大得讓我以為他要從後面把我的衣領扯掉；接著大鐘在我眼前削過去，發出巨響後整個插入地面。

眞的很大，比我還高耶。

「你是白痴嗎！」扯住我後衣領的學長抽回手，紅眼用一種看智障的感覺瞪著我，「學校手冊裡不是第一頁就寫不能抬頭看鐘！」

呃，我想起來了，上面好像眞的有寫。

因爲學校大鐘喜歡被看，所以它會想讓你看得更清楚……

我瞪著眼前已經插入地面一半的殺人時鐘。

媽啊，也太清楚了吧！

等等，我……似乎、好像看見鐘上面黑色的數字正在扭動——白底黑色數字的鐘，上面的數字像蟲一樣亂扭，然後時針、分針、秒針也亂擺，還有打成一個蝴蝶結掛在中間的。

什麼爛鐘！

「別發呆了，還不快跑。」學長一巴掌從我後腦呼下去，發出警告聲音。

跑？

鐘不是已經卡在地上……我收回前言。

數字會亂扭的自戀鐘左右搖擺著，我看見它正慢慢地、一點一滴地從被它插出來的坑往上爬，然後我的寒毛也跟著豎起來。

依照我的經驗，等這個鐘爬起來……

「快跑！」學長一吼，那個鐘用不到半秒的時間突然從坑裡彈出來，接著銳利的邊緣瞄準我。

「哇啊————！」閃亮亮的東西開始追我。

被巨型殺人菜刀追大概就是這種感覺，我可以感受到殺人鐘銳利邊緣發出來的寒氣還有它疾速滾動的可怕聲響，「不要追我不要追我！」一大早就要跑百米我的心臟受不了啊！

可是很奇怪，它幹嘛不追學長。

「褚，跑回來！」還站在原地的學長對我喊。

跑回去？

不知道為什麼學長會這樣說，我轉了一圈之後立刻往原來的地方衝。

那個殺人鐘煞車然後轉頭，繼續滾在我後頭瘋狂地追。

我看見學長拿出一個小小的東西，感覺上好像有點像是寶石，大概是大豆那種大小，然後他放在掌心上，「與我簽訂契約之物，讓破壞者見識你的型。」

其實我聽見學長說的這段不是中文，可是不知道為什麼那幾句話聽到我耳朵、進到腦袋，居然可以聽懂他的意思。

就在我用生平最快的速度衝回去、擦過學長身邊的同時，我聽見殺人鐘猛然停下來的聲音，嘎地一聲很銳利。

我轉過頭，看見學長手上有一把像是中國古代改良型兵器的長槍，和前幾天爆符那把有點出入，但大致上款式和形體差不多，不過這把是銀色的，上面用血般的紅印下了許多圖騰與咒文，看起來整個就是詭譎。

「這個是幻武兵器，是我們工作時最重要的東西。」一手握著槍柄的學長拋了一顆藍色大豆……呃，是藍色的小寶石給我。

我看著那小小的東西，像是海般的藍，中間有冰晶紋，還印了一個我看不懂的蟲字。

「還不回去你的地方！」用槍頂著鐘的學長發出低吼，我很明顯地看見殺人鐘顫抖了兩下，又左右晃動，看起來有點捨不得回去的樣子，「不然我就劈了你！」最後警告。

事實證明，鐘也會看人臉色，它不用一秒捲起來鬆開便往高處彈去，很乖很乖地鑲回自己的框裡，我好像可以看見鐘面上掛滿了黑線。

有個黑色的東西掉在地上，我彎身把那東西揀起，是個「6」的數字，好像是鐘掉下來的，還不斷在扭動，感覺很像抓到蟲。

「那個鐘對你有好感。」把槍收起來之後學長拋了這句話給我，「不過那個東西你倒是可以收起來，說不定以後還會派上用處。」

「用處？」我懷疑地看著還在不斷扭動的數字，有股衝動將它攔腰折斷。

「那個鐘的名字叫作逆轉時間，是董事們不知從什麼地方收集回來、罕見的活時鐘。」

活時鐘我已拜見過了，我聽學長的建議，從背包拿出鉛筆盒把數字丟進去，「那個，被它砍到……應該會翹辮子吧？」我看著地面被劈出的大洞，很怕哪天我又忘記頭賤抬起來去看大鐘。

「當然會翹。」學長給我肯定句，「不過你放心，提爾會好好『招呼』你的。」

我終於想起來那天電話裡那個名字爲什麼會耳熟，原來是輔長的名字，「不要！」一說到輔長就想到走廊那條死人大道，我很不想當其中之一。

「那你就好好地把該學的東西學一學，不然你很快就會去找提爾報到的。」學長擺明一副看好戲的表情，然後抬腳開始往校樓走去，「快跟上來，先帶你去找教室。」

我想到教室會亂跑，只好認命地跟上去。

就在我跑開的那一瞬間，我似乎聽見了奇異的聲響，轉頭，看見了不該看的東西。那個被劈出深溝的地面突然開始蠕動，像是有看不見的手在扯動地皮一樣，然後過不了幾秒，地面竟然自己癒合了。

看來，我以後不但要小心上面有活的時鐘會掉下劈人，還要小心腳下有活的地皮可能哪天心情不好會吃人……

❋

「基本上，教室在早上還沒上課的時候都會在原地。」

學長帶著我在巨大廣闊的校園穿過幾棟樓之後，走到了一棟白色大樓，上面也用我看不懂的文字寫了一些東西，然後樓的四周同樣有巨大精靈像佇立著，像是保護著校區。他引領我走上四樓，因為時間還滿早的，所以走廊上靜悄悄，安靜得一點聲音都沒有，「等學生都進教室之後，校門關起，這些教室才會看心情出去散步。」學長走了一段距離之後，在一扇門前停下來。

如果之前追的那個叫作散步的話，我也認了……

拉開教室門那瞬間，我彷彿聽到很細小的奇怪聲音。我覺得應該是自己多心了，馬上拋到腦後。

「這間就是你們班級的主教室。」

教室裡很普通，就如我前幾天看見的一樣，一般教室的桌椅，且沒有其他額外的奇怪裝飾。

我偷偷在心中鬆了口氣，其實我滿怕一開門會有侏儸紀公園等著我。

「專業教室的話剛開學這段時間會有老師來帶你們過去以防不測，所以你不用擔心，而我在下課時間也會過來看看有沒有問題，有事情的話你可以用手機聯絡我。」進教室後，學長很熟練地拍開旁邊像是開關的東西。

一秒之後，整間教室瞬間冷了起來。

太神了吧？

學校的冷氣功能真的很好，如此省電省時，不知道學生可不可以委託訂購？

這個絕對絕對會比任何冷氣都還要省錢。

教室的桌子上有放名牌，我找到寫有我名字的桌椅才把包包放在椅上，「學長沒有在這邊上課？」問題一出口，我也覺得我自己問到廢話了。

果然，我被冷瞪了一眼，「我有自己的課要上，沒辦法二十四小時跟著你。」他環了手，這樣說，讓我覺得自己剛剛問的真的是廢話，「代導人只負責開學的這一個月，下個月開始你就得習慣一個人上學。」

……

我無言。

也就是說下個月開始我得隨時做好往生的心理準備嗎？

「你有空的話多找米可蕥或是比較熟的同學練習幻武兵器。」已經完全知道我在想什麼的學長從黑色大衣的口袋裡拿出一張摺成四方的紙拋給我，「米可蕥是學院直升的學生，所以非常了解學校所有狀況；另外在你們班上也有好幾個都是原本就就讀這兒的直升生，有空要多多向人請教。」

直升學生？

難怪喵喵感覺上就很厲害，和我這個等死的菜鳥完全不同。

「對了學長，你的教室在哪邊？」一知道一個月後學長就不會繼續帶我，我有種恐慌感。

學長伸出手指，指指天花板正上方，「上面，二年級分區，你要找我非常好找。」他笑，感覺有點詭異，「因爲整個二年級，只有我是黑袍。」

也就是說在二年級區隨便抓一個人來問穿黑大衣的學長就保證可以找到人囉？

感覺好像非常了不起。

「你還記得爆符怎樣用吧。」從口袋拿出之前被我變成炸彈的兩張爆符，學長先是警告性地看了我一下，「不准再隨便亂想，這兩個你先帶著，如果再遇到事情可以先拿來擋一下。」

我接過爆符，有點小怕怕。畢竟見識過巨大炸彈的威力，所以現在等於把兩顆炸彈帶在身上，讓人有點毛骨悚然。

「早安！」充滿活力的聲音隨著門被唰一聲拉開傳來，我看見喵喵站在門外，「學長、漾漾，早安。」她仍是甜甜的可愛笑容，身上穿了女生的白底紅色領結制服，搭著的紅底白花紋短短褶裙，看起來就是整個活潑卻又不失該有的優雅。

學長向她點點頭，「我也差不多要回教室報到了，褚就麻煩妳多照顧了。」

「當然。」喵喵用力地點點頭，然後蹦到我身邊，「喵喵會跟漾漾好好相處的，對吧。」

「嗯。」我也點點頭。

「那等會兒見。」然後學長就逕自走出教室。

教室門被關起來。

「漾漾，你手上的是什麼？」被我手中紙張吸引注意力的喵喵好奇地問著。

我才想起剛剛學長給我的紙摺還沒看，連忙翻開看看裡面寫了什麼——那是一張寫了幾行字的表，一張已經被完整排好的課表，連星期幾和堂數都已經整理好了，上面還附註哪些課可以讓一年級選哪些不行。

端正的中文字體全部都是寫給我看的。

「這是學長的選課表。」喵喵看著上面整整齊齊的字列，眼睛整個發亮。

看著這張詳細的課表資料，老實說我有點雙眼模糊。

學長究竟是不是討厭我？

還是……？

「耶，學長給你幻武兵器耶。」

喵喵很快就被第二樣東西吸引，就是我手上的藍色大豆，「看樣子這個應該是水屬性的，這麼純的顏色很難找到。」

我疑惑地看著大豆，「有分喔？這個會不會是學長不用的東西？」我是覺得很有可能，因爲我是入門新手，本來就用不到啥好東西了，而且好東西給我叫作浪費。

「才不會勒，純粹的幻武兵器叫價非常高的，我知道學長那邊有四色純粹兵器，聽說是在任務中拿到的，可是只有看過他用應該是冰屬的幻武兵器。」喵喵這樣爲我解釋，「基本上要使用幻武兵器非常耗費精神力和體力，所以並不是每個人都可以使用；而且在使用幻武兵器時必須先和屬性的精靈簽訂契約，兵器才會成型，既然學長會將這個給你，就代表這個兵器還沒被啓用過，因爲簽訂契約之後是不能有第二個人再用的。」

喵喵一番話說得我有點頭昏腦脹。反正總結就是這粒大豆是全新未拆封，然後它可能是水鑽……更正，水兵器，使用之前要先簽約保固這樣。

不曉得有沒有附送故障的原廠維修。

「那我要怎麼用？」我把玩著藍色大豆，有點好奇。

「像這樣。」喵喵從她脖子上的項鍊上取下一顆豆般的珠子，黃綠交間的色絲，像是水彩落水般那種漂亮的顏色。「與我簽訂契約之物，請讓學習者見識你的魂。」雙色珠中同樣有一個看不懂的文字，然後慢慢發光了。

我看見光芒像是小球般急速地轉動，自珠子裡浮現出來，接著是如同柔軟布料的翼脫出，一個巴掌大的小人就站在喵喵的掌心上，「這個就是我草原屬性的夕飛爪所有的精靈。」然後精靈噗地一聲又消失在空氣中，變回了那顆豆珠子。「你要喚出幻武兵器之前，必須先爲它設定一個形體，然後用血與它達成契約，這樣精靈才會與你回覆簽訂契約。」

設定形體？血跟肉？

她說得頗輕鬆，可是不知道爲什麼我一直想到惡魔召喚那幅畫面。

也就是說我要先設定一個不明物品出來讓它啃我的血和肉？怎麼聽起來好像某種恐怖片。

「要怎麼設定？」我看著藍色大豆，非常不明白怎樣使用。

喵喵講得很清楚，我聽得很模糊。

「用你的心去設定它。」

……好個抽象爛答案。

不過一說到兵器，就讓我想起學長所使用的長槍，帶些透明的白與上面烙印的紅色文字，果然一看就是學長會使用的東西，連武器看起來都很銳利精細的感覺；反想到我，連爆符都會變成黑球大炸彈。

我決定還是暫時別用幻武兵器好了。如果、萬一要是我想出來的是水藍藍大炸彈，我想學長這次絕對會直接把我掐死一了百了。

「漾漾，我們班也有幻武兵器的使用高手，等等他來的時候我再幫你們介紹。」喵喵見我好像不太願意使用，拍拍我的肩膀咧著笑容說，「幻武兵器比爆符還要難學很多，沒有人一開始就很會用的。」

我知道她在安慰我，「我明白，謝謝。」別說幻武兵器，就連爆符我都用得很爛。

就在我們兩個對豆子的談話告一段落時，教室門又傳來唰地一聲。

進來一個四眼田雞。

第十話　同班同學

地點：Atlantis
時間：上午七點

「早。」

四眼田雞先開口。

那是一個戴著黑框眼鏡的四眼田雞，和我一樣黑髮黑眼外表沒什麼特別，眼前的劉海長長的快要蓋住半副眼鏡，看起來好像有點陰森，感覺頗像傳說中那種很精明銳利的書呆。

「千冬歲早。」喵喵顯然與眼鏡仔認識，高興地對他招手，「這個是漾漾，那天沒有來報到的新同學。」

在自己的座位放下書包後，眼鏡仔慢慢走過來，然後站在我們旁邊開始上下打量我，「他的代導人是黑袍的那個新生？」厚重的眼鏡後露出微帶訝異的神色，「我還以爲應該是很厲害的傢伙，看起來也不怎樣嘛。」

很抱歉喔，我本來就看起來不怎樣。「同學你好，我是褚冥漾，請多多指教。」爲了不打壞自己在班上的人緣，我還是先打了招呼示好，「我是第一次進到這學校的人，之前完全沒有來

過……呃，這個世界，可能以後還有很多地方要麻煩你們了。」我知道這樣的自我介紹很詭異，不過我想不到更好的了。

「漾漾他是完全的新人，入學時才知道我們的事。」喵喵在旁邊幫我附註，「對了，萊恩他是幾點的車？學長給了漾漾幻武兵器，我本來想請萊恩教漾漾使用的說。」

「萊恩今天有工作會晚點到。」回答喵喵之後，眼鏡仔又轉回我這邊，這次他的興趣明顯提高了一點，「你好，我叫千冬歲，雪野千冬歲。」

好長的名字，「雪野？」一開始我還以爲他應該和我是同鄉，因爲他中文說得很好……雖然說我遇到的每個都說得很標準啦。

「千冬歲的祖家是日本來的，所以姓一直沿用著，不過他現在住的地方差了十萬八千里。」喵喵不知道爲什麼頗高興，「他們家近期也開始投入和我們一樣的工作，千冬歲是第四期了。」

原來他也來自異能家族。

我突然有種自己格格不入的感覺，因爲大家很早都已經知道學校，就只有我是找死的菜鳥莫名其妙衝進來。

「別擔心，學校所有的基礎課程都是從頭教起，如果你有那個潛質能被學校挑上，你就一定可以學會這些東西。」千冬歲這樣告訴我，語氣有點一板一眼不過大致上還算是很溫和，大概是不錯相處的人。「等等你會見到萊恩，萊恩是從國小才開始進入學校就讀，在之前他也和你一樣什麼都不懂，不過現在他算是新生中最會使用幻武兵器的人，還有很多高年級或是老師會請教他關於這方面的問題。」

讓他這樣一說，我算是有點安心了，畢竟帶我的學長那麼強，總會讓我害怕。現在聽見也有人和我一樣是中途突然進入學校之後才變強這樣的事，不知道爲什麼我就放心多了，「我還不是很懂學校……」

「漾漾你不用擔心會死掉啦。」喵喵立刻看出我的顧慮，「你不是已經見過提爾輔長了嗎？在這間學校裡就算死掉，醫療班也會馬上幫你復活。」

復活？

說起來，我好像聽過學長講了同樣的話。

「這間學校死亡率很高，但卻沒有眞正『死亡的人』。」拿出一本筆記本，千冬歲翻了翻幾頁，「爲了能讓學生得到最好的學習與經驗，聽說在創校的時候董事們已經和各界簽立契約，只要是在學校範圍死亡的人都可以完整復活，但是只限定學校裡面；也就是說，你如果踏出學校死掉，就沒有辦法了。」

「耶？」那我看見的走廊大排隊是……等著被復活？

千冬歲把他的筆記本借給我看，「現任醫療班全都是鳳凰一族的人手，有死而復生的能力，聽說像提爾輔長這種厲害的人，就算出學校不在契約保護內，只要別死得太離譜連灰都不剩，他還是可以在一定的時間內讓你重生。」

我翻了翻筆記本，裡頭果然有一部分是記錄保健室的事。那個蓬毛土著居然這麼強，完全沒辦法把人和能力搭上。

「喵喵也是醫療班的人喔！」一旁的喵喵突然舉手插話，「漾漾，我可以幫你快速治療，所以你不用擔心。」

醫療班不是鳳凰族嗎？

「妳是醫療班……鳳凰人？」我懷疑地看著她，後者用力點頭，「妳家族的坐騎是大貓？」

喵喵又點點頭。

有句話我沒有繼續說。

我想告訴喵喵的是，你們家族是貓王的存糧嗎？

鳥居然和貓養在一起？

「我可以告訴你爲什麼。」眼鏡仔推推他的眼鏡，發出精光一閃，完全看透我此時心中的想法，「因爲千年前貓王吃掉鳳凰族的人，所以被鳳凰詛咒，現在你才會看見貓載著鳥跑。」

原來如此，這就是嘴賤的下場！

我完全明白了！

「我跟蘇亞是好朋友啦！」喵喵追著眼鏡仔打。

就在兩人打鬧的時候，不曉得爲什麼我突然感覺到背後很冷，冷到像有冰塊往我後腦砸過來的那種感覺。

當然，如果有冰塊要砸你，你會不會躲？

我的答案是：要是我一定躲！

所以我立刻反射性偏頭躲開，不管後面有沒有冰塊。然後，我看見了一隻手，正確來講不是人類的手，是一隻不知道什麼野獸的爪，而且幾乎要比我腦袋大的那種，「哇啊！」

聽到我的叫聲，本來正打鬧著的喵喵和千冬歲同時停下，「漾漾！」喵喵第一個跑過來將我拉走。

回過頭，我才看見那隻獸爪並不是野獸，而是一個人；一個跟我年紀應該差不多大的人，穿著學生制服，可是感覺上就是不良少年那種樣子，制服穿得很隨便還踩著夾腳拖鞋。

我懷疑他是會穿夏威夷衫的那種台客。

※

「同學早啊。」

穿著夾腳拖鞋的人開口，流裡流氣的語氣，還嚼著疑似口香糖的東西，短短的頭毛用髮膠豎起來還噴上五顏六色的詭異鮮艷色彩，看起來就是很……難以形容的妙。

那隻獸爪黏在他手上。

他不是人？

這是我混亂腦中唯一的認知：他是人獸。

……好像在罵人的形容詞。

「開學的小混混。」很明顯地，千冬歲對這個五顏六色的雞頭沒什麼好印象。說實話，我也是。

然後我完全體認到學長說C部是吊車尾班級的那感覺了。

「書呆子，你找死嗎！」五色雞頭發怒，我看見他的獸手震動了半晌，就像肌肉扭曲一樣賁動，然後幾秒之後萎縮成人類的手臂。

「對於先動手者，我完全有理由可以還擊。」左右都看他不順眼的千冬歲顯然是在挑釁人，他並不像外表眼鏡仔那麼乖巧沉穩。

我現在有點想往教室外逃。

「要打就來啊！」

「誰怕你。」

這輩子，我覺得我現在最大膽，「不要打！」我衝進那兩個隨時都會幹起架的人中間，接著用力閉上眼睛。

你們打起來如果教室不爽把我們抓出去壓怎麼辦！

我寧願被兩個人轟死去復活也不想被教室壓爛復活。

眼鏡仔與五色雞頭看見我衝進來明顯一愣，兩人都沒有動作。

久久，四周一片沉默。

「就連一個不懂術法的人都知道教室不能打架不然會遭到報應，你們如果要打就出去外面打吧，頂多被護衛當作入侵者處理掉。」悠悠的聲音從另一邊飄來，輕輕淡淡的聲音，讓人聽了很舒服。

不知道什麼時候教室裡出現了第五個人。

我偷偷睜開眼，看見是個女孩子，有很長的頭髮，直直的到大腿處。她的髮是褐色的，還有著一雙漂亮的褐色眼睛，看起來很文靜的那種女孩，頭髮又直又細，一移動就會淡淡地翻出波浪，「如果你們要繼續打，身爲班長的我也不能坐視不管。」她瞇起眼，有種精明銳利的感覺。

班長？

看來我沒來新生報到的那天連幹部都已經選好了。

「歐蘿妲，早安。」喵喵對那班長少女打了招呼，像是也很高興她打斷了緊張場面。

五色雞頭重重哼了一聲，乖乖地走回自己的座位上，我想他應該在某方面很懼畏這個班長，所以才連個屁都不敢放，要不然按照剛剛的反應，他應該轉過去繼續得罪第二人。

「早安，喵喵、千冬歲，還有漾漾。」被稱爲歐蘿妲的女孩彎起漂亮而優雅的笑容，讓人感覺很穩重，「漾漾那天沒來應該還不曉得，我是C部的班長，歐蘿妲．蘇．凱文，若是你在班上發生問題了，就來找我吧。」

「好，謝謝。」我連忙拿出筆記本將班長的名字記下來。

「漾漾有手機吧。」歐蘿妲彈了一下手指，瞬間我就看見一支手機出現在她手上。不知道爲

什麼，手機非常地眼熟……不就是我的手機嗎！

爲什麼我的手機會在妳的手上？

「喵喵也要輸入！」蹦過去歐蘿妲身邊，喵喵嚷著要把自己的號碼輸入我的手機。

嗯，該怎麼說呢……看來我的同班同學都很特立獨行。

「把我和萊恩的順便也記下去吧，對你有幫助。」千冬歲這樣說，然後坐回自己的位置。他的位置與五色雞頭隔了幾排，兩人不時還會互瞪。

「我一起幫你們都記進去，漾漾如果有事情的話直接找我們也可以，我們會盡量過去幫你的。」歐蘿妲騰空又是對我一笑，感覺還是很好。

其實那支手機不是我的啊，而且它很久沒有充電了。

說到這裡，我才想起來如果學長要一直借給我用的話，我應該先去買一個充電器才對，不然哪一天生死關頭突然沒電不是很衰嗎？

依照我往年的衰運程度來看，這點是很有可能發生的。是說我至今還不曉得那支手機的型號，充電器也不曉得有沒有得買。

幾個人在那邊玩了一會兒之後，歐蘿妲又彈了記響指，然後手機就消失了。

感覺到口袋沉了一下，我下意識地摸了摸，手機又自動回到我身上了。這招也不錯用，我還滿想學起來的。

七點之後同學陸陸續續來了，但並不像千冬歲與喵喵等人那麼熱絡，大部分都是到了之後也不打招呼就靜靜地在自己的座位上做自己的事，我也不好再去打擾別人，打過招呼之後喵喵也回到她的座位上。

我注意到喵喵的位置上有一隻白貓。嗯……應該不會是我想的那一隻吧？尺寸還差滿多的就是。

我們班級的人算起來並不多，至少比我以前讀的國中班級人數還少，我以前班上有五十五人，而這班到目前為止才不到二十人，而且還有很多座位是空的，看來應該還有很多人不是遲到就是死在外面吧……

班上很安靜。其實已經靜到一種恐怖的程度了。

而且我發現班上好像有某種殺氣騰騰的氣氛，更簡單地說，我覺得這個班好像沒有想像中好相處，很多人私底下都瞪來瞪去，看起來隨時會幹上一架，原來這種狀況不是只發生在千冬歲和五色雞頭身上。尤其是五色雞頭，他很顯然被許多人視為眼中釘，四周都有人跟他對瞪，然後他本人又好像被瞪得很爽一樣，每個都回瞪回去達成挑釁的效果。

「你是那天沒到的同學吧。」我座位前的同學回過頭，跟我差不多年紀，是個短鬈毛的外國人，亞麻色的髮和藍色的眼睛，有點圓圓的臉上有些小麻，不過看起來很好相處的感覺，「那個豎毛的彩色人你最好少和他打交道，他在我們這邊風評很差。」

風評差？

我突然想到他剛剛那隻獸爪，「是不良少年？」我們兩人的說話聲都壓得很低，只給彼此聽見。

「比那個更糟。」圓圓臉少年這樣說，「他家是幹暗殺的，只要有錢就會出賣技能殺人，所以被很多人看不起。」

暗殺？

那一秒我腦袋中想到的是五色雞頭穿著日本忍者服飛簷走壁的詭異模樣。

應該很像暗夜中會發光的彩色球我覺得。

※

唰地一聲門被拉開。

走進來一個人，一個我覺得應該不是學生的人。

「各位同學大家早。」

看起來是老師了，我前面的同學連忙轉回去，然後四周原本各做各事的人都紛紛抬起頭。

那是個很高的男人，我猜一定有超過兩百公分，天花板離他的頭頂不遠，就是打籃球時很好投籃的那種高度，不過也是在矮房子經常會從前門叩到後門的那種高度。

「看來今天還是有很多人遲到啊。」老師看著還有三分之一的空位，呼了口氣。

他外形有點粗獷，也是外國人的輪廓，有點壯壯的，看起來應該很常運動。然後，他是光頭，光溜溜可以反光的腦袋上刺了奇怪的黑色圖騰，身上穿的是龐克風的衣服，感覺上還頗像某種幫派的地下高手，呼過來一次會死一票人的那種高級打手。還有，他是黑人。

我終於發現不對勁了。

如果說學長和喵喵對我說中文我還可以理解，可是剛剛還不認識的歐蘿妲、圓圓臉同學說的話我都聽得懂就詭異了。

我仔細看著台上老師的嘴形……果然沒錯，他說的並不是中文，不過我卻聽得懂。

「相信大家第一天都看過我了，我就是你們到畢業為止都會見到的班導師，以後每天早上早自習我們都會見面，一些直升有不良紀錄的同學最好注意一點，老師我也會很注意你們；要搞怪就給我到學校外面搞，打到死也不會有人理你，禁止在班上、校園打架浪費醫療班資源！」說話很有氣魄的班導師開學第一天就撂下如此狠話，「別想找老師挑戰，你們都應該知道老師不是可以挑戰的對象，不過等你們都有黑袍資格或是畢業長毛之後，老師很歡迎你們隨時回來蓋我布袋報仇。另外，我死也不會告訴你們我的名字，因為我知道你們之中絕對有人很擅長使用詛咒術，老師我沒那麼多時間陪你們玩，有本事自己去查我的名字，到時候老師歡迎你們來詛咒。」

哇哇……他是怪老師。他不但光頭，而且還希望學生回來扁他。

「沒有問題的話就這樣。」班導拍了拍手，很響亮的聲音在教室裡迴盪，「附帶一提，你們老師我還兼任異種學，有選到的人就算你們好狗運，沒選到的人就給我多注意，老師的課居然敢不選，皮給我繃緊一點！」

我發毛了。

因爲那門課我沒寫在選課單上。

那堂課的名字怎麼看怎麼像研究外星人的詭異課程，誰想選啊！

「老師。」喵喵舉手，然後在班導點頭之下站起來，「對不起我沒有選你的課。」

喵喵！妳也太老實了吧！爲什麼妳要這麼老實，有時候老實的小孩不一定都會有糖吃啊！妳不知道就連華●頓都是因爲拿著斧頭他老爸才放過他的嗎？

班導瞇起眼睛看了喵喵半晌，「妳是醫療班的人吧，醫療班都會另外教異種學，老師放妳一馬。」

「謝謝老師。」喵喵很高興地坐下，還朝我眨眨眼。

然後換千冬歲舉手了。現在我懷疑這幾個傢伙是存心找老師碴，因爲老師剛剛嗆聲嗆得太嚴重了，底下稍微有點騷動，我看得出來大部分都是不懷好意的騷動。

「我也沒有選修。」很俐落乾脆，眼鏡仔推推他的眼鏡發出精光，叮地一聲，「異種課與符咒課衝堂，我認爲現在我們應該從符咒課基礎先打起，異種課等二年級再學也不遲。」很顯然地，千冬歲完完全全與老師正面對槓。

眼鏡仔看起來很容易被惹毛，可是他的表情一點都沒變。

「你是雪野家第四代對吧。」奇怪的是班導居然沒有發火，反而咧開嘴在笑，「雪野家專出用腦不用身體的怪咖。」

……

現在是老師與學生互相挑釁。

我很想抱著頭尖叫。

這種波濤洶湧的氣氛是怎樣啦！

學生奇怪我就認了，爲什麼連老師都是這樣子？

「自從雪野家第一代開始，到雪野家詢問的人已經壓過現在學校的學生數量，希望老師不會有用到雪野一族的一天。」馬上嗆回去的千冬歲推推眼睛，然後很悠哉地坐下來。

老師聳聳肩，也沒動氣。

不過聽他們對話，讓我覺得千冬歲家裡應該是類似圖書館那類的，因爲很多人都會去他家問問題。

「那好吧，我們很歡迎有魁星之稱的雪野族同學在我們班，以後各位同學有問題都可以去問問雪野同學，他會給你們解答。」老師拍拍手，下面的同學才跟著零零落落地鼓掌。

「雪野家也沒什麼了不起，還不是一直輸在我們羅耶伊亞族的手上。」五色雞頭從鼻子裡哼出不屑的氣。

喔，原來他們是世仇，我完全明白爲什麼他們兩個會互看不順眼了。

「好了兩位。」老師又擊了一下掌，聲音壓過兩人，「C部一直都是學校最難搞的班級，現在你們老師我看了也覺得是這樣，不過放心好了，老師我也不會對你們示弱的，讓大家一起發揮你們的青春活力吧！耶！」他握拳，朝天花板很用力地一揮，只差沒有面朝著夕陽跑。

……

耶你個大頭啦。

這老師有神經病。

※

上午九點多左右，因爲剛開學第一天不用上課，到中午十二點就可以各自回家了，所以這段時間是開放給學生們到各自的專業教室去看看的自由活動時間。

「萊恩是個怪人。」

對這地方很熟的喵喵與千冬歲拖著我轉了幾個迴廊，轉到我頭昏眼花之後，我們終於進到學生餐廳裡。

餐廳非常大，大得好像可以一次裝進上千個學生，簡直比我以前唸過的學校操場還要大很多，四周還可以看見有幾個同樣在偷閒的學生落坐談天。餐廳裡的裝飾其實有點怪，感覺好像是熱帶雨林般的溫室，四周都是熱帶植物，還有變色龍在透明、挑高的天花板上爬來爬去，上頭的玻璃屋頂可以直接看到天空，一片晴朗。在餐廳中間有一座大噴水池，水池中有個栩栩如生的人魚雕像，非常美麗。而重點是，大溫室裡牆上也畫滿了圖、刻滿了紋路，看起來非常西方風格的設計，繁雜但卻讓人意外地覺得和諧。

喵喵等人在噴水池附近坐下來。

我四處張望著，也跟著坐下。

這裡的空間夠大，桌與桌之間都有間隔，甚至有些有屏風或植物作遮蔽物，讓人有某種程度的隱私和放鬆感，不像一般學生餐廳會人擠人擠到死掉。

「有時候不跟他說話他就很像會飄鬼火的樣子也不太搭理你，而且還可能找不到人，不過他如果看你順眼的話，就會變得很多話。」趁著千冬歲去拿東西的時候，喵喵這樣告訴我，「不過他也滿好相處的，所以漾漾你不用太擔心。」

會飄鬼火好相處的人？

我疑問，非常疑問，這種人到底是要怎麼相處？

「千冬歲和萊恩是好朋友兼死黨，有問題兩個都可以問，他們都會告訴你。」喵喵又補充一句給我，「他們都知道很多事。」

說到千冬歲，其實我對剛剛發生的衝突有點疑問，「請問一下，雪野家跟五色……不是，跟那個誰誰誰的家有過節嗎？」差點講出五色雞頭這個綽號，要是傳入那個人耳朵，我大概會被幹掉。我想，如果他們真的有過節，那我下次不可以再衝進去阻止他們打架，滿恐怖的。

有時候，人真的是笨一點會比較幸福，我就是最好的例子。

「已經有人告訴你了啊。」喵喵挑起眉，確認朋友正在點餐才轉回過頭，一臉正經地看著我，「你別隨便和千冬歲提到這件事，他會發火。」

我點點頭，他連老師都敢挑釁，所以我很明白喵喵的好意警告，「我明白。」

喵喵坐正身體，呼了口氣，「雪野家是神諭之所，而千冬歲的家族傳說在遠古時是大神的後裔，不過至於是哪個神，因爲是別人家的家族機密，等到千冬歲願意告訴你時他自然就會說。」

神族後裔的預言之所？

我很難把厚眼鏡的書呆子和這些名詞聯想在一起。

「然後很像不良少年的那傢伙的羅耶伊亞族，是非常惡名昭彰的暗殺家族。」喵喵很嚴肅地用遺憾的語氣說著。

預言之所與暗殺家族？等等，我覺得我好像摸到某種頭緒。

「難不成是因爲……？」依照漫畫和小說中常出現的橋段來推理，他們兩個交惡只有一種原因，而且是那種非常老套的芭樂劇原因。

喵喵很沉重地點頭，「千冬歲的祖父還是死在不良少年他老爸的手上，因爲有政客出了天價要他祖父的命，所以他們家就接下了這個工作。」

果然是家族恩怨。

「喵喵，過來幫我拿一下。」遠遠地千冬歲發出叫喊聲，接著喵喵應了聲好之後就立即離開座位蹦過去了。

供給食物的餐廚台離這邊有點距離，如果是我的話可能又要開始跑百米。不過喵喵卻一眨眼就出現在千冬歲旁邊了。

看來他們點了很多東西，餐廚台上堆著一盤盤的。我有點擔心我的錢包，雖然之前才有一筆很高的收入，可是這個見鬼的地方也不知道消費是怎樣計算，萬一一杯飲料要三千就好笑了。

說眞的，我不太敢讓我老媽知道我有那筆錢，不然她一定會逼問，接著知道事情眞相後終於受不了打擊，做出我不能想像的事，有可能比拿著菜刀追殺我還慘。

一想到這些我就有點抖。

我看見那兩人拿了比山還高的食物，連忙站起來想過去幫他們。

然後，我注意到有股奇怪的視線。

那條人魚雕像有問題！

這個發現像是警笛般直接在我腦袋中響起，爲了測試我猜得對不對，我往左跳一步，那個人魚的眼睛突然往左邊轉，我跳右邊他就往右邊轉。

有點可怕，讓人感覺異常地發毛。

我連忙回想學校手冊中有沒有關於人魚的事，可是校規眞的太多條了，一時間我想到的是一堆花花的字，完全沒有人魚的情報。

就在我挖空腦袋也想不出來時，我看見一隻本來攀在天花板的變色龍摔了下來，就摔在人魚頭上。

可怕的事發生了——那個人魚突然瞪大白色的雕刻眼睛，咧了嘴就將落下的變色龍吞進去。

前前後後沒有兩秒，我覺得我好像看見了食人花把獵物吞下去的那種片段。

爲什麼雕刻品有牙齒！而且還是很尖、很銳利的野獸牙齒！

「吐出來。」

我聽見有人說話，就在我身邊，「吐出來，不然別怪我出手。」一個人不曉得什麼時候站在我身後，語氣陰森森地這樣對著人魚雕刻說。

他看起來有點像流浪漢，全新的制服穿在他身上不知爲何就是變成一團壓爛的醬菜。全新的耶！不然你是一拿到制服就把它拿來當枕頭睡棉被蓋不成？

灰藍色半長的髮整個披散在他身上，亂七八糟的完全沒有整理，半張臉都給蓋住，看不出長什麼樣子，隱約好像可以看到青藍的顏色透過髮絲銳利地盯著那個人魚雕像看。

流浪漢？學校裡出現流浪漢？

等等，不會是工友吧？

我們學校的工友原來是長這樣的嗎？

然後，流浪漢瞪著死不肯把變色龍吐出來的人魚。這讓我聯想到豬籠草和蒼蠅的關係。

「與我簽訂契約之物，讓吞食者見識你的勇猛。」我看見這個流浪漢不用一秒就把他的幻武豆子掏出來，完全不打算與人魚雕像繼續交涉下去。

某方面來說，他這種威脅帶衝動的性格還眞是與我認識的某人好像啊！

那是黑色的幻武兵器，我說不出來這是什麼詭異的屬性，然後那名流浪漢緊緊握住再分開兩掌成爲雙刀，玄黑而上面刻畫了金色圖騰與紋路的美麗雙刀。

一看見流浪漢亮出了傢伙，人魚雕像立即張開嘴巴把變色龍吐出來，咚地一聲完全搞不清楚自己剛剛差點被消化的變色龍摔在水池邊，然後趕緊逃走。流浪漢這才滿意地把傢伙給收了。

「上次是海豚像，這次變成人魚像，是誰把海豚給砸了？」他好像在自言自語，而且他說的話題我覺得我很難可以搭上腔。

海豚？

流浪漢轉過來，他的上半臉被頭髮蓋住，不過我很確定他在看我，於是我也不客氣地開始打量他。

對方是個很高的人，大概比我快高了一個頭，應該有一百八十公分左右吧？感覺好像還有一點駝背，滿頭亂髮看起來有點邋遢，應該是新衣服的制服被他捲得亂七八糟，像是醃過的鹹菜，而且是很難吃的那種。

整體看下來，我只有一個結論：他還是流浪漢。

雙方打量完畢，於是流浪漢先開口，「看你的牌子你是C部的學生？」

說實話，C部聽久了還眞像某種西部牛仔的代稱，「呃，我是。」我本來想看看他是哪個班級，可是他只佩戴了年級章卻沒有掛上班級章，所以沒辦法分辨。

他的班級章不會掉了吧？嗯，依照他流浪漢的程度來說，這是很有可能的一件事。是說，如

果掉了配件的話不知道要怎麼申請補發？

驀然，流浪漢伸出手，在我還來不及逃走時重重一把搭上我兩邊的肩膀，「你好，同學。」

耶？同班的？

我們班居然連流浪漢都有，眞奇妙。

「沒想到馬上就遇到班上的人，剛剛我去教室沒半個人。正好，我們一起去吃飯吧。」他說，不由分說地一把拖住我的領子往另一邊走去。

流浪漢的力氣爆大！

我有一瞬間差點被領子勒到窒息。

「等等等等等……我和朋友……」我遠遠看見的千冬歲和喵喵拿了東西就要走回來，不過我卻被越拖越遠。

流浪漢明顯耳朵被頭毛蓋住聽不見我說話，我就這樣一直被拖出餐廳外。

等等，他不是要吃飯嗎？

「你要去哪裡啊！」我抓住領子以免被勒死，然後終於可以發出聲音驚恐地問。

只見走在前方的流浪漢微微轉過頭，舉了舉手上，我這才注意到他手上有個大紙盒印了餐廳的名字，應該是從餐廳裡外帶的，「去找一個風景好、氣氛佳的地方吃飯。」

風景好氣氛佳勒！我又不是你馬子！

我很想叫救命。

不過話說回來，一個男生被另一個男生拖著走、掙扎不開叫救命，好像也頗丟臉的。幾個路過的學生用好奇的目光看著我們，讓我很想把臉埋到衣服裡，雖然這裡沒有人認識我，可是這樣丟臉到家了！

「到了。」走了好一陣子後，我的領子突然被鬆開，整個人差點就往後摔倒。

我立刻站穩然後環顧四周。

早知道，不看就算了。

「哇啊啊啊——！」

他把我帶到一堆墳墓之間。

第十一話　貓公車

地點：Atlantis
時間：上午九點五分

「好——吵——啊——」

很緩慢的聲音，是好多好多人組合在一起。

「好，吃飯了。」找了一塊平滑大石頭坐下來，流浪漢一點都沒有把那個詭異的聲音放在耳裡。

可是他不放在耳中，並不代表我也不放，「這種地方哪能吃啊！」我快精神崩潰了。

爲什麼學校裡會有這什麼鬼墓園？

而且四周還飄滿了青藍色和金紅色的不明鬼火，這種地方叫作風景好氣氛佳？

老兄，你腦袋跟眼睛一定有問題！

流浪漢終於意識到我在發抖了，他把飯盒打開之後放在旁邊，我看見裡面塞滿了好幾種顏色的大飯糰，還有附沾醬，「不好意思喔，因爲我等等在這邊有個小工作，我想既然是同班同學所以找你過來湊湊人數應該沒關係吧。」

湊人數？

根據入學之後的種種經驗來看，不管他們說什麼我都必須非常謹慎考慮，尤其是當語意不明的時候一定要腦袋清晰想過再想過，「你有什麼工作？」我看見有個金紅色鬼火飄過來，連忙往旁邊閃開。

他用腳跟踢踢長滿雜草的地面，「這個地方。」

墓園？

「爲什麼學校會有墓園？」這也是我不解的事。

誰會在學校裡蓋墓園！不會吧？一般人都不會對吧？

「學校裡沒有墓園。」流浪漢拿起一個綠色的大飯糰遞給我，「你應該不討厭吃菠菜吧。」

「還好。」我接過飯糰，一邊躲著鬼火一邊靠到大石頭旁，「學校裡沒有墓園爲什麼我們現在會在墓園裡？」

其實就算是現在有地下牢獄我可能也不會驚訝。

我發現，我的適應能力眞是越來越好了。

「這座墓園不是學校的墓園，是妖靈族的墓園，因爲前幾天空間出現扭曲，所以把他們的墓園抛到我們學校來，我接到的工作就是把墓園送回去。」流浪漢拿了一個紅色系的飯糰沾醬，然後迅速地開始狂吃，「最近到處都發生空間扭曲，眞麻煩。」他一邊咬著飯糰一邊抱怨著。

盯著那個醬料，我很好奇飯糰醬是什麼鬼東西。

辣椒醬嗎？

可能是注意到我的視線，流浪漢把醬料拿起靠近我，「要不要嚐看看，這是客戶送我的梅醬，聽說用梅子精和樹妖熬了四十九天，有助於養顏美容。」

聽完，我馬上打退堂鼓，「不用了，謝謝。」現在對於飯糰的材料我也有點怕了。

有時候笨一點不要知道太多事，真的比較好。

那個梅子精和樹妖是什麼鬼東西！

流浪漢聳聳肩，繼續吃。

「你——們——是——哪——方——無——知——小——輩——」詭異的綜合聲音又響起來，很慢很慢，平均七秒鐘一個字，讓人聽了會有種想呼他巴掌叫他講快一點的衝動。

「要不要再來一個，餐廳的綜合飯糰是很搶手的耶，每次一出來不用五分鐘馬上被搶光。」流浪漢無視於那個詭異的緩慢聲音，又把一個黃色的飯糰塞到我手裡，「這個蛋酥飯糰很香喔，裡面還有包肉絲，是五大飯糰的第一名。」

這個人是飯糰偏執狂嗎……？

「竟——敢——擅——闖——禁——地——」

「欸……這位同學，放著不理他好嗎？」那個詭異的聲音讓我有點發毛，尤其是四周的鬼火已經將我們團團包圍起來，就算飯糰再香，現在我也吃不太下去了。

流浪漢揮揮手，「放心，通常鬼火講完整段話大概要等十幾分鐘，放給他慢慢去講好了。」

然後他拿起第三個飯糰。

問題是這個嗎？

我看見周圍的鬼火像是發飆似地開始狂爆火，這就是所謂的用生命之火燃燒自己吧？

眞是奇景。

如果原來世界的媒體知道有這種地方，大概會馬上擁進來，到時候嚇到的不是人，應該會是這些鬼火。不過話說回來，在這種環境下我的確吃不太下去，別說鬼火，當你看到一座廣大的墓園還散發著陰氣，四周又全都是會扭在一起說話的鬼火時，你吃得下去嗎？

大概只有我旁邊的流浪漢吃得下吧我想。

看了看旁邊，沒有可以裝飯糰的東西，「不好意思，我可不可以等一下再吃？」

流浪漢看了我一眼，拍拍他的大紙盒，於是我連忙把金色的飯糰放進紙盒的一角，裡面大概剩不到一半，兩個拳頭大小的飯糰還有四、五個左右。

「好，剩下的全都是你的。」他拍拍手，站起來。

「啥！」

什麼時候變成都是我的？

「那我們就開始吧。」流浪漢這樣說著，然後從口袋抓出一條項鍊。

我看清楚了，是各式各樣色彩的——幻武兵器。

※

流浪漢出手時，我根本看不清楚他究竟有沒有動手。

只是一陣風過之後，那些鬼火已經消失了。

「這樣就解決了？」我看著空曠的墓園，現在連點聲音都沒有了，只剩下冷冷的陰風還不斷繼續吹。

還眞是迅速，連三分鐘沖泡時間都不用。

「怎麼可能。」流浪漢取下項鍊中的其中一顆紅色寶石豆子還一邊反駁我，拿下的豆子上面摻挾了些許的黃，「與我簽訂契約之物，讓襲擊者見識你的狂。」

我感覺四周的氣溫好像升高了，然後聽到響亮的聲響沒入地面。

一對血色雙刀插入地表，像是冒著狂燃的火焰。崩裂的聲音中，刀鋒四周的草與土全都燃至焦黑，然後餘下灰燼湮滅。

炫火的雙刀。

刀邊起了小小的風，然後捲去灰燼，燃起火焰。

「朧火，來吧。」從口袋中拿出了一條細繩子，流浪漢兩三下就將披散在後頭的灰藍亂髮紮起成小馬尾。因爲他背對著我，所以我沒有看見他長狗毛下的臉是什麼樣子，「再來打開妖靈界把墳場丟回去是關鍵，你要小心一點喔。」

等等！

他說打開什麼丟回去什麼？

「我可不可以先離席？」爲什麼我要莫名其妙被拖來墳墓還要看什麼鬼界的大開放，眞是夠了。現在不是七月，我要求離開鬼門開現場。

「不可以，你現在踏出墓地範圍就會被妖鬼攻擊。」流浪漢背對我，很正經地說著讓我渾身發毛的事，「我已經在四周布下三層結界，現在出去很容易被當成目標物。」

是誰把我弄進來的啊！

我有種想把爆符塞進他嘴巴讓他爆的慾望。

「再等一下，要等破空間的人來。」按著刀柄，戒備中的流浪漢這樣說。

還要等誰？

一股煙擦過我的身邊。

欸？好眼熟的景象？

然後印著東方圖騰的衣飾在我眼前像朵花一般翻開，片片的柔軟衣料飛落垂在半空中，四周環繞著薄薄的霧煙。

「嗨，瞳狼。」流浪漢很熟稔地揚手打招呼，仍沒回過頭，因爲他眼前已有一團不明黑物正在聚集。

我倒退一步，心中在尖叫，鬼娃猛然就這樣出現在我面前。

「敬安，白袍。」鬼娃就飄在我眼前不到三十公分的地方，我一直感覺到他的衣服布料拍在我的臉上，有種淡淡清香的味道，可是我說不出來那是什麼味道，「吾家帶來邊界破壞者的消息，請再等待一會兒，他被突來的事情延誤了。」

「好，我知道了。」流浪漢這樣回應。

他們倆好像在打啞謎，我聽不是很懂。好像是有誰要來？

「請褚冥漾站在原地別移動。」看了我一眼，鬼娃猛然從自己的懷中掏出一張白色符紙，神奇的是，他的手居然沒有從長袖裡伸出來，就這樣隔著衣服抓，而符紙連掉都沒有掉下來。

太強了鬼娃！

「流動的時間，在光與影使役之下，連接於你的起點。」

白符乍然出現了一條金色的光絲，像是被人從另一端穩穩拉起般筆直，連結到流浪漢正注視著那慢慢產生的黑霧中央，然後被吞噬見不到底端。

「妖靈界的地標確定了嗎？」流浪漢看著那條金色的直線，然後我聽見他好像小聲地唸了些什麼，之後揮出其中一把火紅的刀貼在線上，「奔騰吧，幡火焰風。」金線瞬間著火，熊熊猛烈的火勢直接劈往那團黑霧。

我聽見聲響，不是猛烈的巨響，而是一種悶悶的響聲，從我所站著的地面傳來。

「我可以請問一下你們兩位在幹嘛嗎？」直覺告訴我，這個很像地震的地鳴與眼前的流浪漢、鬼娃脫不了關係。

「吾家正在將妖靈界的道途連接至此。」鬼娃如是說。

「我要將那條路劈廣一點，等等一舉將結界打破之後才可以把這麼大的墓園送回去。」流浪漢如是說。

很好，我完全聽不懂他們在說什麼。

「等到結界破壞者來之後才能打破結界。」鬼娃的長袖手指著那團黑霧這樣告訴我，「我們所做的是要將兩地道路連結，如此一來才不會在運送過程中道路突然斷裂。」

我盯著那團不斷變大的黑霧，不曉得爲什麼心中突然有種很不妙的感覺。

所謂道路就是回去什麼妖靈界的道路吧，那麼……那邊的東西也可以過來的意思嗎？

一想到這裡，我整個人發寒。

應該不會吧？

可是不知道爲什麼，我就是覺得有這種可能。

按照所謂的漫畫和遊戲情節，這時候黑霧之中應該衝出一坨妖魔，然後勇者們奮戰到血淋淋，最後戰鬥勝利接受表揚之類的。

就在我隨便妄想的時候，不知道是不是眼花產生的錯覺，我看見黑霧狠狠震動了一下。

然後鬼娃也震動了一下。

「怎麼可能！」

流浪漢發出不敢置信而訝異的聲音，「不可能，應該不可能。」

就在我還弄不懂他在可不可能什麼時，我聽見獸性的呼喚……錯了，我聽見很像是野獸的吼聲，從黑霧團裡傳來。

「登」地一聲，連結在白符上的金絲崩斷。

霍然抽起另一把插在地上的紅刀，流浪漢往後跳了幾步擋在我身前，「該死，出問題了。」

他這樣說，我心跳立即被嚇快，「現在開始，你不要離開我身後。」

那一秒我有疑問——他知道我不會用所謂的能力？

「進入最高警戒。」鬼娃突然浮高好一段距離，我看見他的袖子垂在身側兩邊，那團白色的浮煙早已不見，「第一要務是保護。」

保護？保護誰？

還沒有釐清這問題，地面猛然狠狠一震，上下晃動。

我差點站不穩，轟隆轟隆的聲響由遠逼近，然後整片地面都在顫抖。墓碑一個個倒塌，接著躺在地面被震成粉碎，揚起的灰粉被逐漸增冷的風吹起，整座墓園立即變得霧濛濛的難以呼吸。

「咳咳……」吸進了一大口粉霧的空氣，我整個喉嚨都嗆到，痛到不行。

然後，四周安靜下來，我的咳嗽聲顯得特別突兀。

「無——知——小——輩——」

很緩慢的聲音，卻是雷轟般的巨響。

轟隆過後，在我們視線中出現了一隻半腐潰的手掌，大約有一個人那麼大，連著紫黑色還滴著血水的臭肉掌心從黑霧的另一頭猛然拍出，抓住了黑霧的四周。

我覺得我的呼吸停止了。

「來自通道的妖靈鬼。」那一秒，流浪漢的側臉可以看見唇角，彎起來。

他在笑？

我沒來得及扳過他的臉看仔細再呼他巴掌，因爲有另外一股風出現在我的身後。

不知道什麼時候，另一個人站在墓園的入口。

「眞是浩大的場面啊，你說對吧，萊恩。」

他是萊恩？

※

站在我身後的，是我另一位同班同學。

「萊恩，原來漾漾和你在一起。」完全無聲無息就出現的千冬歲瞪大眼睛看我，一臉訝異到不行，我也反瞪回去，「我和喵喵找他找了半天，以爲他被人魚像吞了！」指著我，他這樣說，感覺上就是他們剛剛在人魚像那邊也弄了點時間所以才姍姍來遲。

我是沒被吞啦，而且被吞的東西也被吐出來了。

「我看見他掉在路邊，順手撿回來。」流浪漢……現在應該說是萊恩，這樣回答他的同伴。

等等！什麼叫作掉在路邊撿回來？

我很想一拳往他腦殼揮下去。根本不是我自願來的好不好老大！我根本是莫名其妙被半強迫拖過來的！

「原來如此。」千冬歲居然同意了。

然後，背對我的萊恩轉回過頭。

媽啊，他變了。

如同神奇整形一般。把亂髮紮起來之後那雙青藍色的眼睛暴露在空氣中，像是刀鋒般銳利，遊走在刀鋒上的空氣好像都會讓他眨眼切斷。

那是一張同樣銳利的臉龐，很難形容，但是有某種程度的帥勁。現在很難把他與剛剛那個高大微微駝背的流浪漢聯想在一起，他連背都挺直了。

變臉，真是本世紀最偉大的變臉。

「萊恩·史凱爾。」將手上紅刀插入地面，無視於慢慢爬出來的爛掌，萊恩居然向我伸出友誼的手。

如果是一般時間我也很想馬上和他握手認識，不過這位老大……你也看看地點時間好不好！

「褚冥漾。」可是我還是伸手回握。

不知道是不是多了一個千冬歲的關係，我突然覺得這地方好像比較沒有那麼恐怖了。

人多心安的心理法則？

一邊的千冬歲逕自打量起黑霧中慢慢伸出手臂的妖鬼，「你們接通了道路，怎麼會跑出這個東西？」他的語氣中滿滿的疑惑。

接通道路不該有這種東西出現？

「我也不知道，不過根據紀錄，一百次開道路總會有一次機率出現。」萊恩倒是顯得興致勃勃，他一把抽出地面的雙刀畫了一圈圓，貼在身側兩邊。

一百次出現一次？

我很不好意思告訴正在滿頭苦思的兩人說，很可能是我帶衰，所以他們才會撞上如此美妙的一次，畢竟我是連萬分之一衰運機率都會碰上的那種人。

「測量妖鬼實力，結界守護擴張範圍。」浮在最上的鬼娃如此說，然後不知道是不是錯覺，我隱約好像可以看見有個亮亮的東西以他為中心點，然後射往天空劃出巨大的光霧，將附近一帶全部覆蓋下來。

錯覺還眼花？

沒有時間讓我想太多，就在我把視線移回黑霧的那一秒，一顆大頭突然從那裡面擠出來，有房子般大小，腐爛一半的面孔好死不死就正對著我，它露出帶著黑色血肉的牙，咆哮。

很臭，腐爛的臭氣。我的眼睛整個花掉，呈現「@@」的樣子。

「歲，你跟漾漾在後面等好。」抽出了地面的雙刀，這次我終於注意到那兩把對刀好像非常沉重的樣子，因爲流浪……不是，是萊恩把刀放下時也沒刻意用力氣，可是刀就是硬生生地插入土裡，不知道有多深。那個感覺就很像地面根本是豆腐，所以才能如此輕鬆戳進去。

千冬歲轉過來，遞了一樣東西給我。

我接過來看清楚了，是個小小的三角形紙塊，大概巴掌那種尺寸，上面寫著紅色的不知名文字，「這是？」別告訴我是詛咒紙人之類的東西。

「你還不會自我保護，先用這東西吧。」千冬歲如此告訴我，「奈律津由呂、龍神護符、一三七點地、動！」

就在他說完的同時，我發現四周好像安靜了下來，什麼臭氣塵煙之類的一點不剩，有種很像青草般清新的空氣包圍住我。

「奈律津由呂、龍神護符、二四六飛天、封！」我聽見了上面的鬼娃這樣跟著應合，只是半晌，我見到了另一種奇怪的光然後迴繞在我四周，像是一點一點的星光在轉圈。

「果然瞳狼連這個也會。」千冬歲勾起一笑，然後轉過頭。

抽出雙刀的萊恩往前走，走向已經爬出半個身體的妖鬼眼前。

就算已經聞不到臭氣了，可是地面的震動仍極爲劇烈。

「無——知——小——輩——」妖鬼仍在進行緩慢的巨響。

就在那一秒——

「輩你的大頭！」

萊恩兩面雙刀就像流星一樣劃過。

然後，腐爛的大頭掉下來。

……

就這樣？

※

我張大眼睛，愣掉。

那顆巨頭咚地一聲掉在地上，翹了。

就這樣？

太簡單了一點吧！

簡單到讓我以為剛剛眨眼那秒是幻覺，然後其實今天看見的都是唬爛，那個鬼東西根本是紙做的。

「歲、漾漾！小心！」就在我出神發呆的那瞬間，落在地面的頭以不到半秒的時間突然放大在我眼前，整張爛臉猙獰得可怕，嘴裂到耳根，我幾乎可以瞧見腐肉底下的爛骨，分明得令人幾乎快吐出來。

可是他沒撞上來。

我很清楚地聽見了「匡」地一聲，巨頭不知道撞上了什麼，彈出去。

「與我簽訂契約之物，讓襲擊者見識你的型。」千冬歲勾起了笑，與萊恩有點相像，我看見他取出了一個銀白色上面有些黑紋的寶石豆子，然後捲起了一陣風，「奈律津由呂、布由呂一四五，飛破空。」

說眞的，因爲千冬歲背對我，隱約地我似乎看見了他手上是一副會發光的弓箭，確切形狀我沒有看清楚，畢竟我還是背對著他。等他唸完應該是咒語的東西時，一道銳利的風穿過了巨頭的額，隨著噴濺的黑血將那顆頭顱整個衝撞回黑霧之中。然後，萊恩揮動了手上的雙刀，挾著狂風的火焰跟著追入了黑霧裡，將妖鬼的巨大身軀狂肆地燃燒。

那個畫面我不知道應該說是恐怖還是妖艷——火焰捲去了半座墓園，卻沒有燒到任何一塊墓碑，只是將妖鬼不停焚燒，直到他剩下骨、化成灰。灰燼隨著風飛起，卻沒能進入我四周被造出來的結界空間。

然後黑霧散去了。

我看見一片廣大的石地，如同扭曲般的畫面出現在方才黑霧所在之處。

「萊恩，只有十五秒。」千冬歲大喊，四周都是飛揚的灰屑與散去亂飛的黑霧。

「夠用了。」萊恩高舉起他的雙刀，像是兩片流火的翅膀。

我也沒辦法繼續看下去了，因爲千冬歲捂住我的眼，「漾漾，接下來的，不要看。」他的聲音有點小，或許是四周的聲音太大。

我聽見了不是人而像是野獸的咆哮，聽見了尖叫和哀號，如果不是有結界，我覺得現在應該還有點什麼味道和風纏繞在身邊。然後，幾秒之後安靜下來。

千冬歲放下手，現在我所在的地方已經不是墓園了，正確來講，是座花園，開滿白色花的巨大花園。

花園中央有精靈像，可是不是拿武器的那種，就刻在白花中央坐著，微笑。

我突然有點理解萊恩所謂風景好氣氛佳的地點了。

四周都是蝴蝶。

牠們有著一張奇怪的臉。

……

我想那個應該眞的是蝴蝶，忽略掉那個不像蝴蝶該有的臉，其他部分都是蝴蝶。

「不好意思，因爲剛剛要切開妖靈界時怕刺傷你的眼睛。」萊恩的雙刀不知道什麼時候消失了，他走過來。

聞到滿滿花香氣息之後我下意識知道結界應該已經撤銷了。

鬼娃飄下來，就在我們眼前擱在半空中，「比預計的時間要快，吾家先行回報了。」然後，他又變成股煙消失在我身側。

其實說眞的，發生什麼事情我大概可以猜到。被捂眼睛時大抵是他們什麼所謂妖靈界連結，他們把墓園拋回去的關鍵時刻，依照所有通用劇情來解析的話，我的道行還不夠可以看那堆東西，「那個奈律什麼的是？」我看著旁邊晃動的千冬歲，他好像在等萊恩，而那個人又把頭髮放下來蓋住臉，變回流浪漢了，完全找不到一點點剛剛勇猛留下來的痕跡。

「是我們一族的言。」千冬歲這樣告訴我，「言可以化成靈，能聚氣，神諭之所人人都要學的東西。」

說眞的，很饒舌，我覺得我去學的話遲早有一天會咬舌自盡。

「這個護符你就帶著吧，直到你學會能力之後才不會再需要它。」

我點點頭，把千冬歲給我的東西收下了。

然後，萊恩走過來，「這邊沒有破洞了，應該完全處理好了。」他看看我，點點頭，「辛苦你囉，同學。」

辛苦啥？

驚嚇才有！

完全不是本意被拖來這邊，我心中其實還是一肚子××，又不好意思直說。

眞是莫名其妙的早上。

※

學長到餐廳找到我的時候，大約是十一點多左右。

萊恩和千冬歲好像有什麼事情，兩人把我送到餐廳之後就結伴走了。

目前，餐廳裡到處都是我不認識的學生走來走去，聽說喵喵剛剛也有工作離開學校了。

我有種老人家的疲憊。

「你還眞像一隻小狗。」學長站在桌前劈頭就給我這句話，「下次要不要寫個帶我回家之類的牌子插在桌上。」

我皺著一張臉，疲倦，沒空應付他。

總覺得不到一天，我又開始後悔起入學了。學校比我想像的「刺激」太多，多到我有種已經走完人生八十年的滄桑感。

「聽說今天萊恩他們接學校工作你也在場。」學長用的是肯定句，「剛好算是實習吧，那種場面也不多。」

他好像完全沒想到我可能會被妖靈一巴打掛的可能性。

「放心，萊恩和千冬歲在場的話你還不至於會掛，頂多重傷斷手斷腳，很快就可以接回去了。」我不懂學長到底是不是要安慰我。

「他們兩個很厲害。」我悶悶地說，再次體會到我與別人的不同。

「是不錯，萊恩有白袍的資格了，應該算是你們班裡最高階的人。」學長剛說完便站起來，再回到這桌時手上多了兩杯飲料，他放了一杯在我面前，「這是泡泡果汁，提神。」

我現在還是弄不懂什麼顏色、袍級的，不過照他們說的來看，總有一天我應該會弄懂。

那個杯子是個普通的白色馬克杯，一堆白色的泡泡不停在上面冒來冒去，一下消失、一下又冒出，似乎飲料裡有很多氣體。

瞄了一眼學長的杯子，很好，他喝的只是普通褐色的茶水。

看著正在冒泡的杯子，我突然想到電視上正在煮藥的魔女，基本上她煮的東西和我現在這杯差不多，一直冒泡。喝下去肚子會不會多一個洞？

「懷疑嗎？」看出我的疑惑，學長長手一伸直接拿去我的杯子，然後喝了一口。

他臉色沒發紫也沒尖叫一聲往後倒，應該是沒問題。

咚地一個響，杯子回到我面前。

我拿起那個還不斷冒泡的飲料，喝了一口。

「噗！」是酸的，整個都是酸的！

「提神了吧。」學長笑笑地喝他的飲料。

他居然喝這麼酸的東西連眉頭都沒皺一下！

鬼！眞的是鬼！

「咳咳……」那個酸氣直接衝到腦頂，現在整個人已經酸醒了。

「那個是檸檬口味的泡泡果汁，我剛剛忘記說。」

你根本是故意不說吧！我用抗議的表情看他。故意的，絕對是故意的。

然後學長將兩個杯子換過來，我面前變成那杯褐色的飲料，他還拿了檸檬泡泡繼續面不改色地喝。

這杯飲料好喝多了，至少它是甜的，有蜂蜜的味道，像是蜂蜜沖的茶水。

「牙根……我知道你想問飲料的名字，這是某種靈獸產的蜜，跟蜂蜜不一樣，它沖泡起來有茶水的味道，也有蜜的甘甜芬芳。」學長繼續沒半點皺眉地喝檸檬果汁。

原來不是蜂蜜。

我不在腦中幻想那個什麼靈獸的樣子，因爲我怕喝不下去。

過了半晌，就在我把飲料喝完的同時學長也放下杯子，「時間差不多了，你下午應該沒課了，我先帶你去坐校園的接駁車。」

說眞的，我一直知道學校有校車的存在，而且學院手冊上也有寫搭校車是不用錢的，提供給要回家的學生免費乘坐。

先撇開學校亂七八糟的事情不談，我覺得學校的福利其實還挺不賴的。就連餐廳裡吃東西也不用錢——這是學長剛剛告訴我的，因爲他順便問我要不要留下來吃午餐。我拒絕了，我現在最需要的就是回到我家溫暖的懷抱，好好撫慰一下受到重創的幼小心靈。而且萊恩也給了我很大一盒謎樣飯糰，我想已經夠我吃的了。

「那就走吧。」學長先站起身，然後我跟著站起，一前一後走出餐廳。

校園裡的人其實不少，四處都有穿著制服的學生來來去去，有年紀比我大很多的，也有年紀比我小很多的。然後我想起來了，這所學院是從小學到研究所都有招收，就算一個年級只有三班，總加起來人數也夠瞧了。

「剛剛千冬歲說的什麼言可化靈的東西，我聽不明白。」不知道爲什麼，我隱約總覺得這是我該弄懂的東西，可是又不知道爲什麼我該懂，不過我還是嘗試問了走在前面三步遠的學長。

學長頓了一下，有點訝異地回過頭，突然勾起冷冷的一抹微笑，「的確，你應該從這邊開始學起……眞正和你迫切有關的東西。」

聽不懂，他的話聽起來很像在打啞謎。

我們兩個在一座精靈雕像前停下來。

「言可化靈，是言靈的一種，但卻又不完全是。」學長這樣告訴我，「用文字束縛一個人、一件事、一樣物，你不是用我的名字而是稱呼停住我的腳步，就是其中的一種。」

我聽得霧煞煞。

「這是……每個人每日都在使用的，但卻不會造成什麼太大的傷害。」

名字是言靈的一種，這個我有點印象，因爲漫畫裡有提到。

「用你的想法用心傾聽，然後用心思考，於是言靈自口中說出，這才是具有更大力量的言靈。」

「這樣說不是每個人都會嗎？」我不解，照他這樣說每個人每天都用言靈，那不就每個人都可以像千冬歲他們一樣了？

「這樣說吧，一般人是在無心之下用了文字中本身的靈妙，他呼喚名字讓你停下腳步，可是卻不會殺傷你身體任何一個部分。」學長微微皺了眉，好像是在想要怎樣告訴我比較簡單容易明瞭，「可是，眞正具有言靈力量可將其化爲具體的人，卻可以透過呼喚你的名字，取走你的性命，千冬歲他們就有點類似如此。」

我聽得頭暈目眩。

「今天就先跟你說到這裡好了。」

學長又勾起一點點笑，終止了這個話題，「走吧，你還得回家。」

然後，他往前繼續走去。

※

我越來越不懂這間學校了。

它很謎，我說眞的，這所學校本身就是一個大問號。

停在校園接駁車區中的不是車子，是我所看過最謎的東西。

我看見金魚從我眼前飄過，而且那隻大眼金魚很眼熟，眼熟到讓我錯覺好像在哪部動畫曾看過牠，只是眼前這隻是放大版的，差不多是一輛公車的大小。

接著，一片樹葉飄過去，不知道是不是我眼花，樹葉上面居然有人。

「這是什麼？」我瞪大眼睛，看著學長。

「接駁車。」他很爽快地給了三個字。

這是什麼接駁車呀！

我看見所有的東西都沒有車的形狀，飄過的金魚就有一大堆……等等！從上面飛走的粉紅色翼手龍是啥鬼！

暈了，看到有毛毛蟲在爬著絲我就眞的暈了。這眞的是接駁車嗎？

「這些全部都是學校三位董事們收集或創造出來的校園專用車。」學長已經見怪不怪，他很自然地在一堆怪東西中穿梭，完全不怕被衝撞。我很緊張地跟在他後頭，一隻巨大三葉蟲突然從我身邊竄過去，上面有人對我揮手。

我再次聽見神經崩斷的聲音。

自從進入學校之後，我細胞新陳代謝的速度加快許多，而且被嚇死的佔大多數。

「你比較喜歡哪一台？」將我帶到搭車處之後學長這樣問我。

環視過去，基本上我全部都不喜歡。可是總得選一台，不然就別想回家了吧？不管怎麼說，打死我都不坐金魚和葉子，那兩樣東西爆詭異的。

然後我看見了，停在角落的貓公車。

我愣掉。

嗯，就如你現在所想像，看過懷舊童年動畫的人一定都知道這台公車。而那台公車就在我眼前，巨大的貓眼也剛好看過來，有點不太一樣的是貓的樣子和形狀，這隻好像和動畫裡面那種貓不同，耳朵很大，與現在流行養的那種貓……叫什麼名字來著的我忘記了，波斯嗎？算了，總之就是一台貓公車在那邊晃來晃去。

綜觀全場，只有這隻最正常（可能是看動畫看習慣了我想）。

「你要坐那台嗎？」學長拍了一下手，那隻貓突然就衝了過來，在我們眼前停下。

我開始幻想，貓公車是軟綿綿、舒服舒服的，很多女生都希望可以坐看看的東西；當經歷過一天的驚嚇與疲勞之後，一台柔軟的貓公車可以撫慰你的創傷。

巨貓喵喵叫了兩聲。

「上去吧。」學長把那盒飯糰放在我的手上，然後把我推上貓公車開敞的門，「你可別吐在裡面，不然貓車會把你從車裡丟出來。」

我還聽不明白學長的意思。

然後公車門關上，貓車幾乎是在瞬間便往前奔馳，學長的臉立刻就消失在我眼前。

我終於知道他那句話的意思了。

跳動的內臟告訴我解答。

「不會吧……」

砰咚砰咚規律的聲音在車中響起，不是什麼音樂，而是滿滿的內臟跳動、蠕動的聲音，我看見有條很粗的血管就在我腳邊，血紅色的溫熱液體奔騰而過，然後鑽入更裡面柔軟的內臟當中。

一切……就如同生命教育中的模型內臟似地，只差在牠是眞實、會動彈的，是活生生的。

一滴血從我腦袋上掉下來，落在我的肩膀上。

柔軟的毛毛椅消失了，變成柔軟蹦蹦跳的內臟。

話說回來，這還眞是寫實版貓公車的另一個特點。

我知道我應該做什麼。

因爲我一直聽見了類似神經崩斷的聲音在我腦袋裡不斷尖叫、響起，像是魔音一樣。

「放我下去——————！」

第十二話　蟲子星

地點：Atlantis
時間：上午十一點二十五分

「如果心能說話，那就是咒語般的言。」

我會對這句話印象深刻的原因，是在很久很久……相識之後、分別之前。一個對我來說最重要的人告訴我的最後一句話。

※

三天之後，我終於受不了了。

那輛該死的野貓車！

實際上我們這星期幾乎沒有上到什麼課程，大部分都是老師和同學互相介紹之後就放牛吃草了，聽說下星期就要正式開始上課。

這學校也眞散漫，這樣就被老師騙過一星期的教學費用。

「住宿？」學長訝異地看著我，彷彿沒料到我會突然提出這個問題。

我沉重地點點頭，「對啊，我媽也同意了，所以想問問看現在還有沒有住宿的可能？」其實我是不太抱希望了，因爲我知道宿舍在開學之前就應該要辦理好申請，那時候只覺得離家很近所以不成問題。

一台貓公車毀了我最後的幸福。

試想，每日上課被火車撞已經夠可憐了，下課還要跟貓的內臟擠在一起，我覺得連續三天下來之後，精神已經出現某種程度的創傷。

雖然我有想過要換其他的接駁車，但是貓公車的慘例在面前，我相信其他接駁車一定也不是什麼好東西。搞不好樹葉抓得不夠緊還會從幾百層大樓高的地方摔下來，我已經沒有那個勇氣去做二度嘗試了。

目前我們所在的位置是二年級教室的那條長廊。

我今天第四堂早早下課之後就先逃走了，不然萊恩一定又會拖著我去他所謂風景好氣氛佳的地方吃飯糰，天知道我已經連吃了三天飯糰，現在看到飯糰就想拿來砸他。

抬頭看了一下學長的班級牌子，嘖嘖，學長果然是學長。

牌子上寫的是「二年級A部」。

而且聽說黑袍在全校學生裡還沒多少人，大多是學校的行政人員或大學部學生居多，而全高中二年級只有學長是黑袍，而且他又在A部，可見此人已經強到某種非人類的程度了。

「我在幫你想要怎麼申請時不要亂想些有的沒的干擾思緒！」學長一巴掌從我後腦勺巴下去，一點都沒有手下留情。

沒人叫你聽啊！

我捂著腦袋，很委屈。

學長皺著眉，又想了半晌，「學校的宿舍已經在開學當天全滿了，現在好像也沒什麼地方好住……」

「啊，那就不用特別找了。」其實我眞的只是單純來碰碰運氣的。我很怕在沒有人的狀況下，他會說啊我想到一個好地方可以住，結果一去就是個陰風慘慘的鬼屋。

「沒關係，你等我一下。」學長瞪了我一眼，然後走回教室，向一個同班的男生說了些話。是說，那個男生不知怎地，橫看豎看都覺得眼熟，好像在哪邊看過這個人，可是又沒有什麼印象。然後學長拿著一個背包走出來，「我下午請了假，要順道繞去工作，你跟我一起來吧。」

又要看人工作？

我倒退兩步。

學長瞇起眼冷冷看我，「我是叫你跟我一起去雜務處辦理你住宿的事，看看有沒有剛好不住要退房的人。」他掄起拳，敲在我頭上。

「噢……」暴痛。

我跟在學長後頭走在長長的走廊上，周圍或站或走的學生投來許多目光。

不知道應該怎樣形容這些目光，不像喵喵他們是純粹的崇拜與欣賞，這些目光裡有少許是如此，可是大部分又不是如此，有的人更明目張膽地發出不屑的哼聲，好像是在說這也沒什麼了不起的那種感覺。

一直到走出教室大樓後，學長才突然轉過來，「別去在乎那裡面有多少含意。」他說，表情一點都沒有變，好像剛剛那些人完全不是衝著他來，「有時候就是如此，你生活在一個地方不可能沒有競爭也不可能沒有私心，如果要一一去理解那會沒完沒了，總之有智慧和自我的生物就是這樣。」

「喔。」似懂非懂地點點頭，我也覺得不要再去想那些人的表情會比較好。

競爭不管在哪邊都會有，就像我以前的學校一樣，那類的感覺總是一直存在著，不管是對我或是對別人。

於是我就跟著他一直走。

學校很廣，路很長也很多條。

該死的，沒事把校園蓋成這樣幹嘛？

我從第一天入學之後就一直沒看過學校的盡頭，或許它根本沒有盡頭？

「學校的盡頭……有一天你會看見的，因爲它不存在這裡，也不存在其他地方。」

學長的話又把我搞糊塗了，那麼究竟是在哪邊？

不過他既然說總有一天我會知道，那就等到那一天吧，反正我這個人非常不強求，尤其是有關學校所有的事情。別太強求比較不會倒楣，這幾日的教訓教導了我。

我跟著他的腳步，然後在一棟大樓前停下來。

這棟大樓與其他大樓完全不同。

它是一座巨大的水晶塔。

⁂

「這是肯爾塔，校園所有事務聚集之地。」

水晶塔折射了陽光閃閃發亮，映得我眼睛發痛，像一堆針在刺。這讓我覺得小說漫畫裡住在水晶塔還是鏡塔的那些人都是鬼，一天到晚被這樣閃還不瞎也是有某種程度的厲害。

學長直接踏入塔門口，我也連忙跟了上去。

塔內立即傳來一種說不出來的清涼香氣，讓人感覺很舒服，接著我立即想到這種味道與學長身上的有點像，軟綿綿的，又很甘甜。與其說是香水還是人工香料的味道，還不如說好像是植物或是某中自然空氣的味道，整個都很天然舒爽。吸引我目光的是突然從我身邊擦過的東西，喔，不是東西，應該是個人……我想應該是，一個很漂亮的人，他身上有點微微地像是在發光，也或者是他的衣服在發光。

他有尖耳。

「賽塔。」學長在那人面前微微躬了身，像是行禮，這對我來說挺有意思的，沒想到學長居然這麼有禮貌。然後，我被紅眼狠狠一瞪。

那個很漂亮的人也微微向學長點了頭，我注意到他的頭髮是淡金色的，很漂亮，與夏卡斯的有點不太一樣。

因爲他的髮會發出淡淡的光，夏卡斯的不會；讓我意外的是他有雙幽綠色的眼睛，像寶石。

「很少見到黑袍會親自前來，有什麼事情需要代勞嗎？」他說起話很像在唱歌，細細柔柔的非常好聽，我覺得像是催眠曲。

「我要找一間房間，因爲有人臨時要住宿。」學長直接說明來意，「這位是賽塔蘿林，光神的貓眼，在這邊是負責關於住宿生的一些事情。」他如此介紹那個很漂亮的人。

「你好。」我連忙九十度彎身，不知道爲什麼，反正我就是這樣做了。

「您好，年輕的學生。」賽塔也向我點點頭，然後勾起了像是能夠迷惑人的笑容，「眞糟糕，房間不怎麼足夠，我們已經另外又尋找的一處宿舍也已經住滿了……」

我覺得他講話有點饒舌。

學長不輕不重地在我頭上敲了一下，很明顯地已經知道我在想什麼。

「這樣吧，您就帶這位學生到黑袍居所暫住如何？」霍地擊了下掌，賽塔笑容優雅地這樣告訴學長，「我想，您在那邊的話，這位學生住進去應該不成問題，我們就因爲人多稍微破個例吧。」

他的表情好像在說某種好主意，可是學長的表情卻完全相反。

我在想……黑袍的居所是有什麼……一般人住不進去的原因嗎？

「好吧，既然你說可以就可以。」學長點點頭，算是同意。

然後我被賣了？

「不用擔心，年輕的學生，跟在黑袍身邊您可以學到更多東西，就像黑袍曾跟在『那位』的身邊一般。」笑容仍是一點不減，賽塔如此拍拍我的肩膀，「您會了解的。」

我總算知道爲什麼我會覺得哪邊怪怪了，這位賽塔在講話時與我阿公和我說話的時候有點類似，像是老人語氣。

「那這是他的資料。」學長將一個公文夾遞給他。

怪了，我什麼時候有拿資料給學長？

我自己不知道，不過學長既然那麼神通廣大，一定有他的來路。嗯，看來畢業之後沒工作應該也可以找一些關於駭客之類的……紅眼又瞪過來。

早說過不想聽就別聽嘛！

我倒退兩步，賽塔在場學長好像比較不會明目張膽地揍我。

喔？他找到天敵了！

「褚，你的皮給我繃緊一點。」像是正在辦理什麼手續的學長轉過頭，冷冷地拋下這樣一句令人膽顫心驚的話。

過了半晌，我聽到賽塔淡淡的笑聲，「那就這樣了。」他說，「那我們下次再見吧，黑袍。」然後他對學長一點頭，轉身走回了水晶塔內部，直到我們完全看不見他的身影。

空氣中仍是那股清香的氣息。

「他感覺好像畫冊中的精靈……」看著賽塔離開，不知道爲什麼我自然而然地就從嘴巴裡冒出這一句話。

學長轉頭過來看我，他的表情很像在笑，又很像不是，「賽塔本來就是一個精靈。」

「欸？」

騙人！

賽塔是精靈？

那夏卡斯不就也是精靈？

「那個錢鬼不是。」學長看了我一眼，然後走出水晶塔外，我連忙跟上去，「你不是不跟我去工作？那你就直接搭車回家啊。」

他在趕我。

「我想去看，可以嗎？」不知道爲什麼，賽塔剛剛說的話一直在我心中徘徊，揮之不去的感覺讓我有點介意，卻又不知道在介意什麼。

學長勾起冷笑，「黑袍的工作和萊恩他們不一樣，很危險喔。」他特地在危險兩字上加重音，我是有點退怯。

「可是我想看。」有時候人就是犯賤。

「……隨便你吧。」

我不知道學長是不是不高興還是怎樣，反正他就是一直走。下午我本來可以回家，可是一種名爲好奇心的東西讓我跟著學長走，我也管不了會不會被當貓殺掉了。

走出水晶塔範圍後，學長就帶著我直接來到校門口。

「我現在要直接到工作地點，你就站在原地不要亂動。」先給我一個警告，然後我看到學長拿出一張白符……又是白符，怎麼學長好像很喜歡用符？難不成其實他主修道士？會搖鈴的那一種？

「別逼我扁你。」學長給我最後警告，然後他鬆開手，白符落地的瞬間地上立即出現了會發光的巨大魔法陣。

現在連魔法陣都自動化了啊？眞先進。

我在心中讚歎。

「如果不這樣做，當你被眾妖魔圍攻時還要拿一支粉筆在地上慢慢畫是嗎！」

不得不承認，學長的話很有道理。

「這是轉送地點的咒文，我們都將它放在熟悉的東西裡，像是符紙或是什麼武器之類的。」

學長走到我身旁，將另一張白符遞給我，「我這設定的是符文落地的瞬間就會畫出轉送地點的咒文。」

我想起來了，之前我好像也被送過一次，可是那時候我並沒有看到學長用符。

「我平常不用，要給你看的，你給我記好轉送地點的使用方法。」學長抬眼瞪了我一下，「這是在這個世界的基礎移動之一。」

「喔。」我收好那張白符，摸摸鼻子不敢多想。

四周的圓形咒文在發光，映在學長身上，總覺得學長跟剛剛的精靈一樣，好像也會發光。

我突然覺得精靈像是大電燈泡，會亮，那他們住的地方肯定很省電。

「轉送之陣，將我們帶至該到的地方。」已經不想管我妄想的學長站在咒文中有個很像四方形框框的地方，然後這樣唸。

連忙拿出紙筆做筆記，我知道這個東西我百分之百用得上——逃命時用。

眨眼後，我們已經不在學校裡了。

四周黑黑暗暗的，是個很多岩石的大荒地。真要形容的話，去看電影裡那種異星球魔獸出沒的荒涼岩石區就知道了。

地上的魔法陣消失，然後跳出一張白色的符回到學長手上。

原來這個東西是可回收再利用的！好方便！

「你在這邊不要隨便亂跑亂看，這裡是石谷，石頭生命之地。」學長這樣一邊告誡我一邊四周查看，然後從口袋裡拿出一個巴掌大的小黑盒子，那個東西看起來很眼熟，長得和羅盤有點像，可是又不是羅盤，上面什麼也沒有，只有四個不同顏色的不明字體與一根細細的指針。

我好奇地就站在他旁邊看。

注意到我的視線，學長突然鬆了手，「拿好。」那個四字羅盤掉到我手上，我嚇了一跳馬上接起來，「這是輔助的導具，你拿著，然後在心中想：指出不自然之物。」

我愣了一下。

這個地方最不自然的東西大概就是我們兩個。

「快點！」學長瞪了我一眼。

我抖了一下，捧著那個詭異的黑盒子，開始在心中想……管你是不是不自然的東西，反正不對勁的東西就快點給我個什麼反應吧！

不知道是不是我夠衰還是真的有用，我手上的盒子震了兩下。

「啊！」它會動？

「不准鬆手！」學長發出警告聲，「那個東西很貴。」

我想哭，他拿一個很貴又會動的東西給我，我現在懷疑等等黑盒子會長出嘴巴咬我。

盒子震動了兩下之後，開始發光，四個字都在發光，然後瞬間光球爆開，變成幾百條光線四處射去。

「這麼多嗎？」學長語意不明地發出聲音。

什麼多？什麼東西多？

我爲那句語意不明的話捏了一把冷汗。

「吃石頭的蟲。」學長從口袋裡拿出其他東西。

我現在懷疑他的口袋是異次元百寶袋……等等！

他剛剛說什麼？

吃石頭的蟲？

突然浮現在我腦袋裡面的東西叫作海蟑螂，每次去海邊都會看到的那個，接著是水溝裡福壽螺的蛋。

「你的生物一定不及格。」學長嘆了一口氣。

「有啦，每次考五十九分老師會多送我一分。」我反駁。

眞的很詭異，我連續考了三年五十九分，考到連老師都覺得我在耍他；不過最後一次大考，我印象中我有及格。

唯一一次，然後老師痛哭流涕。

因爲他突然找到人生生命中的光輝。

「來了！」

我還沒意識到學長這兩個字的意思，被光線穿射之處突然蠕動起來。

學長一把拿起我手上的盒子蓋好，收回口袋，「把千冬歲給你的東西拿出來。」

他是神！居然知道千冬歲有給我東西！

我開始懷疑其實我身上有小型針孔偷窺器。

「我沒興趣偷窺你！」學長瞪了我一眼。

不過我還是乖乖地把那個小符拿出來。

「聽我的話、活起，龍神護符，奈律津由呂，至使天地，鬥勇之物穿不進。」他將指尖咬破一小角，然後在小符的字上印下去，「你的主人是，褚冥漾。」

我看見整張符從白色變成血紅色，然後原本是字的地方猛然翻出一個金色的眼珠。

「哇啊！」它變成詛咒小符了！

我的第一個動作是想要把符丟在地上踩三下。

「不准踩！」學長的口氣是我如果踩了會把我的腳剁掉。

當然，我立刻縮手縮腳。

金色眼珠從小符上看向我，那一秒，我的衝動是伸出食指戳下去。

爆噁心的！

漫畫上看爲什麼沒有這種感覺啊！

如果千冬歲看見他給我的東西變成這樣，不知道會不會過來掐我？

「好了，遊戲時間到了。」看來辦完事情的學長把指尖的血給舔掉，然後勾起冷冷的笑容。

遊戲？

有個名爲惡寒的東西從我背上黏過來。

還來不及反應，我看見到處蠕動的東西突然翻起來，然後石頭到處亂掉，轟隆轟隆的巨響到處都是。

吃石頭的蟲？能有多難處理？

不是殺蟲劑噴一噴就好了嗎？

三秒後我自己推翻我的論調。

「哇啊啊啊——————！」一大群黑蟑螂把我們包圍了。說錯，不是黑蟑螂，是一種看起來很像黑色昆蟲的東西，大概有一層樓那麼大，發出窸窸窣窣的聲音。

已經很有經驗的學長自己塞住耳朵等我叫完。

那種蟲有幾十隻，團團包圍我們。

我突然想起以前看過的一部片子，片名不太記得了，裡頭也有一堆蟲，這麼大隻的，會殺人還會抽人腦。

「這個蟲也會殺人。」學長那副表情像幸災樂禍，「因爲牠們都吃石頭，現在有人肉。」意思就是說，既然有肉的話，那堆蟲理所當然一定吃肉。

我後悔了。

媽媽……我想回家……這個比千冬歲他們那個還要可怕。

「與我簽訂契約之物，讓包圍者見識你的狠。」學長拿出他的幻武大豆，下一秒我就看見那銀色幾乎透明的長槍出現在他手中。

長槍？

那一秒……其實我不應該想的，不過那一秒我真的想到長槍插上蟑螂串的情景。

學長轉過頭，不用他講我也知道他想扁我。

「你有帶爆符吧。」他這樣說，我反而驚訝，他居然沒想扁我？

「有、我有。」我把東西全部收在一個小盒子放在身上。

「拿出來用。」

「欸？」我第一個想到的是永久牌黑色大炸彈。

「你如果再給我出炸彈，我會把你埋在這邊。」學長看穿我的想法，撂下狠話。

然後我們也沒更多機會交談了，因爲那堆大蟲一邊發出銳利的聲音一邊衝過來。

學長的動作比牠們更快，銀色長槍幾乎是第一秒就將最接近的那隻蟲砍開一半，青綠色的液體四處飛濺，落在地上。

可怕的事情發生了，液體落在牠同伴身上的那秒，我看見牠的同伴居然被腐蝕了，而且還詭異地冒出分解的煙霧，簡直比王水還毒！

天啊啊啊啊啊！

那個極度扭曲版的孟克吶喊重新出現在我的心中。

更可怕的是學長，他居然連眉頭也沒皺，踏在巨大蟑螂外殼往上跳，接著就殺去砍第二隻。不到幾十秒，靈活來回穿梭的學長砍殺的十幾隻大蟑螂已躺在地上流湯。怪的是，蟑螂的湯水只會腐蝕牠的同伴，卻沒有腐蝕到石頭或是地面分毫。

「你不要踏到！」學長霍然停下來對我喊，然後我才注意到那些湯湯水水已經在我的腳邊出現了一灘青綠色的小水窪，「那個會腐蝕會動的生物！」

會動的？

我猛然驚愕，我會動！我當然會動！

一看見青綠色的液體流過來，我連忙倒退兩、三步，咚地一聲，撞到東西。

毛毛的，抽動兩下。

於是，我抬頭往上看。

「哇啊！」我撞到一隻大蟑螂！牠正在抽氣，濁黃色的眼睛向下看我。

那隻蟑螂不等我尖叫完，腳一抬直接往我腦袋上刺下！

這次一定死定了！我會先被蟑螂變成串燒！

用力閉上眼，我等待阿嬤的到來。

可是，我聽見咚地一聲。非常熟悉的一個聲音，好像不久前才聽過，而且我等待的劇痛並沒有穿過我的腦袋。

怎麼回事？

我悄悄把眼睛睜開一條縫。

那隻蟑螂的腳彈開了，在刺到我之前約五十公分的地方就被彈開，不過顯然牠並不死心，連續好幾次咚咚咚的聲音在我頭上響起，我看見有細微的白色火花與蟑螂腳一起彈來彈去。有種聲音叫我往下看，於是我看見那張已經有眼睛的護符半瞇著眼，好像很無聊要打哈欠的樣子。

護符在保護我？

「爆火，隨著我的思想成爲退敵所用。」在很遠一段距離的學長似乎也發現我不上不下的悲慘狀況，他取出爆符唸出他把馬子，不是，是控制爆符的咒語，我看見他左手手上多出了另一支長槍，「褚，閃邊！」

話語說完同時，那支槍從我頭上飛過，直直地穿過大蟑螂，衝力將牠往後射了好遠直到釘在一面岩石上，接著轟然的爆炸聲立即響起。我看見蟑螂被炸得支離破碎，到處飛濺的肉塊腸子之類的掉在牠同伴身上，又腐蝕掉好多大蟑螂。

「褚，用爆符！」學長再次提醒我。

好吧，使用爆符。

我看著捏在手上的符咒，想到蟑螂就想到拖鞋，因爲我媽都拿拖鞋打蟑螂，可是我並不想要一隻拖鞋當武器。

啊，對了，有蟑螂時我老媽還會拿殺蟲劑噴牠。

說到殺蟲劑其實很好用，就算蟑螂在飛，噴一下也會掉下來。

就在我的思緒已經飛出九重天遠時，一個沉重的東西落在我手上，拉回我的注意力。

一罐殺蟲劑被我拿在手中。

黑色的，殺、蟲、劑。

仰望天空，我突然覺得其實我的想像力很貧乏。

「……」

學長沉默了。

「褚，我已經……不想說什麼了。」

學長按著額，這樣說了一句話，他完全對殺蟲劑絕望了。

「我明白。」不過其實還好不是出現拖鞋，與其拿著一隻黑色拖鞋我應該是比較樂意拿殺蟲劑。這大概是不幸中唯一幸運的地方。

我在想，如果我手上的不是殺蟲劑而是大拖鞋，說不準學長會用那隻拖鞋直接把我拍死在這邊。

「我會，我會用拖鞋把你拍死之後埋在這裡。」學長非常肯定了我的想法，而且還幫我做了事後附註處理，「如果你給我用爆符做出拖鞋的話！」

我知道了！原來拖鞋和炸彈是學長的禁忌！

目前的狀況是，三分之二的大蟑螂被打倒在地，還有幾隻正在我們四周跑來跑去，似乎是忌憚著學長不敢直接靠過來。移動的聲音窣窣地響個不停，有點讓人煩躁。

眼前閃過一點銀色的光線，然後學長已經站在我面前。

他踏著地上青綠色液體的小水窪，不過感覺上好像沒有事情，原來這就是傳說中所謂的程度不同啊！

「你應該多去圖書館看些東西。」他從口袋裡拿出一整把摺疊好的爆符遞給我，「然後，練習。」最後這幾個字有點咬牙切齒，我覺得連續兩次的「爆符意外」已經快讓學長神經崩裂了。

「好……」我還能說什麼？

我看了看手上的整疊爆符，有十來張左右。

圍繞著我們的大蟑螂有幾隻不大死心還想逼近，學長交代完事情後翻出手，我注意到他手上的幻武兵器已經消失，接著他取出了另一個小小、銀色的小盒子，「來繼續前幾日的話題吧。」

我還不明白他的意思。

學長翻開小盒子，裡面裝著一個很小、很小的三角水晶錐，隱約散發著光線，看起來非常美，讓我聯想到水晶塔裡的精靈賽塔。

「這裡還有幾隻石蟲？」學長看著我，這樣問。

不知道是不是幻覺，我覺得他一問那個錐子就更明亮了一些。

「呃……」幾隻？我抬頭四處張望了一下，「十一隻。」應該不是幻覺，因爲我一說話的時候，那個水晶更亮了。

「你認爲我可以對付剩下的幾隻？」

「全部。」這是肯定句，我覺得剩下的對學長來說絕對都不成問題。

「如果是你，你可以對付幾隻？」

「呃……我的話……一隻都沒辦法吧。」我看見學長擰起眉，對這個答案不太滿意。

「言靈是主宰生命思考的一種術法，也是牽制靈魂的一種密語，你希望，這裡的石蟲在三秒過後如何？」

如何？

我很認眞地想了一下，「最好通通消失。」

學長笑了，我說不上來那種笑容，總之和他平常那種要笑不笑的樣子有點差別。

我看見一隻大蟑螂不知何時已在學長身後，高舉著腳就要往我們亂刺一通，「啊……！」我想提醒學長。

不過也就到此爲止。

「三、二、一。」

就在學長閉著眼睛這樣唸的同時，我看見了他手上的水晶錐跟著炸開，細小發亮的水晶碎片化成粉狀然後落在盒子底部。

所有大蟑螂都發出哀鳴。然後，在我眼前消失了。

學長睜開眼將盒子倒扣，亮晶晶的粉末隨著風飄在地上，然後消失。

「這個，就是基礎言靈。」

他說。

※

我有點不太明白剛剛發生了什麼事、說了什麼話。

四周靜悄悄的，什麼都沒有了。

學長將盒子隨地一丟，拍拍掌上的塵土，「這是你打從心底的希望，然後透過祭品與媒介，成爲一種咒語。」

「咒語？」通通消失那個？

「是，那個就是屬於言靈的咒語。」學長伸過手從我包包裡拿出我的筆記本，然後逕自寫下幾樣東西，「嗯……有些是你二年級才能學的……算了。」

我看他卯起來寫，滿滿一頁都是字。

「我以前看過漫畫和小說，大部分言靈使用者好像都……要有公平心？」正確來講，我看過某本書，它的言靈使者就是個人偶，幾乎沒得自己思考。

學長看了我一眼，「怎麼可能做到完全公平，又不摻雜感情？」他笑，完全不同意我的說法，「言靈這東西有趣的地方就是你要在時間裡面找到合理的時間，於是它會發生。」

時間裡面找時間？

我昏了，完全聽不懂。

「比如有兩個杯子，一個空蕩蕩，一個裝滿水，你要在杯中下毒自然是會下在有水的杯子中；而你要將言靈使用在對象上，自然是有那個對象。」學長把筆記本拋還給我，「你的言靈說，我要詛咒那個人，可是不能詛咒不存在的人，時間中合理的人、事、物，於是基礎便形成了。」

我搔搔頭，不是很懂，可是好像又有點懂。

「未知的時間裡，如剛剛的石蟲，你知道牠們應該會被我殺死，不會存在世界上，但也有可能牠們會活下來，二選一後，你的言靈說牠們會消失，所以就消失了，這是可見的未來言靈。」他伸出手，指著地上殘留的青綠色液體這樣說，「在時間的時間當中，這是合理的，所以言靈驅動了時間，將所有的蟲都消滅之後，言靈便完成了。」

「我……不是很懂。」基本上，是完全不懂，聽得整個人都昏昏的在飄。如果現在是在學校的教室裡，我應該會當場打起瞌睡，不過現在說教的人是學長，所以我不敢。

它們的太高階了。

「沒關係，意念越堅定者的言靈越能發揮其功用，而搖擺不定者便是無效，你先記住這個就好了。」學長停止話題，打住結束。

還好他先打住了，不然繼續說下去，我覺得我應該會眞的不給面子睡著。

我點點頭，最後這句我聽懂了。

就在我覺得學長好像要回去的時候，他的手機響了，然後我的也跟著響。不是有人找，是簡訊。按了兩下調出簡訊來看，那上面出現了謎一般的訊息：

「消滅石蟲十一隻，以下……」

我瞪大眼睛，看見了天文數字。

「會計部發來的，這次工作的酬勞。」學長已經見怪不怪地把手機收起，接著他好像突然想到什麼事，「我忘了，還沒帶你申請通用帳戶。這樣好了，宿舍你最快也要週日才能搬入，你搬進來後一起幫你申請這些東西。」

通用帳戶？

「郵局戶頭可以嗎？」不然還有銀行、合庫等等。

「……」四周的溫度猛然驟降。

「不好意思當我沒說。」

很顯然地學長也打算當我沒說，「上回因爲你沒有通用戶頭，所以那個錢鬼才派支票給你，我們這邊的通用戶頭基本上在所有世界都管用，比……郵局的好一些。」

我記得支票，之後到銀行兌現還眞的可以使用，只是我沒看過那種票。而且奇怪的是，銀行的人好像對票非常尊重，那天出來一個感覺階級滿高的人來幫我處理票據，什麼也沒問，也沒看證件之類的就派現金給我了。所以我想學長說的什麼戶頭應該也是類似這樣的東西，到處都可以提領。

「我讓那個錢鬼這次也派支票給你，過幾天戶頭開立之後你就可以慢慢存了。」

突然，我很好奇學長的戶頭有多少錢，我想應該是天文數字吧？

「是你目前達不到的數字。」學長在後面補上這句話算是當面肯定我的猜想。

嗯……該怎麼說呢。

我知道學長一直可以聽見我在想的事情，簡單來說就像天線和收音機原理一樣，可是這件事情只限於我們兩個知道。

學長難道從來沒想過……當我在想他在說的時候，很像某種人在自言自語碎碎唸嗎……

於是，我被紅眼睛狠狠瞪了一眼。

「靠！」熟悉的鞋底印不用一秒就出現在我面前。

我被踹得昏頭轉向。

然後收回腳的學長拍拍衣服上的灰塵，轉過身，「回去吧，花的時間比我預計的還短。」

「喔，好。」一個黑色的東西馬上讓我想起來我遺忘的事情，「對了，這個要怎麼辦？」我看著那罐被遺忘的殺蟲劑，總不能真的丟著不管吧？

「放著就可以了，不用的爆符擱著大約一分鐘後就會自我銷毀，這個地方又沒有什麼會用爆符的生命，所以不必擔心。」學長丟過來這樣一句話，然後把移動符拋在地面上，「已經成形的

爆符沒有辦法回收，只能這樣做。」

「喔。」

我小跑步跑回光陣裡，然後將手上的殺蟲劑用力拋出。對，就好像在池塘打水漂。

「豬！住手！」

一切都來不及了……

就在黑色殺蟲劑接觸地面的那一秒，移動陣同時發動，最後我沒有親眼目睹到底發生了什麼事情，不過傳來很大一聲巨響後，我們已經回到學校前面。

下一秒，手機立刻傳來簡訊。

我又被扣錢了……

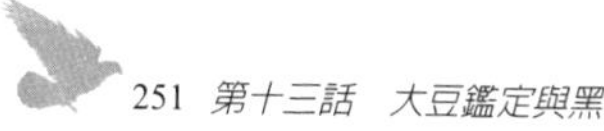

第十三話　大豆鑑定與黑袍住所

地點：Atlantis

時間：中午十二點十七分

於是，星期五。

「言靈？」就在上午課堂結束之後，喵喵、萊恩與千冬歲一起把我拖到餐廳時，我提出了疑問。

「這個要問千冬歲。」喵喵第一個把問題拋給別人。

「只有他會說。」據說只有幻武兵器強其他方面不強的萊恩端來了四杯飲料。

我偷偷瞄了一下，還好沒有泡泡飲料。然後，所有人把視線轉向端正坐好的千冬歲。他的坐姿一直很奇怪，直挺挺的像軍人，喵喵則說那是職業病，家裡練出來的。

難道什麼什麼之所淨訓練怎樣端正坐椅子的人？

只見他推推自己的黑框眼鏡，叮地一聲發出閃光，「所謂言靈，就是在我們可見的時間中……」

「Stop！」我舉起手阻止他說話，「當我沒問過這個問題好了。」一聽前面我就知道他要說什

麼。太長的我會睡著，太深奧的我又聽不懂，所以還是等到哪天自然知道好了。

千冬歲嘖了一聲。

我懷疑可能都沒人問過他這個問題，他正想好好發表大篇演講時馬上被我打斷。

「漾漾你如果想知道這類事情可以到圖書館去看看。」喵喵如此建議我，然後將飲料推到我面前，是銀白色、類似牛奶的東西，「學生專用圖書館裡有從世界各地蒐尋而來的書籍，也有在其他世界找來的，我想應該會有你要的答案。」

「學生專用圖書館在哪裡？」學長好像也說過類似的話，不過因爲學校太大了，所以我根本不知道所謂的圖書館在哪邊。

「在水晶塔……呃，其實水晶塔很顯眼，你應該很快就會找到，在水晶塔附近，有一座玻璃屋迷宮，那個就是了。」

我沒告訴喵喵水晶塔我已經去過了，而且還遇到精靈。「玻璃屋迷宮？」引起我注意和好奇的是最後這個地點。

「是迷宮，所以進去時要小心一點，因爲裡面有養奇怪的東西。」千冬歲這樣告訴我，「我給你的護符你要帶著，這樣進去就沒問題了。」

你的護符已經變成血色加強版了。

我沒膽告訴千冬歲。

「另外，玻璃屋迷宮附近還有白袍、紫袍、黑袍才能進去的另外三座圖書館，漾漾你要稍微注意一下，不能走錯喔。」喵喵一邊喝著飲料一邊這樣告訴我，「另外三座要有袍級資格才能進去。」

「不小心進去會怎樣？」我對這個比較好奇。

「格殺勿論。」

萊恩的一句話讓我整個人化爲石像。

「開玩笑的。」他用不是開玩笑的正經表情和我開玩笑。

我想扁他，現在就想。

「誤闖白袍的會被石頭追；誤闖紫袍的會被烏龜追；誤闖黑袍的會被狗和牛追。」千冬歲頂了頂眼鏡說道。

什麼跟什麼啊？

聽起來都不怎麼嚴重嘛，整個很像可愛動物園的處罰。不過我還是把這些話寫入筆記本裡。

「玻璃迷宮裡有圖書館管理員，如果有想找的書直接問他也可以，他人很好的。」微微笑著，喵喵給了我一線生機，「管理員對所有書籍都瞭若指掌，一定可以幫上你的大忙。」

我用力點點頭，「謝謝。」

搬入宿舍後，我就有很多時間去圖書館了，到時候再慢慢找些東西來看。

等等，說到圖書館我倒是想起一件事，「萊恩，可不可以請你幫個忙？」

正拿著點心吃的萊恩疑惑地看著我，可能沒想到我會主動提出需要幫忙，「說吧。」不過回答得倒很爽快。

於是我拿出學長給我的藍色幻武兵器寶石，它還是像那天看到的一樣，湛藍得十分漂亮，像是海水般的顏色。

萊恩看見石頭時整個人都愣住了。

「漾漾想知道這個幻武兵器的相關事情，這樣他才可以順利發動。」坐在一旁的喵喵如此告訴他。

「萊恩？」千冬歲喊了一聲，然後我們都注意到了萊恩整個人一副錯愕的模樣，「這個兵器有問題嗎？」

最後萊恩回過神，注意到我們都看著他。「不、沒事，漾漾，這是……學長給你的？」他語氣中充滿懷疑。

不然是我夢遊時周公給我的嗎？

「嗯，學長在開學那天給我的。」我不明白爲什麼萊恩看起來會這麼震驚。

他拿起寶石反覆看了幾次，接著從腰際拿出個小牛皮卷攤開，裡面有許多我沒見過的小工具，最後萊恩就用這些小工具在寶石上琢磨了一番，看起來很像專家在做鑑定。

過了半晌，萊恩才放下他的工具，我想他應該有結論了。

「漾漾，這個幻武兵器我想我也很難告訴你用法。」萊恩看著我，青藍色的眼睛中有種說不出的詭譎。「純種兵器很難見到，尤其是這種……王族兵器。」

「王族兵器？」

「怎麼可能！」

「眞的假的？」

我們三個的聲音同時響起。

「會不會只是一般純種兵器？」千冬歲從他朋友手上接過寶石翻看了一下，「很多純種兵器差不多都是這個樣子，王族兵器……不太可能吧。」

我聽不懂所謂純種和王族兵器，不過看他們那麼驚訝，這顆寶石一定很重要。

「一般的純種兵器應該是光滑的，但漾漾的這個，裡面有王紋。」萊恩指的地方就是寶石裡面的冰晶紋，「這是王族兵器的印記，就連我都沒用過。」他將他的項鍊拿出來，果然純色的寶石裡外都是乾淨光滑的，一點紋路都沒有。

所以，學長給我的是王族兵器？

那是什麼東西？

「我以前在學長那邊也看過另一種王族兵器，不過沒想到他會給漾漾一樣的東西。」喵喵看著寶石，然後像是讚歎般地幽幽說著，「漾漾你應該也看過的，因爲學長專用的幻武兵器就只有一個。」

我想起來了，銀色的槍。

「學長那個兵器等級非常高，不過黑袍會有那種兵器也是理所當然的。」萊恩露出一種非常羨慕、很想研究的樣子說著，「他的幻武兵器是火與冰的王族兵器，相斥的逆兵器。」

火與冰？天敵般的組合？

不過也很像學長會用的東西，看起來就是很纖細然後有點神經質的謎樣兵器。

「可能也是我們學校裡唯一一把逆兵器。」千冬歲回應了對方的話，推推眼鏡接著這樣說著，「書上從來沒記載過逆兵器的出現，而學長也沒對任何人透露過來源，所以我們想應該與他的背景有關，但是也沒有人知道學長到底打哪兒來。」

我想，他應該是從外星球來的。

「話說回來，」萊恩清了清喉嚨，咳了兩聲，所有人便立即停下討論，「我認爲漾漾的幻武兵器，應該是海王王族的兵器，也就是水屬性的兵器。」

水屬性？

我看著躺在桌上的寶石，在心中重複唸了幾次。

「王族的幻武兵器比較難發動點，漾漾你一定要考慮好你所需要的武器之後，才能嘗試與精靈簽訂契約，尤其是王族精靈的脾氣都比較差，你要多注意這些問題。」萊恩拿起寶石放在我手上，「若是你不敢用，我可以先給你替用品。」說著，他從項鍊裡取出一顆同樣藍色的寶石，不過上面有白色的花紋夾雜。

我思考著學長給我這東西的用意，既然他會給我，就代表這才是我應該用的東西，所以我回絕了萊恩。「沒關係，我試試看好了。」我想，學長應該是希望我有所突破吧？

萊恩笑了笑，收回了他手上的寶石，「好的，那就這樣吧。」

「漾漾，加油喔。」喵喵拍著手這樣對我說，看起來很高興，「我們一定都會幫你的。」然後，她伸出手。

「期待你的兵器成型。」萊恩將手掌覆在喵喵的上面。

「不懂的，我們都會告訴你。」千冬歲也疊上了手，於是所有人都看著我。

我不確定我是不是也跟著笑了。然後，我將我的手疊在他們的上面。

「我會努力的。」

於是，大家都笑成一氣。

「加油、加油、一起加油！」

我們叫得很大聲，餐廳附近的人都轉過來看。

沒錯，我會加油的，直到成為有資格存在這裡的人。

⚹

星期日時我已經將要住宿的東西全都打包好。

「你學校的學長說要來接你嗎？」站在門旁的冥玥懶洋洋地發問，她手上還拿著一杯果茶，手上一支湯匙慢慢攪拌著，悠閒至極。

妳老弟我快要萬劫不復了妳竟然還有心思泡茶！

「他剛剛有打電話來說過，大概再一下子車子就會到。」說到電話，他打的是手機。

可是那支詭異的手機到現在居然還不用充電，見鬼了！

等等，車？

我現在第一個想到的是野貓車，如果派那個車來，打死我也不要上去。

「拿去。」我姊遞來一個點心盒，「剛剛人家送的。」

我接過來，一如往常的是甜點盒，高雅的盒子依然漂亮高級，不過很快地，我就要告別這些甜點盒了。開始住宿後，我想我姊的點心可能就沒有人可以幫她消耗了，有種那些東西可能都會直接進垃圾桶的感覺。

「不過雖然是住宿，但學校還算滿近的，所以週末我還是會回家。」拜託，我也很不願意離家，要不是那台野貓車……嗚嗚，我恨貓公車！

動漫畫都是騙人的。我的幼小心靈不但沒有被撫慰到還被打擊到，三度創傷造成嚴重內傷。

「我還以爲你會說你假日要打工不回來。」我姊喝著她的茶，漂亮的眼睛瞄了我一眼，像是某種程度的肯定，我也說不上來那是什麼意思。

是說正常外宿生好像多少都會自己去外面打工，畢業前曾聽同學們在討論相關事情。其實不用等到假日我就已經在打工了，而且已經莫名其妙地打過兩次了，現在我的包包裡還有另一張新到手的支票，被扣過錢後上面印著對我來說仍然極爲恐怖的天文數字。

「我看你最好還是不要打工，不然醫藥費比工錢多就慘了。」

「哈哈……」我還能說什麼呢。

我將最後一個行李箱的拉鍊拉起。

實際上我帶的東西不多，三套學校制服、外套，與幾件平常穿的衣服和幾本書，除此之外就什麼也沒有了。就算那邊再怎樣奇怪，我想有些日常用品應該還是可以買到的，而且學長也告訴過我棉被、枕頭之類的，宿舍都會派新的下來，叫我可以少帶就少帶。

「漾漾！」我老媽的聲音從樓下傳來，「有人找你！」

有人找我？

我懷疑地跑下樓梯，見我老媽一臉曖昧，「欸欸，你這小子滿吃得開的嘛。」她用手頂頂我，笑得很詭異。

這個笑容我認得，上次喵喵來她也笑成這樣……難不成喵喵又來了？

我連忙衝向玄關，那裡站了一個人，不是喵喵。

他穿著一般的休閒襯衫，下面搭著牛仔褲，最正常不過的打扮，頭上一頂鴨舌帽把他的臉遮去大半，可以看見的就是皮膚很白的下巴與綁成一束的黑長髮。

誰？我腦袋快速跑了一圈，想不起認識這種人。

我媽還躲在後面偷看。

「呃……有……」

「你收拾得眞久。」那個人比我還要快開口，然後他拿下帽子。

那一秒，我瞪大眼睛，嚇到。

帽子底下就是學長的臉，他居然染黑髮了！

見鬼！

眼前猛然一黑，啪一聲帽子砸在我臉上，我更確定他是學長，除了學長之外沒有人會這麼凶暴。他連眼睛都是黑的，少了紅色的瞪人魄力，「你想讓你全家對你學校的人好奇是嗎！」他壓低聲音揪著我的耳朵說。

我懂了，他在僞裝，像變色龍配合環境。

的確，如果照平常學長那副樣子來的話，我老媽現在一定不是曖昧好奇，絕對是大驚小怪地抓著我亂問。

「變你個頭。」學長把手移開站好，接著向我老媽禮貌地行了禮，「伯母您好，我是褚冥漾學校的學長，來幫他搬東西。」

我老媽立即跳了出來，不過我覺得她好像有點失望，因爲是學長不是「學姊」。

喂喂，不要這麼看不起妳兒子好不好！

「漾漾的學長喔，還來幫他搬東西，我家小鬼還眞是麻煩你了。」不過我老媽很快地重拾心情，咧了笑容，「吃過午餐沒有，阿姨現在正在煮東西喔，要不要進來坐一下？」一向很好客、尤其是我的客的老媽馬上開始招呼。

學長勾起完美的笑容，可是我覺得他笑得很像專櫃小姐，充滿了商業氣息，不是眞正因開心而笑，比較像是應付的表面笑，「伯母，不用麻煩了，我們外面還有一位開車的人在等。」然後，他瞄了我一眼。

「是啊老媽，那我先和學長去宿舍了，午餐我在外面吃就好了。」我知道學長很沒耐性，說不準他等等一煩放恐龍出來咬人，所以我急急忙忙地拿起打包好的行李，穿好鞋子就跳下玄關，「妳和爸和姊別太想我。」

只是我會想你們，我會想我溫暖沒有精神壓力的家。

「路上小心喔！」

我聽見我老媽這樣說。

※

那天天氣很好。

我跟著學長一走出家門，就看見一台白色休旅車停在我家門口。

幸好不是野貓車。我偷偷慶幸了一下，有種解脫的感覺。

「哈囉，同學！」座位上的是輔長，駕駛座位上的居然是輔長！

那個蓬毛獅頭！

學長轉過頭，我明顯聽見噗哧一聲，他居然在偷笑！

「快上車吧。」他拉開後車門把我踢進去，然後自己坐到副駕駛座上。

沒想到這台車還滿普通的，沒有內臟還是其他詭異的裝飾，幸好幸好。我還眞怕一上車就出現車內臟，那會讓我想尖叫，甚至奪門而逃。

輔長從後照鏡看了我一眼，「放心，我開車技術很好，尤其這種普通車，和小玩具一樣。」

老大，那就拜託你開好小玩具，我很怕這台車等等突然給我飛出去還是鑽地什麼的。

「這車不會飛。」坐在前面的學長不知何時頭髮已變回本來的顏色了，讓我聯想到某種……呃，動物，「不過你如果再給我亂想，你馬上就會飛。」

我知道，被你踹飛。

「呃……那個，我們現在要怎樣去學校？」我只知道去學校的方法是被火車撞，而且只有早上的時間開放，難不成這台車也要去被什麼撞嗎？

拜託不要好不好。

「與其去學校，同學你不認爲我們應該趁這個好天氣去兜風一下嗎？」輔長不知道爲什麼笑得很樂。

我有種不好的預感，尤其看見前座的學長正在調整安全帶。

不會吧？

就在我滿腦空白的同時，輔長眞的把油門踩下去了！他居然在大街上把油門用力地踩下去！

瞬間我想到的第一件事是還好今天假日路上人少。

不過不是這個問題啊啊啊啊——！

我看見時速表從本來的六十變成一百三，更恐怖的是，速限表上的最尾端數字居然是一千。

等等！一千公里？

時速一千公里？

什麼鬼車！

「我的年輕歲月朝著夕陽狂奔——」輔長居然在唱歌！而且唱得很難聽！

「褚，你幹嘛不坐好？」另一邊的學長轉過頭，看見我整個人像無尾熊一樣抱緊了他的椅子。

因爲我怕被甩出去。

「車後座有安全帶。」學長提醒我，我這下子才注意到後座椅子的兩條帶子飄來飄去，我連忙掙扎過去把自己給綁在椅子上。

「一一一一一一一一定要開這麼快嗎？」我差點咬到舌頭，車子突然煞住之後急轉彎。我人被甩到座位的另一邊撞上車門發出乒的聲音，然後因爲綁著安全帶所以又被扯了回來，撞上原本座位旁的車門又是乓地一聲。

我的眼好花……

「提爾是飆車狂。」學長很鎮定，我懷疑他常搭輔長的便車以至於速度感麻痺了。

「啊哈哈，別說得那麼難聽，在下是追求愛與速度的使者。」輔長朝我們倆拋了一記媚眼，然後這樣說，「就像我也喜歡漂亮的閣下與可愛的漾漾一樣。」

我看見學長的青筋在跳動，我懷疑如果不是在車上需要為自己的安全著想，他應該會一腳踹下去。是說，打從出生我還是第一次被獅毛稱讚可愛，那一秒……我想吐。

等我注意到時，休旅車已經奔馳在海岸線上。

不對，海岸線？他什麼時候開到海邊！

還有，為什麼沿路沒有被警察攔截？他根本就已經構成超速和公共危險了吧！

「玩夠了沒有？」學長的口氣已經非常不耐煩了，好像繼續兜風下去他也會讓某個人飛出去外面兜風。

於是輔長轉了轉方向盤，「好吧好吧，就這樣了，下次我們再出來跑跑。」他說得有點遺憾，好像還想再急速狂飆一番。

沒有下次了！

我整個人貼在椅子上，在心中想。絕對沒有！如果再搭上他的車，我就去撞牆！

他說完後，我看見學長按下了窗子，接著脫開了安全帶之後整個人坐到窗框上，海風將他的銀髮吹得亂翻，像是銀色的波浪般，陽光的光點在銀髮上折射，閃閃的，看起來令人炫目。

「同學，你要坐好喔。」就在我還沒理解輔長這句話意思的瞬間，他突然緊急煞車，然後方向盤用力向右急轉——往沙灘海水衝去！

「啊啊啊啊——！」我不想跳海自殺！

意外的是，學長居然沒被甩出去，坐得可穩當了。

他從牛仔褲口袋裡抽出個小小、黃色很像水晶的東西，「轉移前五秒、四、三、二、一！」

然後，休旅車撞進水裡，我聽見了海岸邊遊客們的尖叫聲。

整輛休旅車窗外景色全部都扭曲了，這讓我知道我們應該正在往學校的方向前去。

可是……

一定要每次都搞得如此轟轟烈烈不可嗎！

⁂

當我再次睜開眼睛時，已經不在海邊了。

車子停在一棟很像中世紀建築的樓房前。雖說是樓房，但看起來又很像塔，也有一點像鐘樓，又有一點點像小型的城堡，有種遙久年代感刻畫在上面。它佔地非常廣大，看起來足以讓豪華大廈建在這兒；樓房大概有四、五層高，頂端是尖的，有座大時鐘。

不知道爲什麼，這棟大建築物讓我想到每次電影裡都有的東西……殺人鬼還是吸血鬼就是從這種地方冒出來的！

學長和輔長不知何時已下了車。建築物四周是小花園，看起來像是西式、會開出薔薇的那種，不過很可惜這邊種的好像不是薔薇，那個花草我不曾看過。

「已經到了。」學長走過來打開後車門，「快下來，別發呆了。」

我連忙抱著行李跳下車。

近看建築物的感覺更有壓迫感，氣勢強大。

「別忘了你欠我一次喔。」輔長笑笑地這樣說，然後拍拍學長的肩膀就走回車上，「我要去工作啦，同學我們下次見。」

「喔，再見。」我朝輔長揮揮手。

如果你下次還是開車來，我寧可不要再見。

學長踢著腳步走過來，「這裡就是黑袍專用的宿舍，黑藤館。」他看著洋樓一眼，這樣告訴我，「所有宿舍中最少人居住的地方，最多人無法靠近的地方。」

他的解釋讓我很毛，這座洋樓左看右看就是像鬼屋。

超毛！

不知道爲什麼，這個地方感覺很陰冷，連站在這邊都有一股陰氣飄來，剛剛明明就還是大太陽的天氣，爲什麼這邊連個陽光都沒有！

黑袍都住在妖魔鬼怪集散地是嗎？

學長直接往我後腦一掌呼下去，「胡思亂想什麼。」然後他自己就往前走了。

我連忙跟上去，才走了兩步就停下來。

大門、大門上有人臉！

不是不是，大門上面有人臉沒錯，不是只有一張人臉……是很多人臉！

我看見學長面前的黑色玻璃大門上出現了一張張人臉，好像被硬塞在上面，什麼表情都有，但是都沒有身體！

我倒退兩步。

「又來了！」學長的口氣充滿嫌惡。

什麼什麼東西又來？

就在我很想轉身拔腿就逃的那秒，我看見了……一張人臉脫出玻璃門，直接往學長撞來！

「查拉！」感覺上好像在打蚊子，學長完全不留情地一巴掌把人臉摑回玻璃裡，我親眼看見那張人臉歪了一邊，眼睛鼻子嘴巴什麼的通通擠到同一邊去，整個變形了，「查拉！」大概是不想用手摸，學長一腳踹開玻璃門然後大吼。

被踹的人臉整個都扁了，讓我懷疑學長喜歡踹人可能是從這邊培養的。

就在學長喊了第二聲之後，我隱約聽見了小跑步的聲音，接著門裡霍然出現了一個人。

一個臉色蒼白看起來和屍體沒兩樣的人。他有短短的褐色髮，感覺是用強力髮膠梳成那種……咳，就是整個頭毛往後梳，髮油閃閃發亮的那種頭。乾枯的臉上有著一雙銳利的土黃色眼睛滴溜溜著，感覺上不太像正常人，他穿了一件學長平常穿的那種黑色的袍子。

我突然明白，原來好看的衣服不是人人穿都好看的道理。

學長穿著黑袍時很帥，帥得要命。可是這個人穿著黑袍，不知道為什麼我會覺得他其實是穿著一個大黑塑膠垃圾袋，每次搬家一定要拿來裝垃圾的那種。

「我說過如果你再把你的靈魂收集亂放，我會放把火燒了這些鬼東西！」學長的口氣非常差，他一旁玻璃門裡又有人臉想出來，被他一拳揍扁又縮回去。

靈魂收集？

我站在原地瞪大眼睛，我剛剛耳朵應該沒抽筋聽錯吧？

「嘎嘎嘎……我馬上收、馬上收……」大黑垃圾袋感覺上頗怕學長，縮著身體閃到玻璃門後，沒過一會兒，我看見黑色玻璃門上的人臉全都消失了。

學長轉過來看我，「褚，進來吧。」

我知道我該死了，這棟房子絕對不是什麼正常的地方。

沒得選擇，我只好拖著腳，一步步邁向死亡之途。

神啊，請保佑我一切平安。

就算不能保佑你一定也要給我保佑！

※

宿舍的大廳比我想像中乾淨許多。

原本玻璃門人臉讓我已經做好心理準備一進門就會看見奔跑的骷髏招手衝過去之類的，沒想到裡面什麼也沒有，就連剛剛那個大黑垃圾袋都消失得無影無蹤。

這是洋樓建築的一樓大廳，可以在這邊看見又長又大又漂亮的樓梯，挑高的天花板直衝三樓，最高處裝飾著巨大的水晶燈，在電影裡可以看到的那種絕對華麗的奢侈品。大廳裡有沙發和一些桌椅，遠一點的牆壁有掛畫，是一些漂亮的田園畫或是肖像畫，也有動物畫，大致上還算是還頗溫馨的。

可是我實際感覺起來，這個地方就是有種說不出的毛骨悚然。

「這是共用大廳，一樓有廚房和倉庫、飯廳、一些小房間，不過房間是給宿舍一些……住的。」

那個點點點絕對有問題！

我在心中吶喊。

不過顯然學長並不是很想向我解釋那個點點點是什麼。「二樓以上每層有六個房間，一直到四樓，一共十八間房。現任黑袍有十五人，所以還有三間空房；而每層樓都有附設交誼中心、小型書室等你看了就會知道的東西；衛浴設備每個房間都有，不共用。」學長簡單地先和我介紹一次，「每個黑袍者的習慣都不太一樣，所以我建議你沒事情最好不要亂闖。」

我當然不會亂闖，基本上，我連住進來都很猶豫。我已經開始懷疑自己的決定是錯的了，這個地方好像吸血鬼還是什麼妖魔貴族住的……搞不好每天晚上還會聽見尖叫和拷問鞭打的聲音。

想到這裡，我不由自主地抖了抖。不過，我很快注意到了一件事，「五樓呢？」我記得剛剛看見這裡有五層樓，在更上面還有三角尖型屋頂，應該是閣樓的地方。

學長轉過來看我，「五樓以上不能上去，沒有往上的樓梯。」他偏頭想了一下，應該是覺得有必要告訴我，「聽說黑館以前有經過大封印，五樓封了很多東西，所以往上的樓梯被抹除掉，沒有人知道在哪邊。」

我不該問的。

「我住的是四樓，三間空房都在四樓，你等一下自己挑一間住吧。」完全不管我在想什麼，學長這樣說，「四樓的另外兩個人都很好相處，只要你不要去觸犯他們的禁忌。」

我倒退兩步。

「帶你去看房間，走吧。」學長不給我後悔的機會，直接往樓梯走去。

很猶豫，非常非常猶豫，我猶豫到底要不要跟上去。接著我看見了大樓梯旁的雕像，材質應該是銅還是鐵之類的，電影裡常看到，兩座騎士像一左一右擺放著。

奇怪，剛剛他們在那邊嗎？

我走進來時怎麼沒注意到？

讓我感覺怪異的還不只這些雕像，我覺得四周的掛畫好像有……那麼一點點不太自然……例如我左手方的女孩肖像……

「嘎啊啊啊啊啊啊——————————」

就在我回頭那一秒，肖像上的女孩突然咧大嘴整個臉都貼在畫上面對我發出尖叫！

「哇啊啊啊啊啊————」

媽啊媽啊媽啊媽啊——！

後方的黑色玻璃門砰地一聲甩上。

我根本不敢回頭，連滾帶爬地衝上樓梯。

這裡是鬼屋！這裡絕對是鬼屋！

我想回家！

「你跑什麼百米？」

在四樓樓梯口停下的學長，用懷疑的眼神看著氣喘吁吁累得像狗的我。

「有東西有東西有東西有東西有什麼怪東西——」我歇斯底里地亂叫。

紅紅的眼睛看了我一下，然後移開，「很多啊，看久就習慣了。」然後他往走廊走。

很多？很多是什麼意思！

我趕緊拔腿衝上去緊緊跟在學長身後。

走廊很長，一邊是拱形的高窗一邊是廊飾，大部分都是石膏或者銅塑像，要不然就是油畫掛畫。

「這是我的房間。」走了一段路後，學長停下來，走廊第三個轉彎後就沒路了，不過有一扇銀白色的房門就在那裡，門上掛著一個不明的裝飾品，感覺像是小鳥。

然後他又繼續走。

一邊走，我一邊覺得走廊上的擺飾好像都會活過來……整個人發毛。

「這間是空房。」走沒十幾秒我們第二次停下來，走廊轉彎又有一間房，深藍色的門，門上什麼也沒有，「所有房間的格局一模一樣，你可以先看看再決定要住……」

「我住這裡！」不用兩秒考慮，我立刻說。

因爲這裡離學長房間最近。如果有個萬一，我要求救也比較快。

學長微妙地看了我一眼，「那好吧。」他從口袋裡拿出一把鑰匙，也是深藍色的，然後轉開了房門就把鑰匙給我，「這個房間的鑰匙你收好，不見了會很麻煩。」

我看了一下手上的東西，是個三角錐形狀的鑰匙，柄上有幾顆小小碎寶石裝飾，很漂亮。

「基本用具裡面都已經準備好了。」學長推開門，走進去。

說真的，房間裡非常普通，一走進去便感覺很寬廣，擺了張桌子和一組沙發，還有電視和書櫃之類的，有另外兩扇門貼在另兩面牆上。「這間是臥室。」學長同樣打開門，裡面有一張大床，上面擺了一組新被枕，軟軟的看起來很舒服，還有一個大衣櫃，「另外那邊是浴室。」他指著另一邊的牆門，這樣告訴我。

如果這裡不是鬼屋，簡直可以說是一房一廳的豪華住所了。

「書櫃裡我記得有筆記型電腦，這兒的網路都已經接好，你可以自由使用，另外電器的電路都已經處理好了，不過房裡沒有廚房，廚房在一樓，你看過的，那邊還有熱水器。需要什麼可以到大廳或是廚房拿。」

說眞的，宿舍眞是太好了！

我把行李放在沙發上，四處走了一圈。接著我想起學長還沒打開浴室，於是我想連浴室一起看一下。

不知道是什麼人說的，一切的悲劇都來自於手賤，說的就是我這種人。

一開浴室門我就後悔了。

「哇啊啊啊啊啊啊啊——————！」

浴室牆壁上，鑲了一具只有上半身的人類身體。

重點是……

他的嘴上咬著蓮蓬頭。

是哪個變態做出這種宿舍的！

第十四話　五色雞頭的挑戰

地點：Atlantis
時間：上午七點十分

「所以你就跟學長同居了！」

星期一的一大清早，我還沒睡飽，迷迷糊糊就被一通電話叫出宿舍吃早餐，然後坐在旁邊的喵喵猛然發出驚人之語。

「噗！」萊恩差點把他的飯糰吐出來，然後咳了好幾聲之後立即抓起桌上的茶猛灌。另一邊的千冬歲雖然沒發出聲音，不過從他一直拍胸口來看，他也嗆到了。

「才沒有同居，因為宿舍不夠我暫時住到黑袍的黑藤館而已。」我馬上反駁，什麼同居啊，這給我老媽聽到她會以為她獨子沒救了然後掐死我好嗎！

誰想住那個鬼屋！

我昨晚沒什麼睡，就是怕浴室那個咬著蓮蓬頭的假人偶衝出來咬住我的頭！最恐怖的是我明明用桌子把廁所門堵住了，卻還聽見裡面有奇怪的聲音，至於是什麼聲音我根本不敢去想，越想越不敢住。把人偶設立在那邊的人真是個變態！

「好羨慕……」喵喵的眼睛閃亮亮的，一直看著我。

「那好啊，我跟妳換宿舍。」我相信沒有一間宿舍比這間鬼屋還可怕了。

喵喵搖搖頭，「我很想，不過不行，除了黑袍與破例者之外，沒有人可以進去。」她的小臉很失望，然後嘆了一口氣。

「黑館……黑藤館的簡稱，他的管理比其他的宿舍都嚴，我們想去也沒辦法去。」千冬歲這樣告訴我，然後拿起了餐盤上最後一塊果醬麵包，很優雅地撕了兩半放在盤子上，又撕了一小塊放嘴裡，看他吃麵包會讓我有某種衝動，「像萊恩住的白蔓館也是，基本上袍級的宿舍都很難進去拜訪，只是在於管理寬嚴而已。」

「白蔓？」

「就是白袍住的宿舍，紫袍的叫作紫荊館，普通學生們住的地方就叫作棘一館、棘二館……數字一直往下延伸。」喵喵笑著告訴我，「單數的是女生宿舍，雙數的是男生宿舍，我與千冬歲都住在棘館裡。」

原來宿舍也有這種分別，我點點頭然後筆記下來。

桌上的大盤子空了，早餐時間也該結束。

「第一堂課是基礎法陣，嗯……萊恩沒和我們一起修吧？」喵喵看了一下課表，這樣問。

萊恩搖搖頭。

我想大概是他等級跟我們不一樣，所以也不用一起選課。

「他選了其他的，白袍的特殊課程。」千冬歲將剩下的牛奶喝完，然後擦嘴，「這堂就我們三個。」

特殊課程？這讓我想到學長好像也沒什麼在上課，他也是選特殊課程嗎？

「我先走了，我的課早二十分鐘。」萊恩站起來拿了包包就匆匆忙忙地走掉了。

他的背影還是駝背著，與那天面對妖靈的那個人有點不太一樣。

就在萊恩離開不久，我們也差不多要走出餐館時，我想起有個東西放在宿舍忘記拿……該死的今天早上睡得迷迷糊糊，被叫醒後全忘光了，「你們先去，我回去拿一下東西馬上來。」我把手機忘在宿舍裡。

學長有說過叫我要隨身攜帶的，這樣如果萬一出事才有得聯絡和求救。

「你要快點喔。」喵喵這樣告訴我，「法陣是在專業教室上，上星期有告訴過你了，應該不會迷路吧？」

上星期雖然讀半天，不過老師有帶著我們將所有教室都看過一遍，所以我記得。

「沒問題。」

※

當我快速地跑回宿舍時已是七點半左右。

我的第一堂課是在七點四十，所以還有十分鐘給我快跑回去。

一踏進大廳，我心臟都在激烈跳動，「南無阿彌陀佛，拜託各位大人小姐先生太太別爲難我……我只是回來拿東西的……」我不敢亂看，筆直地往樓梯上衝，就怕一看等等回不來。

相信我，這是絕對可能發生的。

直到四樓，居然什麼事都沒有發生。

幸運，今天眞是幸運的一天，幸運到讓我有點想痛哭流涕。不過我很有經驗，我幸運的時間永遠維持不久。

就在我跑上四樓、打算繼續衝回房間時，走廊邊一扇深綠色的門扉突然打開了，裡面走出了一個穿著黑色衣服的人，因爲太突然了，所以害我連忙煞車才沒有整個人摔撞上去。

和學長一樣的黑色筆挺大衣，不用說，他一定也是黑袍，因爲這裡就是黑袍的住所啊。

「嗯……你……」那個人先是愣了一下，像是想起了什麼，接著露出了恍然大悟的表情，「你是他帶進來的人，第一個住進黑館的普通學生。」

好吧，我很普通，每個人看見我都會這樣說是怎樣啦！

不過很普通的我現在急著要上課，沒時間跟他聊天攀交情，要知道遲到我就得去追該死的教室，我完全不想去追啊，「不好意思，我要回房間一下。」急著要回去拿手機然後趕時間。

那個人就站在原地，看著我離開。

當我拿回手機再返回走廊時他已經不見了。

好莫名其妙的人。

我又用盡全力衝出宿舍，在我踏出那秒，黑色玻璃門又自動自發地砰地一聲關起，我總覺得有一天我一定會被那扇鬼門夾到。

然後我煞住車。

有個人在宿舍前堵我。

開學第一天之後就沒再遇見的五色雞頭。而且很鬼的是，他的五彩繽紛顏色居然不同了，變成其他種五彩顏色，而且更鮮艷了。

我應該沒做過什麼會被他堵的事情吧？

我覺得他應該是來堵別人的。

「喂，站住！」五色雞頭的聲音像是地獄來的吶喊，然後我，拔腿就跑！

誰要站住啊！

我只有僥倖兩秒，彩色雞頭便突然出現在我面前，我立即煞住才沒撞上他的頭，天知道他的頭看起來還眞像五彩鋼刷，撞下去不知道會不會怎樣。

「你幹嘛跑？」他說出所有不良少年在堵人時必定會說的話。

我用力吞了吞口水，「沒有，我上課快遲到了。」而且我也不想和你在這邊哈拉啊老兄。

五色雞頭很明顯就是不讓我走，他就堵在我前面。

「我身上財產就只有這些，請你放過我吧。」我很沒骨氣地把皮包撈出來雙手奉上。要知道漫畫小說和電視電影上，主角不畏惡勢力挺身而出都是騙人的，當你面前有個職業殺手堵你的時候，我倒是想看看還有哪個主角敢呼他一拳，然後大叫正義永遠戰勝邪惡勢力。

他瞄了我一眼，不屑地哼了聲，「塞牙縫都不夠。」

……對不起我就是錢少行了吧！

「跟我來。」他說出了不良少年標準台詞第二句。接下來一定很好想像，就是被拖到沒有人的地方海扁一頓，然後棄屍之類的。

我蹭著腳步不太想跟上去。

走兩步後五色雞頭突然轉過來，注意到我沒走，「放心，我要殺人的話要拿錢才會殺，你自己的錢連買你的命都不夠。」

……

其實原來我還不算廉價是吧？

我用力深呼吸了一下，作好殘缺不全的心理準備後，硬著頭皮跟上去。

繞出黑館範圍後，他一路筆直往校園另一邊走去，沒停下腳步。

說實話，我還沒眞的逛遍校園，他現在帶我走的地方我也沒看過，不過應該是座花圃吧，四周開著淡黃色我沒見過的小花，還聽到不遠處噴水池的聲音，而從這裡還可以看見其他教學大樓的影子。最後五色雞頭在一座涼亭前停了下來，涼亭後的造景是噴水池與小橋，這時我才注意到

我們已經走到花園盡頭了。

水池裡有座人魚雕像。

「你跟那個四眼書呆有多少交情？」五色雞頭猛然這樣一問。

「呃……就是一般朋友啊。」大概是吧我想，不過說眞的，從開學到現在我們也沒認識很久，眞要說是那種超級好友我也說不出口。

「哪種一般？」

「就是普通一般。」

三秒後，五色雞頭放棄這個問題。

「對了，請問你叫……？」總不能眞的叫他五色雞頭吧，雖然我很想，可是我知道說出口的瞬間我就會被秒殺掉。

他看了我一眼，「西瑞……西瑞．羅耶伊亞。」

他的名字與本人眞是不符，我覺得五色雞頭還比較順口，至少一說就知道指誰了；這種感覺很普通的本名聽起來很像路人甲，「那好吧，西瑞同學，你還有問題嗎？」就在我問出口的同時，遠方傳來……不明野獸的狂吼聲。這個我知道，上課鐘響了，因爲第一天時我被嚇了一跳。

然後是砰砰重物撞擊地面的聲音，好幾下，整片地都在震。

好吧，看來我得去追教室了……

「你知道我們和雪野家一直處不好吧！」五色雞頭直接切入重點。

「我知道。」我很認命地點頭，開學第一天就知道了。

「如果四眼書呆接掌雪野家的位置，總有一天我這一代的會把他宰了。」五色雞頭對我比出一個割頭的動作。

我倒退一步，他是找我來聽殺人宣言大演講嗎？

「不過前提當然是有人出錢要我們殺他。」五色雞頭很滿意我錯愕的表情，「你也知道他家族是幹什麼的，要是不想繼續被我們殺下去，叫他們自己用用什麼自豪的預知看看未來。」他拍拍我的肩膀，這樣說。

等等……等等等等……他找我來說的這些話是……什麼意思？

「你果然不是這個世界的人，對我們兩家一點感覺都沒有。」他哼了兩聲，表情很難形容，要笑不笑的看起來有點陰森。

現在，我不知道該說什麼才好，而我也沒機會繼續說。

「那麼這個世界的羅耶伊亞先生，何必繼續爲難一位趕時間的學生？」

有人的聲音，五色雞頭表情變了，他也沒發現有人就在我們附近，還聽了我們交談許久。

水池上，人魚雕像前不知何時站了一個人，穿著筆挺的黑色大衣。

不久前我看見他從深綠色的門扉出來。

他是那個擋路的黑袍。

「都已經上課了，兩位還在這邊呢。」

我注意到這個黑袍好像也不是人類，他有金色燦光的髮，隱隱約約與賽塔有些相像，因為他的髮好像也會發光。他的藍色眼睛直直地看著我們，眼神有點銳利。

「哼……干你什麼事了。」五色雞頭明顯對他感到反感。

接著黑袍慢慢踏著水走上來，輕巧地一翻身便落在我們身邊。「自然關我的事，早上這位學生的代導人出門工作前，已經委託我要稍微注意一下這位了。」他的臉很完美，可是並沒有賽塔那種飄忽的感覺。

學長找他幫忙看顧我？

我突然想起來今天都沒有看見學長這件事，我還以為他又睡過頭了。

「木之天使族的安因，我們的閒事你少管。」五色雞頭的口氣很衝。

等等，天使？木之天使？精靈完之後是天使？

而且天使還住在黑鬼屋裡？

有沒有搞錯！

我暈眩，這學校眞是無奇不有。

「我已經接受委託，這件事也不算是閒事。」安因仍然笑笑的，接著我發現他與賽塔的不同在哪……至少賽塔的微笑讓人很舒服，而這位天使笑起來……沒什麼感情，很像在臉上掛了一張面具。

他也很討厭五色雞頭，我敢肯定。

「你想找我打架嗎？」五色雞頭的語氣更差了。

「有何不可？」安因看起來好像很樂意，「我會讓你知道，向黑袍挑戰是你的愚蠢。」

是誰說天使都很善良愛好和平的？

是誰！到底是誰？

我抱著頭在心中狂喊。

這個天使一點都不善良和平啊！而且我發現他還故意挑釁，存心想打！

「黑袍又怎樣。」五色雞頭看起來也很討打，他比了個小指朝下的手勢，「誰都知道你花了快一百年才得到黑袍的資格，用時間換誰不會，你們那宿舍的大半人都比你厲害多了！」

你可不可以閉嘴！

我注意到安因的臉不再笑了，剛剛還有點發光的髮也不亮了，看起來像暴風雨前的寧靜。

不過我可沒聽漏剛剛的話。

一百年？

這個天使花了一百年考上黑袍？

那學長花了幾年？

他不是才大我一歲嗎？

還有，他在這間學校待了一百年是嗎？

那我要待多久才會畢業？

我突然覺得前程一片黑暗，連天使都待一百年了，我大概讀成骨灰都畢不了業吧我想。難道我要在這所鬼學校終老一生嗎？不是吧？

「羅耶伊亞族的名聲一向非常差勁，就算在這兒教訓你一頓，相信所有人都非常樂見。」不知道從哪邊抽出了一把長刀，安因的臉不再笑了，看起來很嚴肅，嚴肅到可怕。

他看了我一眼，我抖了一下。

你們要打就自己去打，不要隨便拖別人去死好嗎！

「很好，我也早就想痛扁一頓天使了。」五色雞頭的手猛地收縮，肌肉賁張移動，就像我第一次見到他時一樣。那陣扭曲不到眨眼時間，他的右手已變成巨大的猛獸掌爪，黑色皮毛覆蓋了整隻手臂，看起來很恐怖。

我倒退了兩步，又倒退了兩步，接著繼續倒退兩步，再多走幾步就可以退出涼亭範圍了！

一切都是發生在措手不及之下！

不知道是誰先的，總之五色雞頭與安因砰砰地打了起來。

我不能描述，因爲我現在最重要的事就是抱頭快逃！要知道兩個非人類的東西打起來會打死旁人的。在我逃出涼亭不到五秒的時間，我聽見巨大的轟然聲響，那座原本看起來應該很堅固的涼亭倒了。

我整個人冷汗直冒，偷偷回頭瞄了一眼。

天啊天啊！整座涼亭都被打成粉末碎片！

我不玩了！

你們打架干我啥事啊，爲什麼我要在這邊莫名其妙被兩個卯起來悶頭打的捲進去！

就在我要繼續拔腿逃逸的同時，一股冷風捲來，接著我聽見乒地一聲，我腳前不到一公分處出現了一條又深又長的刀痕窟窿，被掃到的小花滿天飛，然後掉下來，代表我欲哭無淚。

學長……你下次就算要找代打……也別找這種的好嗎……不然我大概還沒安全到校就已經安全到天堂了……他果然是天堂的引路人沒錯……

現在我走也不是，不走也不是，身後莫名其妙打起來的兩人還打得很火熱。通常漫畫中主角現在會衝過去制止他們，然後用大義感化，接著就會得到同伴兩枚開始了神奇的成功冒險之路。不過在我這兒的現實可沒那麼美好，我相信我現在衝過去制止他們只會聽見慘叫聲，慘叫是我發出來的，接著被劈成肉泥，最後這篇就會提早END結束了。

就在我抖著腳想要繼續走的時候，一股力量拽住我的領子，開跑。

「哇啊！」我看見那隻獸手揪住我。

五色雞頭近距離地朝我詭異地笑，「打不過，快逃。」然後他拖著我逃走。

你自己知道打不過幹嘛挑釁別人！你這白痴！

「站住！」安因在後頭追殺。

「誰理你！」五色雞頭轉身給他一記中指，然後拉著我跑更快。

而且我看見了，他在笑！他居然一邊逃跑一邊笑！

「很有趣對吧！」他丟過來一句莫名其妙的話。

「什麼東西？」我覺得我已經不是在跑了，是被他拖著飛。

「你看，剛剛那個天使還滿臉優雅高尚，現在翻臉像鬼，很好笑。」

你把他惹火追殺我們只是要看他面部表情抽筋扭曲？

我覺得有一打黑線掉下來，在我的頭頂上。

五色雞頭是不是好人我還不知道，不過可以確定的是，他是個頭殼壞去的人。

安因還在後面緊追不捨。

我已經被拖著跑好遠，頭昏腦脹連自己在哪邊都不知道。

「眞是的，眞難甩開。」五色雞頭一邊低咒一邊繼續跑。

等等，甩開？我想起來學長給過我一樣東西，那個什麼基礎移動的符咒。如果現在要甩開安因，我最想去的地方叫作法陣教室，因爲我們上課已經遲到了。

就在安因快追上我們的同時，我把白符甩在地上，接著看見了巨大發光的陣型，安因好像嚇了一大跳，停下腳步。

我看見他的臉開始模糊。

※

咚地一聲，我摔在地上。

跟五色雞頭摔在一起。

「好痛……」還迷迷糊糊的，我按著撞到地板的頭半坐起來，然後，愣掉。

整間教室的人也全部愣掉。在講台上翻開課本頁面、正在講解法陣的老師也愣掉。

瞬間，教室連一點點聲音都沒有。

「媽的你剛剛那是什麼鬼東西！」還沒搞清楚狀況的五色雞頭一邊暴吼打破安靜一邊爬起來，我恨不得馬上把他嘴巴捂住。

接著，他也發現這個詭異的狀況了。

首先反應過來的是老師，他低頭看了一下還閃亮亮的法陣，然後咳了兩聲，「看來我們今天兩位遲到者帶來一個很漂亮的移動法陣。」我看見他白色的山羊鬍動了動，說話，「那就請這兩位同學回去之後畫同樣的三十個魔法陣圖形交出來吧。」

全班都在笑。

現在，我想挖個洞鑽下去。

最糟糕的不是這個。

在整間充滿笑聲的教室裡，只有兩個人沒笑，一個是錯愕的喵喵，另一個就是千冬歲。

那瞬間我看見了我和五色雞頭摔在一起的時候，他整張臉都黑了。

也許，其實今天是糟糕的一天。

※

我沒臉見千冬歲了。

而他，今天一整天什麼話也沒對我說也沒問我，好像什麼事都沒發生一樣。

基本上我寧願他拿個什麼爆符來轟我發洩一下。

有人說，會叫的狗不咬人，不會叫的狗才會咬人，千冬歲現在就是處於不會叫的狀況下，讓人有點害怕。

午餐我們沒有一起吃，因爲我和五色雞頭破壞上課秩序所以被叫去法陣學教室訓話，出來時因爲我們下午選的課程都不一樣，就完全沒碰上面。其實搞不好這樣還比較好一點，我現在不知道怎樣和千冬歲講話。

「喂！」

要怎樣跟千冬歲說呢……

「喂！」

我什麼都沒有聽到。

「給我站住！」

我什麼聲音都沒有聽到！

「媽的你快給我站住！」

快逃！我啥都不知道！

猛然，我剛要拔腿就逃的那秒衣領同時被用力扯住，差點直接把我勒斃，「居然敢對我視而不見！」五色雞頭不知什麼時候追上來，用力地拽住我的後領，口氣凶惡地說。

你都知道我對你視而不見了幹嘛還抓我！

「喂，你要去哪裡？」在我還沒開口，五色雞頭已經提出他第一個問題，然後他鬆開手。

「圖書館。」我用力地呼吸兩下，剛剛被拽住那秒，我眼前出現了白雲和小花，差點直接被送上西天，「找老師要我們畫的東西。」因爲天生衰運，我以前就常常被罰寫，可是我還是第一次被罰畫魔法陣。

天殺的誰知道學長的移動陣法長什麼樣子！

我覺得，或許去圖書館找會有什麼發現吧？我倒是大約記得一點輪廓，對照書本搞不好可以找到。

「那好，我也要去。」五色雞頭很豪邁地說。

……你要跟去？

「什麼表情！」他看著我，瞇起眼睛。

「沒有，我只是覺得世界很奇妙。」我耳朵應該挺乾淨的沒聽錯吧？五色雞居然要去圖書館？看來等等可能會下冰雹。

他給我的印象是圖書館是用來睡覺的那種人。

「哼哼……」五色雞頭發出詭異的笑聲。

「……」

「你剛剛那個移動符再借我一下。」五色雞頭搭上我的肩膀，對我伸出爪子。

我不甘不願地把白符交給他，還好在教室時沒被老師沒收，不幸中的大幸，不然我大概可以想像學長會怎樣對付我。

拿到符之後，五色雞頭把他的手拿開，然後將白符拋在地上。不用兩秒，我就看見那個發光陣法重新在地上畫出來，「紙筆。」五色雞頭對我伸出手。

阿勒你上課都不自己帶紙筆嗎？

在心中抱怨歸抱怨，我還是乖乖把筆記本掏出來給他。

五色雞頭隨便翻了空白頁便瞇著眼睛，很快速地在筆記本上畫了一下，「這樣就可以了。」他把筆記本拋還給我，接著將地上返回的白符一起遞過來。

那頁筆記上被他迅速地畫下陣法粗略的模樣。

「我沒見過這個法陣，和我們一般使用的基礎移動陣不太一樣，我想應該是好幾種不同的混在一起使用，我們先去查查裡面有什麼種類的東西，這樣畫起來比較好畫。」五色雞頭又湊過來搭著我。

我可以想成，他是爲了幫菜鳥如我才畫的嗎？

那一瞬間我發現其實五色雞頭人也挺不錯的。

「你找完之後再借我，我懶得看小字。」

好樣的你這隻死雞！原來你只是要我找出圖你好輕鬆畫是吧！去你的。

※

圖書館在水晶塔之後。

其實我一直很懷疑它眞的原本就在那邊嗎？

因爲它太明顯了，可是上次我和學長來時，完全沒有發現水晶塔附近還有一座閃亮亮的東西叫作玻璃屋迷宮。

它眞的原本就在這邊嗎？

我很懷疑，我超級懷疑的。

五色雞頭扠著手站在迷宮前，腳上的夾腳拖要掉不掉地掛在他腳上晃來晃去。

迷宮的外牆很高，我覺得應該有三層樓高吧？

「啊啊，好久沒來了。」五色雞頭伸伸懶腰，突然這樣說，「不知道裡面格局變了多少。」

等等？它會變！

「我覺得我回去問學長好了。」不用三秒，我馬上打退堂鼓往後轉。我寧願回去被當沙包踹，也不想進去裡面然後隔天傳出生死不明的消息。

「喂喂，都來到這邊了閃啥，我會罩你的，快走。」五色雞頭一把拽住我的領子，然後把我用力推到迷宮裡。

踏進去的第一步我就聞到臭味。

什麼鬼味道？

迷宮裡……根本不像迷宮！超寬廣的，整條路的寬度，五、六人並肩走還有剩，四周都是鏡子，還有哈哈鏡，五色雞頭站在我旁邊變成抽高五色外星人。地上是草地，再過去一點……靠！是誰做的！再過去一點居然是劍山！上面還給我插著蘭花一盆盆！

是哪個渾蛋那麼有閒情逸致！

「我還是不去了。」黑線掛在我臉上，看到那座劍山我就不想走了，搞不好等等還有刀山、針山什麼的，開什麼玩笑！

就在我轉頭那一秒，有個白白的東西飄過去。

……

我看不見……我什麼都沒看見……

五色雞頭伸手把我拎回來，「進來就出不去了，除非你走完。」他笑得很高興，不知爲何。

除非我走完……除非我走完……我懷疑我走得完嗎？

我被你害死了你這死雞頭！

「安啦，有我在一切沒問題。」五色雞頭拍拍自己的胸口，然後我看見他的右手又變成了巨大的獸爪，「走啦走啦，我出力你出腦，等等進去之後你要記得好好找書喔。」

說到底我就是書奴是吧？

就在那一秒，我猛地被五色雞頭往後一拉，獸爪擦過我的臉，眨眼間我看見剛剛還在入口處跑來跑去的一具白色骷髏當場被他砸個粉碎，他的爪還勾住沒打爛的頭顱，在我眼前晃啊晃。

那顆頭轉過來……突然對我喀喀喀地笑。

「漾！鼻子！」

五色雞頭大叫一聲，我立刻反射性把背包擋在臉前。那個骷髏的嘴巴咬在我的背包上，「哇啊——！」我立刻把包包甩到地上，「不對！等一下！」我的背包！

骷髏頭一掉下去馬上滾開，咬著我的包包滾。

「還我！」我扯住包包揹帶往上拉，結果跟著包包一起彈高的骷髏鬆開嘴，又往我臉上撲！

五色雞頭的動作比它更快，一爪就把整顆頭顱打成白色粉末，「你要注意一下，這個東西沒有肉，很喜歡咬別人的肉去當它的肉。」

……其實我有點想問等它咬完之後會變怎樣。

「還滿簡單的。」五色雞頭彎下腰，把爪插到草地裡，呼地一聲把整塊草皮掀起然後蓋到劍

山上。

呃，這樣算不算破壞學校公物……

就在草皮飛出去那瞬間，我們兩個都愣住了。

天啊啊啊啊啊啊——！

草皮下有麵包蟲！滿滿的到處都是，萬頭攢動！

「啊哈哈……沒想到有吸血蟲。」五色雞頭完全不覺得自己有做錯什麼。

吸血蟲……

我現在想做的事就是撈一把起來拋在雞頭的腦袋上，把他的五色毛啃光。

而且糟糕的不只這些，不知何時開始，那股臭味越來越濃，讓我有點噁心想吐，「什麼怪味道……」我聞得有點頭昏。

五色雞頭伸出手指，往下。

蟲的味道？

「你早知道有蟲你還掀草皮？」我想發飆。

「我想說牠們可能在劍山下面。」雞頭聳聳肩，「不過事實看來是我猜錯了。」他從口袋裡拿出一罐很像吹泡泡的小瓶子，打開後把裡頭白色的水倒在草皮下的蟲身上。

不用半秒，我眼前突然爆出金紅色大火。

「不過這種蟲火烤一下就好了。」

……

好，我記住了！

看著被鏡子蓋住的天空，我突然有種感嘆，我幹嘛爲了一本書這麼辛苦……

世界還眞是奇妙啊……

「走吧，讓我們往下一站出發！」顯然玩得很樂的五色雞頭拖著我繼續往前走，被火燒過之後，不只蟲，連劍山也只剩下一點灰。

如果這個要賠，不知道又會被夏卡斯開出幾張罰單了。

第十五話　精靈之聲與圖書館

地點：Atlantis
時間：下午三點二十分

我的災難並沒有持續太久。

就在五色雞頭興致勃勃想要繼續往下個轉角闖關時，隱隱約約地，我嗅到一陣香香的氣味，一個感覺上很熟、曾在哪邊聞過的味道——那個很天然舒爽的味道。

「欸，他居然在這邊？」五色雞頭看上去滿訝異的，他的獸爪幾個扭曲變形之後便恢復原狀了。「真是的，久久到圖書館一次只有迷宮有樂趣，這下不用玩了。」

你到圖書館不是要看書是要玩迷宮？

我的腦袋上落下一滴冷汗。

很快地，我就知道他說這話是什麼意思了，解答就在轉角之後我們所看見的東西。

那裡有棵大樹——一棵人面樹，它的好幾條根莖全部盤在鏡子的牆壁上，有的埋在地下，讓我慶幸沒和這棵樹正面對上的則是樹身到處都是血漬斑斑。

不知道是哪個要去圖書館的先烈犧牲了？

……爲什麼圖書館裡面會有殺人樹……

站在樹前面的人回過頭，明顯已經知道我們兩個站在這兒，「嗯，兩位年輕的學生。」他微笑，很優雅的一個笑容。

我瞄了一眼殺人樹，整個像是被塗了膠水般僵硬，我懷疑它的根莖本來應該是會動。

站在僵樹前的不是別人，是之前曾見過一次且頗熟悉的人，「賽塔？」說眞的，我還挺意外會在這邊碰到他的，尤其背景還是一棵死僵的殺人樹。

暗綠的眼睛看著我，他仍是微笑，感覺很像臉部抽筋之後固化了，因爲從第一次看到他到現在一直都是這種表情，「年輕的學生，今天您沒有與黑袍一起嗎？」

他問出了只要是人都可以看出來的廢話。

「呃，學長今天有工作。」而他另外找了一個神經質的暴走天使來代班，結果被甩掉了。

「兩位也是要到圖書館嗎？」

他問了廢話二，除了五色雞頭外，一般會出現在這邊的人應該都是想要去圖書館的吧？

「我正好有事也要到圖書館一趟，我們一起走吧。」賽塔伸出救命之手。

「不用……」

「好！我們快走吧！」我急速打斷五色雞頭的話，不用想也知道他想說什麼，他絕對想說不用你跟著我們也可以走，不過經過剛剛的草皮劍山之後，我已經徹底對他喪失信心。

他絕對只是想玩！

百分之九百！

賽塔微微笑著，很奇怪的是，這次五色雞頭居然沒有找他麻煩，連一句話都沒有，只是悶著頭就跟在我們後頭走了。

他會挑人是吧？

「我也有好一陣子沒到圖書館了，沒想到多了那棵樹。」賽塔就走在前面，一邊走一邊笑，「剛剛我也嚇了一跳，因爲並不認識那樹，所以只好先制伏它。」

認識？

你認識什麼！

這座迷宮裡你認識什麼？

我瞪大眼睛看著走在前面的賽塔，感覺他其實不像表面上看起來那麼簡單的傻笑人物。

「迷宮每個週期東西都會更換。」五色雞頭搭著我的肩然後這樣說，「那個人把迷宮裡所有東西都摸熟了。」這句話他是小聲地靠在我耳邊說。

……他是太閒嗎？

不知道爲什麼，我突然有種精靈是很閒的動物的錯覺。

而且他說制伏？他是怎麼制伏？那棵樹爲什麼會變成殭屍樹？

就在我回過神時，五色雞頭已經去搭賽塔的肩，兩人低聲不知道在說些什麼，他們換了另一種語言，所以我聽不太懂。

他做出我做不到的事，我好羨幕五色雞頭可以自然地去搭一個精靈。

不過話說回來，我們這一路不會走得太順暢了嗎？我覺得應該多少會發生點什麼事才對啊？

就在我這樣想的同時，走在前面那兩人忽然停下腳步。

「嗯，又是新面孔嗎？」賽塔微微抬起頭，四周的鏡子映出我們三人的影子，感覺上有點扭曲。

「你不要出手。」我看見五色雞頭滿臉興奮。

賽塔，我拜託你千萬要搶在他前面出手！

正要這樣說的那瞬間，我的視線整個霍然顛倒過來。地板變成天花板，天花板變成地板，而且另外兩人還站在天花板上。

「哇啊——！」

被倒吊的是我！

「出來了！」

五色雞頭那瞬間的表情看起來好像狗看見肉骨頭飛出來，我懷疑下一秒他會連我一起轟了。

抓住我的腳的是隻章魚。

爲什麼陸地上會有章魚？

誰把章魚放在這裡！而且還是一隻粉紅色的章魚！

「啊啊啊啊————！」我差點腦衝血，整個人發昏。靈魂出竅那秒我看見章魚張開嘴……如果那是牠的嘴巴的話！

爲什麼章魚的嘴巴會有牙齒！還是老虎牙齒！見鬼了這是什麼章魚？

「你別亂動！」五色雞頭追上來，章魚的腳貼著鏡子一直在往後移，而且牠還黏在天花板上往後移，高難度動作！

賽塔也追了上來。

我想吐，被章魚捉著晃來晃去有種快要吐出來的衝動。接著我眼前一亮，還以爲照慣例是阿嬤又要來晃一圈，不過那道光好像不是天堂之光，是銀色淡淡的光點。

不知道什麼時候超過五色雞頭的賽塔完美地躍身，一手扯住我的肩膀掛在我身上，詭異的是我連一點重量都沒感覺到，「請忍耐一下。」他仍微笑地說，就這樣掛在我身上，目光對上粉紅色貼壁章魚。

精靈靠近時那陣香香的味道更濃了些，也更像學長身上常傳來的那種味道，軟軟的很難形容，像太陽的那種。

章魚猛然停頓下來，重重地一晃，不動了。

我低頭看見賽塔微微張開嘴，感覺好像在說話，可是又不是在說話。

搞不好下一秒會從他嘴裡噴出光束？

我的腳瞬間鬆了，章魚突然放開牠的觸腳，還來不及尖叫我就摔下去了，接著被賽塔穩穩地托著站在地上，「您沒事吧？」他伸出手為我拍掉衣服上的灰塵。

「沒、沒事。」我覺得我的臉一定都紅了，所以他一收手我馬上退開。

「你把這東西弄成這樣我怎麼玩？」五色雞頭走過來，看了一下天花板，抱怨。

我跟著抬頭，愣住。粉紅色章魚變成和剛剛的樹一樣，僵硬不動，可是牠還是黏在天花板的鏡子上，張開有牙的嘴。

「牠再幾分鐘就能行動了，不會妨礙生命安全。」賽塔答非所問，然後微笑，又是微笑！

「這是怎麼做的？」我看著僵章魚，很疑惑。塗膠水嗎？

五色雞頭晃過來搭住我的肩，「這個沒人學得會，只有精靈才會用，震動空氣的聲音。」他嘖嘖了兩聲看著僵章魚，很有也想挑戰的感覺，「大概就是某種我們聽不見的波長透過空氣把他想麻痺的東西麻痺之類的。」

聽起來還真像某種東西麻痺獵物之後吃掉的本能。

「只是請他們暫時無法移動而已。」賽塔這樣說。

「如果波長強一點，聽說可以直接破壞對方的腦袋。」五色雞頭這樣告訴我。

……

其實精靈是生物化學兵器嗎？

「我們不會做這種事情的。」精靈微微反駁。

也就是說其實這種事情你們辦得到嗎？

我突然覺得我以後沒事還是盡量閃他們遠一點好了。

「啊啊，有賽塔在就沒得玩。」五色雞頭很遺憾地伸伸懶腰，我聽見謎樣的啪喳啪喳聲，「那我不去圖書館了，你找到之後再借我吧。」於是，他揮揮手往後走。

我當場愣在原地。

他來真的只是為了玩迷宮？

……

不對，等等……剛剛是誰說進來就不能回頭的？

可惡的五色雞頭！

騙我！

※

「您看起來好像不是很開心。」

賽塔仍走在我前面一點，不，其實我想應該是我刻意保持距離，「沒事，就是同學……」不知為何，看見賽塔我就一股腦地想說，所以我把五色雞頭與千冬歲的事全部告訴他。

我們兩個不知不覺停下了腳步。他遲疑一會兒，像是在想什麼，也像是想告訴我什麼，「我認為或許您的友人並未像您所想的那般介意。」最後，他只告訴我這句話之後又往前走。

千冬歲不介意嗎？

我覺得他好像很介意，我現在想到的都是早上他看見我和五色雞頭混在一起那個表情，詫異與呆愣，還有感覺上有點被背叛的樣子。

我知道那不太好受，因爲我遇過很多這樣子的事情，總是在所有人確定我是衰人之後，我就成了他們口中嘲弄打賭的對象，就算最親近的朋友也一樣。他們也會和我討厭的人混在一起，當親眼看見時，不舒服。我想千冬歲應該也是這種感覺，所以今天法陣一下課他就匆匆忙忙地走了，也沒像平常一樣留下來幫我講解一些有的沒有。

「可是我覺得……他很介意。」我跟著賽塔，吶吶地說。

然後他停下腳步，我才注意到不知道什麼時候我們已經走到了一扇大玻璃門之前，透明的門扉上畫滿了圖案與我看不懂的文字，應該是終點了。

賽塔轉過身，對我微笑，「男孩子們不是如此小心眼的。」於是他推開了玻璃大門。

那秒，我眼睛有點痛，想哭。

我們還在討論的人站在圖書館入口，看起來應該正要出來，他手上抱著一本厚重看起來有點年代的書，還沾灰塵，白色的厚殼封皮，金色的字紋。

萊恩就跟在他後面，看見我進來也愣一下，然後突然勾起笑。

「這小子說你一定不知道學長的移動法陣怎麼畫，在這裡找了一下午的書才找到適用的書本。」他說，然後拍拍千冬歲的肩膀，「我們兩個下午都蹺課喔，怎麼報答我們？」

我還能怎樣報答。

千冬歲挪挪他的黑眼鏡，精光一閃，「反正下午的課少上也不會死。」

我突然很慶幸還好五色雞頭早早就回去了。

說到五色雞頭，我突然想起跟我一起來的賽塔，想向他道謝。或許他是對的，也或許在這所學校的人永遠都是特殊的。

一回頭，我卻愣住了。

哪裡還有精靈的影子？

他離開了。

※

賽塔離開後，我反而有心思打量起這座我第一次來、隱藏在迷宮裡的圖書館。

這裡就是圖書館？

呃……該怎麼形容，我覺得這邊真的不太像圖書館——淙淙而過的水流我可以當作幻影甚至是音效播放然後眼睛看錯，可是、可是矗立在大圖書館中間的巨大盤結樹我就沒辦法當作眼睛抽筋了。

沒有一般圖書館應該有的許多書架，也看不到什麼可以放書的地方。偌大的空間裡看不到天花板也看不見盡頭，只有眼前一棵巨大的千年老樹，不像榕樹也不像松柏那類常見的樹，而是說不出名字的大樹。樹頂通天，根本看不見頂端，讓我更訝異的則是那棵大樹居然是淡淡的透明冰晶綠，隱約可見樹身中有細小的水脈往上抽。

樹身上環繞了一圈圈往上、有著頂蓋的白色樓梯，有人在那邊來來去去。大把大把的樹鬚垂了下來像門簾，一看就知道這棵樹一定已經存在很久了。

四周的空氣很好，因爲是在森林嘛……

……

這是哪裡的森林啊！

我不是要去圖書館嗎？

「漾漾你是第一次來圖書館對吧。」抱著那本白底金邊的厚書，千冬歲看了看我整個人錯愕掉的反應，笑笑地很肯定地這樣說。

我點點頭，其實這個不是圖書館而是植物園吧？

而且我還看見有人拿著書本坐在樹鬚編成的鞦韆上，一邊翻閱一邊很專心地讀書。

這裡眞的是圖書館沒錯吧？

可是怎麼沒有書架供人找書啊？

大樹左右有許多小亭子和二層小樓，裡頭準備了很舒適的座位，有些從樹樓梯下來的人抱著書本便直接進去裡面，找了位置安靜地讀著自己的書。四周除了自然水聲、鳥叫聲與清新的空氣外，一切顯得非常寧靜，甚至有人就這樣在座位上睡著了。

感覺上就是個非常美妙的度假勝地，還可以做森林浴放鬆身心的那一種。

「歡迎來到圖書館。」從我背後傳來這樣的聲音。我立即轉身，看見有個小孩站在我身後。不過話說回來，剛剛我背後有人嗎？

那是個差不多七、八歲左右的小孩，看不出性別，不過可以馬上確定他不是人類。怎麼說呢……如果你看見一個正常小孩腦袋上有疑似貓耳且屁股有貓尾巴，你一定也會跟我有一樣的想法。這小孩穿著日式藍色小和服，褐色的頭髮在腦後紮了辮子，讓他的頭看起來更小，耳朵變得更大，「我是圖書館管理員，阿卡．里里，如果有任何關於圖書館的問題我都可以幫你處理喔。」他眨著金色的貓咪眼睛很興奮地這樣說，尾巴不停地搖來搖去。

這個名字聽起來像個小男孩，「呃，小弟……」

我還沒講完，就被萊恩從後面拍下去，「她是女孩子。」

耶？

「而且里里起碼有三百多歲了。」千冬歲順便補上這句話。

原來是老太婆。

「討厭，你們怎麼可以隨便洩露人家的年紀。」貓女娃捧著臉害羞地扭動小小的身體，然後拍了一下萊恩的大腿（因為她的高度只到對方大腿），「女孩子的年紀是祕密喔。」

「很早以前就不是了。」千冬歲推推眼鏡，潑下一桶冷水。

「雪野家的小娃眞不討喜。」瞬間變臉的里里冷哼了一聲，金色眼睛邪惡地瞄了他一眼。

「是、是，反正大家都這樣說。」完全沒要沒緊的千冬歲轉回來，接著把手上的書交給萊恩，「漾漾，你既然都來了，要不要順便參觀一下圖書館？」

說眞的，我還是搞不懂爲什麼這裡會是圖書館，在我眼中它活生生就是一座大植物園。

「當然要！」

※

實際往樓梯上走後，我才發現這裡非常寬敞，而且人很多。

不說在地上的布置，居然連半空中都有很像氣泡球的東西在飄，樹身分出去的樹枝上也都零散地布滿了許多座位；座位上幾乎都坐有學生，有的和我一樣大，有的卻比我小很多，更有比我年長的，我想應該是不同年級的學生吧。

「你一定覺得很奇怪爲什麼這裡沒有書架和書對吧。」千冬歲帶著我往樓梯上走了一段路之後才停下來，旁邊有個樹洞，挺大的，可以裝進去一個嬰兒的大小。基本上剛剛走的樓梯每隔一段路都會看見這種洞，有的前面站了人有的沒有，我倒不知道他們站在洞前面要幹嘛。

「嗯。」我看著那個樹洞，看來看去還是不知道那是要幹嘛的。

「你有聽過智慧之樹吧。」

這個我知道，在某小說裡曾出現過這個名詞。

「這個就是智慧之樹。」萊恩拍拍旁邊的綠晶大樹，這樣說。

「欸？」騙人！

「你的表情很奇怪。」瞇起眼睛，千冬歲推推眼鏡繼續說下去，「智慧之樹的根透過異空間貫穿了世界各地，只要你能想到的書本都可以從智慧之樹上尋找到。」

我訝異地瞪著通天大樹，有種很神奇的奇妙感覺。

千冬歲單手按在樹洞旁邊，閉上眼睛。幾秒過後，我聽到咚地一聲，有本厚重的黑皮書出現在樹洞裡，上面一樣印著我看不懂的幾個大字。「你在腦中大概想一點你想看的東西，智慧之樹就會幫你分析出來，接著尋找最適合你的書給你，範圍比較大的，會一口氣好幾本。」把黑書拿出來，千冬歲這樣告訴我，「記得看完的書一定要歸還就是了，不然會遭到……報應。」

「……我知道了。」我不太想問報應是啥，總之要記得乖乖還書就對了。

「既然漾漾也在這邊，我看我們就直接在這邊分析學長的移動符吧，如果有問題才方便馬上另外找資料。」千冬歲看了我一眼，我立刻點頭如搗蒜，總之有人可以幫忙最好，要不然我一個人可能找到死還找不出個鬼。

走下樓梯後，先一步下來的萊恩找到一座中式亭子，一樓有幾個女學生待在那邊看書，二樓則是完全空了下來，而且有矮桌和地椅，兩旁則有小櫃子放了紙筆等必備工具，非常齊全。

把手上厚重的書本放在桌上，千冬歲拖來幾個軟軟的大靠墊拋給我一個，「對了，你有沒有畫下移動陣的樣子？」

移動陣的樣子？

「啊！」五色雞頭有畫。

我把筆記本遞給他，順便連學長的移動符一起。

旁邊的萊恩似乎沒有參加討論的打算，他手上不知道什麼時候多了一本書正在努力用功中。

我偷偷瞄了一下書名……詛咒陣型初學者入門？

啥怪書！

等等，萊恩不是有袍級嗎？

注意到我的視線，千冬歲把書翻到某個頁數，「萊恩只有幻武兵器厲害，其他的都不行。」

呃……好慘。

千冬歲翻開的那一頁上面有個陣型的縮小圖，與學長的那個有八分相像，「這個就是基礎移動陣，熟悉之後很多人就會利用此爲底基然後增加變化，像學長給你的移動符也是屬於這類。」

他拿過筆記本給我對照。

的確，裡面只有一些東西不同。書上的圖形很清楚，因爲五色雞頭只畫出一個大概，所以一時還看不出來是哪邊被變動過。

「移動陣在沒有使用的狀態下會維持十幾秒的時間，不過我那天看你的陣出現時間更短，我想應該是爲了預防戰鬥中有敵人追擊，學長稍微調整過移動陣的停留時間，沒有使用的狀態下大約只會顯現幾秒鐘。」千冬歲把那張移動符放在桌上，然後用指尖輕輕點住，「移動之符，使其內有之型停留於我指下之處。」

一道微弱的光從千冬歲指尖下往外擴張，大約半徑三十公分左右，縮小型的移動陣就在桌上慢慢地打著旋轉。「這是光影基本咒的法陣，裡面還有水與土的精靈契約。」一手接過紙筆，千冬歲騰出空著的左手，很快地在白紙上畫下移動陣全形。

裡面夾雜著很多我看不懂的文字和圖騰，比五色雞頭畫得還要詳細好幾倍。

那個小陣慢慢地轉動，我也趁機把它與書上的圖比對了一下，果然有許多地方不一樣，不過主要的紋路倒是都很接近。

「光與影的時間交錯，土與水的保護移動，這個是戰鬥中守備型的移動陣法。」兩分鐘後千冬歲鬆開指尖，那個光陣馬上消失，白紙上出現了一模一樣的圖案，「看來學長鑽研得眞的很廣，基礎陣法居然可以改成這樣。」他開始讚頌他崇拜的學長了。

「漾漾，你可以把基礎陣法先記下來。」千冬歲指導我讓我嘗試著在筆記本上先畫下一次，「基礎移動陣是光與土的基本元素畫成的，你看這個符號就是土元素的象徵……」

是說，基礎陣法畫起來還滿簡單的，很快就完成了，因爲上面的紋路比較沒有那麼複雜，少很多，而且經過千冬歲一一講解之後，我大約可以記住整個樣子，就像記甲骨文一樣。

找到共通點讓我還滿高興的，原來法陣沒有很難學。

不過我想到另一個問題，「對了，這個陣法是怎樣收進去符咒裡面的？」我想總不可能直接畫在符紙吧？符那麼小，難不成要用放大鏡刻？

「很簡單，大部分的陣法都可以這樣收起來，不過大型陣法就沒辦法了。」千冬歲從他的背包裡翻出一支很像粉筆的東西，接著把附近清開出一小片空地，就趴在地上很快地畫出了一個基礎的移動陣。

那個……隨地塗鴉應該會被罵吧？

收起粉筆，千冬歲站到陣法中心點，「漾漾，你要記住，畫出法陣本身並不困難，但是難在讓它發動與收起的條件，必須配合一些吟唱文以及符紙、素材等等。」

啊？

我突然又覺得法陣很難了。

「第一次發動比較麻煩，收到符紙裡就不用了，像你做的一樣，丟下去收起來就可以了。」說完，他蹲下身，右掌心貼在陣法的中心點，「時間交錯的光之吟，大地移動的土之力，隨著我所咒而來，隨著我所咒而去。東之落地、南之畫區、西之川流、北之聖域，隨我心意即可來去。」就在千冬歲閉眼唸完的瞬間，我看見地板上的陣型慢慢起了微弱的光，整個地面圖騰浮起來，慢慢旋轉。

接著他站起身，從口袋裡翻出一張白色紙符，「入收御行。」鬆開手，白色的紙落下，整個光陣突然停下來，不用兩秒的時間猛地消失，而那張白紙則往上飄回到千冬歲的手上。

地面的圖騰整個就消失了。

「這樣就做好一張移動符了。」

千冬歲笑著對我揚揚手上的符。

嗯……該怎麼說呢？

我總覺得他們做起來都超簡單的，然後我做起來就超難。果真是程度上的差異。

「法陣學大多都是死背，背到一定程度之後融會貫通應用，就可以開發出更多屬於自己專用的陣法了。」一旁的萊恩突然開口說話，讓我著實嚇了一大跳。

原來他還在，我完全忘記他的存在說！

話說回來，聽說你也不是很會啊這位老大。

「既然都找到陣法的樣式了，漾漾你照著畫給老師就不會錯了，裡面一些詳細的圖文如果看不懂就翻這本書，學長的陣法樣式都可以在裡面找到。」千冬歲把白底金邊的厚書闔起來，然後遞給我。

「謝謝！」他眞是大好人。

我有好幾秒眞的感動到了，可是我知道，我應該還欠千冬歲一個解釋。

「那個……千冬歲，我有話想跟你說。」我知道，我還欠了五色雞頭事件的解釋。

一旁的萊恩突然站起身，「我去換本書。」然後挾著手上的書逕自下樓了，我不知道他是故意的還是眞的那麼剛好。

不過其實他也不用特意走開，因爲他一直沒啥存在感，跟空氣頗像。

等到萊恩消失在樓下後，千冬歲懶洋洋地靠在背後的軟枕上，推推眼鏡看著我，「說吧。」我猜他一定也知道我要說啥。

他或許眞的不介意，可是我不想有個疙瘩。因爲我是第一次眞的很想在這所學校把我認識的人好好地當作朋友看，而不像以前一樣只做做表面關係。

「我想和你解釋西瑞同學的事。」吞了吞口水，我看千冬歲沒啥特別的表情，只好硬著頭皮繼續往下說，「我那時回去拿手機，出宿舍時不知道爲什麼他會在外面堵我……」基本上我本來以爲自己死定了。

「堵你？」這下子換成千冬歲不解了。

好吧我知道我的類型看起來就不像會被人花錢殺的樣子，不過你也不用表示得那麼明顯吧！

「啊……他說有話要帶給你。」我差點也跟著忘記這件事。

「有話？」

「嗯，他說如果你接掌雪野家的位置，總有一天他那一代的人也會去殺你。」說眞的，他們那種世仇糾紛我不是很清楚，所以還是稍微斟酌了語句告訴他，「好像還有說你們家很會占卜之類的，如果不想死就自己避禍什麼的。」大概就是這個意思了。

千冬歲瞇起眼睛沉思了半晌，然後突然哼了聲冷笑出來，「沒想到羅耶伊亞家居然還會給我勸告。」

那個是勸告嗎？

因爲五色雞頭講話太囂張了，我聽起來還滿像在威脅的。

「不過他弄錯了，我家是神諭不是占卜，不良少年果然都沒什麼腦袋。」這是千冬歲冷冷丟出來的結論。

「欸？有什麼不一樣嗎？」基本上我也覺得差不多啊……

「神諭之所是比較屬於言靈方面的工作，占卜算是附屬，另外還有祈福等，不過我們本家主要的是言靈而不是占卜，很多人都會弄錯。」爲我稍微解釋後，千冬歲搔搔髮，「他這個勸告等於白勸告了，因爲下一任雪野家的接班人是我這件事沒辦法改。」

「你們雪野家只有你一個小孩？」我以爲那種家族都會生個整打。

千冬歲愣了一下，微微一笑，「不是。」

「我還有些親戚。」他話打住了，可能不方便說。

在談話時，意外地我覺得他似乎對五色雞頭沒有很重的敵意，「你很討厭西瑞同學嗎？」

「你說呢？」千冬歲又笑，讓我摸不著頭腦。

「感覺上是很討厭。」畢竟家人被幹掉。

「是有點，不過和家族仇恨無關。」千冬歲推推眼鏡，說了一句很匪夷所思的話，「我是個人看他不順眼。」

「啊？」

不是因爲家人被宰了嗎？

「因爲工作上的關係，就連我們也殺過人，實在說不上有什麼好怨恨的，反正死了就是命到了。」他說得滿豁達的，感覺不太看重生死，「所以我對西瑞沒啥固有的偏見，只是我實在是很討厭那種類型的不良少年，每次看就每次想賞他巴掌，大概是這樣。」

等等，那麼就是……別人臆測的什麼家族之恨全都是錯誤？

主要只有你看他不順眼……然後五色雞頭以爲你恨他所以也看你不順眼？

搞啥啊這兩人！

我有種知道眞相之後的無力感。

千冬歲推推眼鏡，「我也不反對你找他當朋友，只要你不被他幹掉的話。」

「呃……我盡量。」我也很怕被他幹掉。

「放心，你如果翹掉的話我跟萊恩會幫你報仇。」

「……那先說謝謝了。」不然我應該說什麼？

總之就算我掛了還是有人幫我收拾後事就是吧！

對話到此告一段落，突然整座亭子都變得安靜下來。

「本來到圖書館之前萊恩在猜想你到底會不會直說。」靠在軟枕上，千冬歲幾乎埋了大半身體進去，「雖然我沒有交過很多朋友，不過很少人講話像你這麼直接。」

這是稱讚我嗎？

我當是稱讚我好了。

「在我們的領域中很少能交到朋友，所以我母親將我送進學院，大概也是這樣想。」千冬歲坐起身，橫過桌面向我伸出右手，「我用眞實之言發誓，無論何時何地，我都將當你是我朋友而眞誠相對。」

我愣了一下，太過愼重了其實……

所以說，這也是言靈的一種嗎？

不可以隨便對朋友說謊，感覺也不錯就是。

我聽著圖書館裡流水的聲音，聽著樹吸收水分的聲音，聽著管理員小聲地指導新人們使用圖書館的聲音，一切都是那樣自然。

然後我也伸出手與千冬歲交握，「以後也請你們多多指教了。」

或許，這是我第一次正式地這樣交朋友吧？

還不賴。

就在一切都是那麼感動的同時，突然一陣淒厲的尖叫聲劃破安靜的空間，我看見許多人的目光都注視著一點，在下方的里里很快地衝了過去。

「看來是有人忘記還書了。」不知道什麼時候又回來的萊恩開口，我嚇了一跳。

老兄，你眞的是來無蹤去無影。等等……你說什麼？

有人忘記還書？

我跟著看去，騷動的那處有個人正在智慧之樹附近掙扎著，里里就站在旁邊不知道在幹什麼，不過感覺好像是在和樹溝通。

「漾漾，借書一定都要還喔，不然會變成那樣。」剛好有活體實例，千冬歲涼涼地這樣告訴我。

那邊，我看見了有個人的手整隻被咬進樹洞中。

……

智慧之樹還兼任眞實之口嗎！

我決定，以後沒事還是不要經常來好了。

《新版・特殊傳說1》完

番外．產房怪異事件

地點：Taiwan
時間：晚上九點零三分

這是在十幾年前發生的奇異事件。

根據當年現場目擊的所有人員所說，這件事真的奇妙非常，如果不是當場見證還真難以相信一切。就連有著幾十年行醫助產的金字招牌老醫師都說：這世界真是太奇妙了，可見人類的視野還很小。

世界上，什麼事情都會發生。

一切的一切，都在那天晚上發生。是的，在十多年前震驚江湖黑白灰三道的那個夜晚……

※

「呀——」

夜半一點鐘，在中部某社區某房子發出淒厲如同命案現場被人砍殺十多刀的可怕叫聲，日後

詢問鄰居，鄰居們還心有餘悸地說那聲音眞是太可怕了，讓他愛賴床、睡著就等於死掉的兒子當場驚醒，後來他想找那個聲音當鬧鐘鈴聲，不過怎麼找都沒找到，實在是太可惜了。

那時候正值三歲天眞無邪年紀的褚冥玥躺在臥室床上，猛然睜開圓圓的大眼，很快地發現聲音是來自於自家。爲了避免明日早上社區鄰居們集體抗議，小小的冥玥只好忍痛犧牲睡眠，爬下床走出房門，順著樓梯往下，馬上就看見廚房大亮的電燈。

褚家的男主人是商務人士，長期在外頭公差，平均每兩、三個月回來一次，每次回來爲期一週。根據鄰居與自家人的看法，可能很快地，這個人就會消失在孩子的記憶中。爲了延續孩子與老婆的記憶，聽說男主人目前正極力爭取一個月可以回來一次的機會。

「老媽，怎麼了?」睜著眼看著廚房被打翻一地的果醬、麵粉，冥玥發出基本疑問。

只見當時懷孕已有九個多月的褚媽媽抱著大大的肚子跪坐在地上，眼中含著一泡淚，吸了吸鼻子，用萬分哀怨的目光看著自己天眞善良的可愛女兒，「我的果醬翻掉了……我熬了好幾天的果醬……」看著一地寶石般的紅，她又轉回頭，「還有，妳弟弟好像要出生了，我的羊水剛剛破了……」

「那我要打一一九、九九九還是打一一〇?」其實她前幾天在電視上有看到宣導，發出這種哀號聲音時還可以打一一三。

「妳打電話叫計程車就好了，不要麻煩消防隊。」很堅強的母親如此說道，「還有九九九是香港的，妳打了也不會有人來。」就叫她不要看太多電視，現在連緊急電話都分不清楚了。

「喔。」走出廚房後冥玥很快地在電話簿中找到了計程車行撥了電話。響了一會兒後電話接通，傳來某種慵懶像是剛睡醒的聲音：「誰啊？」

「我要叫計程車。」馬上表明自己的來意，冥玥這樣說著。

「下班了啦！」對方沒好氣地吼了聲。

「那我打電話報警說我家有人快難產了你見死不救。」

「難產？」

「我媽媽快生了，要叫計程車。」

電話那邊馬上傳來乒乒乓乓的聲音，「欸，妳家在哪裡啊？」

說完地址後冥玥才掛掉電話，轉頭就看見母親已扶著肚子走進客廳。

「計程車的叔叔說他等等就到了。」

「好，那妳先幫老媽拿一下錢包……」

「喔。」

※

當一台計程車風風火火地殺進醫院時，其實已是大約半個鐘頭的事了。

「先生，這裡不能停車……」一旁的警衛立刻迎上來。

「靠！要生了啦去你媽的不能停！」只套了一件背心的中年微胖計程車司機，扭曲著有點像黑道的面孔把警衛撞開，「喂！裡面的快推一張床過來！」急診室的護士們瞠大了眼，過了好半晌才回過神，迅速地就推出了床。

「小心一點嘿。」立即扶著計程車後座的褚媽媽，司機很緊張地說著。

「好痛好痛……」抱著肚子，已經開始劇烈陣痛的褚媽媽滿頭都是冷汗。

當年還很天真無邪的冥玥抱著背包，跟在旁邊寸步不離。

「好像快生了，快點聯絡婦產科醫生。」旁邊的幾個護士連忙七手八腳地把人扶到床上，動作敏捷地把人往院裡推。

「夭壽，怎麼生這麼快。」看著一團人往裡面擠進去，中年司機也跟著緊張起來，一把把冥玥抱在手上就要跟著衝進去。

「等等，先生，這裡不能停車……」被忽略得很徹底的警衛發出抗議聲。

「吼！沒看見快生了，你幫我停一下啦！」說著，一串鑰匙就砸過去，很緊張的司機就跟著一團人後面衝進去。

看著手上的鑰匙，警衛只覺得黑線滿面。

跟著衝進去之後，司機很快地就在某扇門前面被攔了下來。

「不好意思，先生，這裡禁止進入喔。」是個護士，和藹可親地說著，然後指指上面產房禁止進入的牌子，「家屬請在外面等候。」

「喔、喔。」司機點點頭，放下手上的冥玥，開始在門外走來走去。

「叔叔你要不要喝一點飲料比較不會緊張？」望著不遠處的飲料販賣機，當年還天眞無邪的冥玥仰起小臉非常懂事地詢問。

「喔，好啊。」

很快地，從販賣機中帶回兩罐溫奶茶後，冥玥看見了一名抱著夾板的護士走過來，然後停在司機面前，「不好意思，麻煩請家屬在這邊寫一下資料喔。」

「資料？哪裡啊？」司機接過夾板，飛快地在指定的框上塡妥字。

「這樣就可以了，待會請過來辦一下入院手續。我們旁邊也有家屬休息室，因爲孕婦生產時間不一定，若是累了也可以稍微休息。」護士很溫柔地說著，收回了夾板之後指點了幾個要注意的地方才離開。

司機繼續走來走去。

「叔叔，這個給你喝。」把飲料遞過去後，冥玥自動自發地爬上公用椅，啵地一聲打開了拉環，喝了兩口奶茶。對了，好像要給老爸打電話，太久沒看到老爸了，差點忘記要跟老爸聯絡。

「謝謝喔。」握著飲料罐坐下來，司機拉開拉環後喝了一半，又開始緊張起來，「不知道有沒順利，小孩是男是女啊……？」

「媽媽說是弟弟。」記得之前老媽還拿檢驗報告給她看，所以應該是這樣沒錯。

「男的也不錯，不過還是女兒比較好啊……」司機感慨地說著，「我想要女兒想很久了。」

「嗯。」乖巧地點點頭，冥玥繼續喝著飲料。

就在兩人各自若有所思的同時，隔了厚厚牆壁的另一端傳來尖叫聲。

當然，在隔音作祟之下，這兩個人是完全聽不見的。

※

「好痛！我不要生了啦！」

在生產的劇痛下，台上頻頻傳來尖叫聲。

「不要怕，來，跟著我做深呼吸就比較不會痛……」

醫生的話還沒說完，馬上就被截斷了，「深你的頭啦！」劇痛下變成抓狂，台上的孕婦發出怒吼聲。

這麼有力氣發飆應該就沒關係了……站在旁邊的醫生摸摸鼻子，指示著一旁的助手按壓穴道幫忙舒緩疼痛以及順利生出。

「這個臭小鬼臭小鬼！這輩子如果不給老娘有出息一點……我、我就讓他知道生小孩會有多痛！」

一旁的助手互相看了一眼，聽說她肚子裡的好像是男生……

「醫生，頸口已經張到適合大小了。」在下端注意狀況的護士連忙說著。

「好。」轉回過頭，醫生開始安慰孕婦，「妳的寶寶快出來囉，跟著我們慢慢做呼吸……」這次很配合，孕婦開始跟著醫生的動作開始做拉梅茲。

「很好，就是這樣。繼續跟著我們做。」指示一旁的助手來換手，醫生開始有了生產的助產動作。

時間一分一秒地過去了，就在所有人屏氣凝神的同時，一點點的小小頭顱慢慢地見頂，混著血紅出現在眾人面前。

「好，就是這樣，繼續跟著我們醫生做。」

濃濃的血腥氣息充滿了整間大房。

就在嬰兒的頭顱碰觸到醫生的手掌同時，立即有護士叫起來，「繞頸！」

醫生馬上瞪了她一眼。

「什、什麼？」一聽見發生騷動，孕婦馬上停止呼吸法。

「沒事，寶寶的頭出來了，再加油一會兒就好了。」示意護士閉嘴，醫生連忙安撫著。

於是，孕婦又開始跟著一旁的助手做呼吸動作。

下方的其他人可就沒這麼輕鬆了，嬰兒頭出來後，所有人都看見有臍帶繞在嬰兒的頸上。

這下可糟糕了，是很嚴重的狀況。

接過護士遞來的工具，醫生連忙嘗試著想將嬰兒的危險解除。隨著時間快速流逝，很快地，嬰兒身體也漸漸地落出。然後，所有人都傻眼。

繞頸的致命危機沒有解除，眼下露出的身體上也纏了好幾圈臍帶，活像是行李綁麻花那種樣子。

這下子，換成醫生不知道該從何下手了。他行醫十幾年，從來沒見過這麼詭異的狀況。

就在孕婦發出尖叫聲的同時，嬰兒的身體整個落出，掉在醫生的掌心上，小小的身體纏了好幾圈臍帶，活像是抓著臍帶在裡面做翻身運動出現的慘案。

「媽媽昏過去了。」護士的聲音響起，「怎麼辦？」

「先協助將胎盤取出。」看著手上的嬰兒已經開始發紫甚至有了泛黑的狀況，醫生搖搖頭，「昏倒也比較好一點……」如果看見胎兒出生是這樣子，大概就不只昏倒這麼簡單了。

「她的家屬還在外面等候，要先去告知狀況嗎？」同樣看見胎兒情形，護士細聲地詢問。

「好，妳先去說一下。」把嬰兒擦拭乾淨之後放在一旁原本準備好要給他用的小床，醫生看著已經發紫的胎體，無奈地嘆口氣，小心翼翼地試著把上面的臍帶弄鬆，不過不曉得爲什麼，臍帶纏得死緊，怎麼弄也弄不開。

就在醫生想直接拿剪刀剪的同時，外面猛然傳來暴喝聲。

「靠啊！我家好好的小孩交給你，你給我弄成死胎！你老母的沒解釋清楚，恁爸就放火燒了你們醫院，再揪人去殺你們全家。」一聽就知道這個人一定在黑道混過。

「完蛋了，這個媽媽不會是老大的女人吧？」助手開始擔心了。

「先生，不好意思我們已經盡力了……」護士解釋的聲音同時傳進來。

「盡你媽啦！你盡力我就死小孩，阿你們沒盡力不就連老母都準備埋，最好你們今天給我一個解釋，不然恁爸已經好幾年沒開殺戒了，信不信我馬上揪小弟來圍院！」外面的狂吼聲越來越大，甚至出現了回音。

護士快哭出來了。

這是哪來的凶神惡煞啊？

當年還天眞無邪的冥玥看著一臉哭相的護士和司機，眨眨眼。

剛剛還剩半罐的奶茶被砸到地上，鐵罐出現一個凹痕，地面畫出了一圈飲料圓，慢慢地往外擴散著。

那個姊姊的意思就是她沒弟弟了嗎？

「先生，請聽我說……」護士眞的快哭了，被嚇哭的。

「說、說妳去死啦！」司機一把抽出手機，撥了一組號碼，對方馬上就接通了，「喂！小林啊，給我找一組年輕的過來……對啦！堵人啦！一個好好的小孩被醫院弄死啦，恁爸不爽，來抗議啦！順便找吳欽抬個棺材來撞門啦！」

護士的眼睛瞠得大大的，倒退了兩步。他是黑道，這個人眞的是黑道！

對，她應該快點報警，不然全醫院的人就都危險了。

「姊姊。」細細軟軟的聲音從旁邊響起，護士嚇了好大一跳，才發現腳邊有個小女孩仰著頭看她，「什、什麼事？」

「那可以看弟弟嗎？」睜著烏黑水亮的大眼，讓護士有一瞬間看見小天使的錯覺，冥玥拉拉她的衣角問著。

「那個……你們等一下、等一下喔，我馬上回來，眞的。」忌憚地看著還在對電話叫囂的司機，護士拔腿逃回產室，還不忘關上厚厚的隔離門。

一進室內，所有人都看著她。

「先生很生氣嗎？」醫生詢問著。

護士的眼淚馬上掉下來了，「他說他要抬棺抗議跟殺我們全家。」她要快點去打電話叫下港的媽媽先去阿姨家避風頭。

「先報警。」示意旁邊的助手，醫生將嬰兒用毛巾包裹起來。

「對了，家屬要看寶寶。」擦擦眼淚，護士還記得她的目的。

「嗯，再安撫家屬看看。」將手上的胎兒交給護士，醫生嘆了口氣。

護士點點頭，抱著胎兒就往外走。

不過不曉得是因爲她今天偏衰還是被罵傻了，就在走了兩步之後突然自己絆倒自己，整個人砰地一聲摔在地面，手上的胎兒包同樣掉在地上，滾了好幾圈。

就在此時，可怕的事情發生了——

胎兒包咯了聲，室內的人馬上安靜下來。

就像在看恐怖片一樣，毛巾抽動了兩下，裡面緩緩地伸出了一隻紫色的小小手……微微泛著黑光，似乎能從薄薄的皮膚中看見奇異的血管色澤。

那種感覺，就好像是看見鬼片裡的墳墓有東西出土一樣。

「呀啊——屍變！」膽小的護士看見面前的東西，不到半秒立刻尖叫起來。聲音淒厲，活像被人扭著頭髮抓去撞牆。一聽見聲響，整個室內馬上騷動起來，幾乎所有人都轉頭過去看那包仍在持續動彈的嬰兒包，上面還探出一隻手，活像死不瞑目要找人復仇。

那種深仇大恨，好像只有本人可以理解……

看著猛然出現的靈異事件，飽受辛苦與騷擾等種種變化的眾人盯著詭異的場景，然後某種名爲雞皮疙瘩的東西瞬間爬上所有人的身體。

室內沉靜了三秒，接著開始爆發大亂。

「嬰兒屍變了！」有人崩潰了。

「怎麼可能嬰兒會屍變！殭屍探長說他要接觸到地氣才會屍變啊！」有人崩潰得更嚴重，完全忽略嬰兒包是被摔在地上沒錯的事實。

「快點用夾子把他夾進塑膠袋隔離！」現實主義者發現了環境問題。

「要不要多包幾層，不然他衝破袋子殺人我們就都完了。」某個電玩和電影玩看太多的傢伙如此發言：「包下去之前應該先挖出心臟和腦袋才不會讓他再度復活。」

「誰要挖？」所有人面面相覷，沒有一個有挖過屍變嬰兒的心臟、腦袋的經驗。

就在室內鬧哄哄一片不曉得要怎麼處決嬰兒活屍的同時，某種英明的聲音瞬間如同雷響一般貫穿了整個空間——

「全部給我安靜下來！」

醫生吼了聲，室內猛地靜默無聲，「屍什麼變！那種不科學的事情不要亂講！通通給我冷靜下來！」說著，自己走了兩步將胎兒包撿起來，完全不猶豫地翻開了毛巾。

幾乎是同時，其他人往後倒退一步，就怕嬰屍衝出來。

仔細看著毛巾中的胎體，醫生微微蹙起眉，裡面原本已經黑紫的臉開始緩緩地舒緩了顏色，小小的臉皺了一下，又咯了細小的聲音。

然後，開始呼吸。

「嬰兒還活著，現在馬上急救！」室內又開始騷動，剛剛挖心臟腦袋的話題立即不復存在。

抱著手中逐漸回暖的小小身體，醫生呼了口氣，有點慶幸還好這條小生命沒有在他手上結束，也還好不用被放火殺光全家。

不過話說回來，已經開始發黑的胎兒怎麼可能活回來？

醫生只覺得背脊涼颼颼的，不敢繼續想下去了。

※

那夜，整間醫院陷入一片混亂。

不僅僅是外面突然多了一群飆車族，就連警察也接獲報案到達驅逐，結果還搞得記者們興致勃勃地採訪飆車族半夜散步活動的事情，熱鬧了整晚，直到清晨才平息。

害整間醫院差點掀過去的主凶在經過醫生的急救後，目前正躺在保溫箱裡舒舒服服地睡著大頭覺。

冥玥站在外面隔著玻璃看著裡面的小鬼，小小的身體上還有瘀痕，不過醫生說瘀痕會退掉，所以沒有問題。至於司機叔叔，就在他知道嬰兒又活過來後，不曉得爲什麼就很滿足地離開了。

打了個小小哈欠，冥玥跑回了媽媽待著的休息室。

一踏進房間裡，正好老媽也稍微清醒了。「小玥……弟弟長得像誰？」一醒來就是詢問面子問題。

「長得像動物園的猴子。」

「沒關係，會越來越漂亮喔。」微微一笑，褚媽媽又有點要睡著了，「有聯絡妳爸爸嗎？」

冥玥用力點點頭。

「小玥好乖，老媽有點累，想睡一下。」說著，就閉上眼睛繼續補眠去了。

眼見母親睡著，冥玥很乖巧地拿了帶來的童書，就坐在椅子上翻閱起來。

※

同時間

大清早的，醫院外匆匆忙忙衝進來一名穿西裝打領帶的男子，神色很慌張，可是又像很高興的樣子，手上還提著好幾大包的東西。

「小姐，我想請問昨天晚上生產的白鈴慈在哪間房？」男子興沖沖地詢問著櫃台。

櫃台服務人員馬上調了檔案，「昨晚沒有一位孕婦姓白喔。」

「沒有？怎麼可能，我女兒明明打電話給我說在這家醫院，妳再幫我查一查，昨晚生的應該很好查啊？」錯愕一陣後，男子連忙頻頻追問，「我是她先生，我姓褚。」

「眞的沒有啊，昨天晚上是有孕婦送進來沒錯，可是她不姓白，她先生也不姓褚喔。」服務人員這樣說著，「昨晚的孕婦先生姓周，是個司機。」

「欸？」男子的腦袋上瞬間冒出無數個問號。

就在同時，腰間的手機響起來，一拿出，是女兒打來的，「小玥，妳們在哪家醫院？」

「在苓醫院啊，爸爸找不到嗎？」對方傳來軟軟的疑問。

「爸爸就在苓醫院啊，妳們在哪間房？」

電話那邊傳來小小的走路聲，「七一三號。」

「好，爸爸馬上過去。」掛掉電話後，男子又重新向服務人員詢問，「我女兒說在七一三房。」

「七一三房住的是周太太喔，而且是單人房，你女兒會不會看錯了？」

咦？

男子馬上掉入一片迷霧之中。

七一三是周太太，那他的老婆和小孩呢？

一陣冷風吹過，颳走了旁邊的一小片紙屑。

失蹤了。

❀

在那之後，褚先生花了一整個上午的時間才在周太太房中找到他的女兒和老婆。

而嬰兒被取名為「褚冥漾」也是在那之後的事了。

「為什麼我的兒子會長得像猴子？」抱著嬰兒，褚爸爸發出不滿的聲音。

「因為他長得像你。」還在床上休養的褚媽媽從鼻子噴氣，摟摟坐在一旁的漂亮女兒。

男子不敢多講話招惹太座。

就在一家和樂融融的同時，七一三號的房門緩緩被人推開了。

從外頭走進來一個中年微胖男子，臉長得有點像黑道的人，手上還提著一鍋人蔘雞，「人家說剛生完要補補……」

話被截斷，房內兩個男人立即視線相對。

「你是誰？」

〈產房怪異事件〉完

番外．一個怪學生的故事

地點：Taiwan

時間：上午十點十一分

就在所有學生即將畢業的當晌，校園中也開始紛紛出現了教師訪問以及歷年來必備的心得大討論。

「我教過最怪的學生，是我們班上一名姓褚的學生。」某個在紀錄片中臉被打上馬賽克的老師如此眞誠地回答記者的問題，「在我漫長的教學生涯中，沒人比他怪，他眞的非常奇怪，怪到讓人有種想哭的感覺。幸好我只教他國中三年，不然繼續下去可能會有隨時精神耗弱的準備。」

那麼，他究竟是哪裡怪？

敬業的校園專刊記者小組按下了錄音卡，然後在筆電中紀錄訪問。

「他眞的很怪，非常怪，就連我不是班導師也覺得他很怪，怪到歷史上沒有學生比他更怪。」一旁的老師甲突然冒出來插花，「有一次我們在上化學實習課，明明發給的配料就是那麼簡單，學生只要放水下去煮然後等待化學反應就行了，偏偏那天好死不死的，他們那小組用的水龍頭就是有問題，生鏽了而且還隨水剝落，結果一放化學藥劑下去，當場爆出藍色煙火，轟轟轟

的看見煙火炸掉半間教室和器材。」

重點是——最後檢查出來這是學校的過失，不但不能要求學生賠償炸掉一半教室的費用，還要賠償學生受傷費用以及精神安撫費用，還被一堆家長轟炸怒罵。

誰知道每天都用的水龍頭會那麼莫名其妙生鏽！

見鬼了！

「那個還沒什麼。」推開老師甲，教國文的老師乙用一種很沉重的語氣告訴小記者們：「他們班明明教室在五樓，每次上國文課時幾乎都會飛進來奇怪的東西，像是籃球……讓老子知道誰把球打那麼高他就死定了！還有排球、羽毛球什麼的，有時候還有白鷺鷥撞進來打破玻璃，我任教三年就打破了四打玻璃，我都快被學生叫破玻璃老師了……嗚——要是他沒有三年畢業，我眞怕會有飛碟還是自殺班機也飛進來，我現在一聽到玻璃破碎的聲音都很害怕，前幾天我的心理醫生才跟我說，我已經有玻璃憂鬱了，叫我最好遠離玻璃才不會再度受到創傷。」

最重要的是，他明明是教靜態課程的老師，爲什麼玻璃總是選在他的課破？

難不成是老天要他卸職回家養老嗎？

這份教職眞的不再適合自己了嗎？

已經年過半百的老師乙突然在那一秒領悟了上天要傳達給他的神聖訊息：說不定他眞的應該回去養老了。

「我也是受害者。」一旁的老師丙舉手，記者們連忙湊過去專心聆聽另一宗悲慘故事。「我

是音樂老師。」美麗的女老師臉上出現了飄忽的美感，眼神微微矇矓，像是迷濛的霧般。

「學生走音、唱不好、樂器用不好，已是我看到習慣的家常便飯，就連絕對音痴我也碰過，我敢說全部的教師中沒有人的耳朵和心靈比我耐用。」女老師猛然站起，椅子砰地一聲被撞倒在地，「可是！音樂之神偏偏就是要如此作弄我，他居然給了我一個詭異的學生！這樣捉弄我，喔……我知道是因爲我的人生過得太過和平美麗，就連小天使們都看不下去了，可是，爲什麼要這樣捉弄我！你們這些人，是看我不順眼嗎！」

轟地一聲，女老師抽出一把西瓜刀，幾個老師馬上撲上去制伏她。

小記者們被嚇得一身冷汗衝出導師室門口，害怕地看著。

「不好意思，她自從某次音樂課上到一半，突然被衝進來的野牛撞壞價值千萬的鋼琴之後就時好時壞的，過幾天要去療養院休息一陣子。」某個老師連忙賠著笑說。

那頭野牛後來神奇地撞傷了那個姓褚的學生就揚長而去，乃爲一大奇話也。

不過讓所有人都疑惑的是，學校明明處在市區，爲什麼會有野牛衝進來？

這眞是個無法理解的謎。

「不要阻止我！我要去殺了那頭牛當鋼琴彈！」女老師被校工抓出去了。

看見危機解除，小記者們才敢慢慢地走回。

「唉唉，你們這些科任老師都變成這樣，那身爲班導的我不就慘上加慘……人間地獄啊我。」小記者們轉回一開始的訪問對象，也就是此名學生的班導師，「打從他第一次進學校後，我就知道我人生最大的考驗終於來了。試問有哪個老師的學生這麼強，開學第一天新生訓練會被天花板掉下來的木板砸到？沒有對不對，所以我說你們那個都不算什麼，開學第一天天花板就是這樣砸在我學生頭上，然後我還得跟家長解釋，一層層地往上投訴找包商抗議。」

導師的眼角出現可疑的淚光，「當我以爲事情會就這樣平息時，接下來發生的事告訴我，我錯了，人生苦難現在才眞正開始。那個學生去住院三天之後又重新回學校，結果那天學校附近剛好在拆除建築，他一踏進操場開始朝會時，拆除工地裡的卡車不知道爲什麼煞車失靈，就這樣撞破學校圍牆衝進操場，撞傷了一批學生還把他撞飛，然後我又開始找包商投訴、找工地抗議、家長解釋……」漫長的教學生涯中，他首次體會什麼叫作度日如年。

「班上經常都在天災人禍損害物品，已經看到麻痺，爬進毒蛇衝來瘋狗群我都已經訓練到可以應付自如，短短三年，我懷疑我都快可以去考消防隊了。」這三年的磨練已經將他的心智體力提升到一個程度了，他現在已經和各方包商還有消防大隊、補助財團等都打下了非常不錯的關係，甚至還有人問他要不要乾脆跳槽到他們公司當災害處理前線人員。

「上次推薦甄試，他就這樣給我食物中毒沒有去考。老師我心酸啊，還得面對媒體解釋食物來源，還要去找供應商算帳，還要送便當去鑑定，我、我做得還眞是熟練啊我！」已經開始自暴自棄了。

「唉唉，那我不也一樣。」中斷了班導的話，大家把視線轉過去，不知從哪邊冒出來的老師丁這樣感慨著，「我是保健室的老師，一個星期中上課五天，我有四天半都得看見這位學生，有時候是輕傷有時候是重傷，最可怕的是有一次送過來時，因爲學校有工程他不小心摔到工事坑裡，左肩膀還插著一根鋼筋。嚇死我了，我還眞怕學生感染上了什麼，還緊急送醫。到現在，本縣市所有醫院幾乎沒有人不知道我的名字，我還經常被叫去意外傷害緊急處理研習。」

小記者們的腦袋上都掉下冷汗。

※

「喔，我認識這個人啊。」

在一堆拍著畢業照的學長當中，有一位自告奮勇接受訪問，「我和他是同期的學生，他是隔壁班的，講過幾次話。」每次都說「同學借過」就是了。

「他眞的是個衰人，衰這個名詞就是爲他量身訂做的。有一次我們班在上體育課打鬥牛，聽說他那天要早退剛好經過籃球場附近，好死不死剛好一個同學灌籃拉住球框，結果整個球框居然往旁邊倒下去，還好他閃得算滿快的，只有擦傷，不然像地板一樣被摔出個洞就爽了。」一想起那天的事，他到現在還是覺得很神奇，只可憐了學校，要多花一筆修繕操場和籃框的費用。

「我也有同感。」旁邊的同學A立即靠過來說話，「上次我經過他們班外面，居然看見裡面有條蛇在爬，而且還咬了他一口，全部的學生都站在桌上等導師抓蛇——他們班的班導師眞的很厲害，什麼都會抓，之前還抓過不知道哪裡跑來的小型鱷魚。幸好那條蛇沒有毒，不然就完了。」

不過，他們學校應該算是在都市裡吧，那麼蛇和鱷魚究竟是從哪來的？

這真是一個無解的謎。

「說到這個，我們這些和他同班的人才算倒楣。」某同學B悲慘地走出來，趴在同學A肩膀上痛哭，「不但坐在窗邊的人經常要被破玻璃威脅，實驗時也不敢跟他同組怕被炸死，連上課都要注意地上有沒有奇怪的東西。更衰的是，你還要隨時注意天花板和電風扇會不會掉下來，短短三年同班下來，我們幾乎都快練就一身躲避災害的好輕功了。上次學校組隊參加五縣市國中聯合躲避球大會賽，我們班的選手居然還大獲全勝，真不知道該哭還是該笑。」

同學C把上一個同學擠開，一把搶了小記者的錄音卡，「我跟你們說！這還不算什麼，更猛的是有一次我路過，剛好看見他在一樓走，結果走著走著，校區旁的樹就突然倒下來把他壓在下面，當場驚動全校師長、校工救人，那棵樹還是被連根拔起的。之後種回去就開始傳出鬼故事，每個靠近它的學生必被樹壓，到後來實在是沒學生敢經過，樹就被學校移去山上放生了。」

放生？小記者的腦袋中出現無數問號。

「還有還有，上次我們班約好去看棒球賽，不知哪個笨蛋約他一起來。結果那天好死不死颳大風，一颳就把廣告看板颳下來，整個往我們這區觀眾席砸，還好大家只是擦傷，嚇死人了。」

「喔，我記得之前有一次去商店街也是，剛好那天商店街在歡慶週年，合資買了個大型熱氣球來放，結果大家都很興奮看著的時候，氣球突然炸掉了，還炸壞了一個房子屋頂，結果掉下來的板子壓到他，商店街好幾處開始失火，消防隊出動了好幾隊救到沒力，不過幸好那次損失不是很大就是了。」一提到案件，幾個原本沒打算參與討論的同學紛紛聚集了過來，七嘴八舌地提供自己知道的詭異事情。大家話匣子打開，說也說不完。

「還有啊，他走樓梯會走到摔下樓梯，有時候走走廊還會摔倒，體育課去游泳池時，大家都看見有隻蒼白的手把他拖下游泳池，還嚇到老師馬上去救人，結果看到他卡在排水口那邊。」沒死還真算是個奇蹟了其實，要不然照理講他大概就變成替死鬼了。

不過話說回來，游泳池過去也沒聽過有什麼鬼故事啊？

「聽說他在家裡也很倒楣，很多親戚都不太敢找他出門。」

「上次快放寒假時，導師開放我們可以來學校煮火鍋，我永遠也忘不了那次的慘案。」某同學淚痕斑斑地投訴著，「明明就只是分組煮火鍋，結果他們那組居然炸鍋，整個鍋子被燒壞了一個大洞，是煮火鍋不是煮炸彈啊，害我們被學校禁止以後不能再進行家政類活動。另外像出去社區烤肉也一樣，明明大家用的都是統一購買分配的木炭，他就是可以生火生到變放火，差點燒掉人家的空地，幸好老師救火的動作快，不然我們班大概連烤肉都要被禁止了，眞是淒慘。」

他們永遠也想不通，爲什麼大家一樣都是用木炭生火，他可以在搧扇子的那瞬間讓木炭爆火，還燒不停，更淒慘的是火星還隨風飄到一邊的雜草堆，當場烤肉變救火，讓他們學習到野外失火該如何救火的技能。

「還有一次上課啊，我們班上到一半時突然地震，結果別班都沒有事，只有我們班在老師進行指揮疏散時，突然門口的門整扇掉下來，把他壓傷了。結果一個小地震全部人連個擦傷都沒有，只有他頭破血流地被送到醫院去。」

「對了，如果你們想知道更多，可以去找另一個和他比較親近的同學。」為小記者們指引方向，某位同學如此說著，「那個人就比較幸運了，兩個人大概八字是完全相反的，他一點衰運都沒沾到過。就連上次化學爆炸他站在那人旁邊也奇蹟似地完全沒事。」

有這種人？幾名小記者面面相覷，好奇了起來。

※

「我沒有什麼事情好告訴你們喔。」

被盛傳是幸運同學的人在被找到之後這樣告訴其他小記者們，「冥漾只是比其他人運氣不好一點點而已，沒有必要這麼大驚小怪吧。要是他眞的那麼衰爆，老早就上天堂了不是。」他就不是很理解，明明沒什麼大不了的事情爲什麼會被傳成這樣。

對，這就是他們採訪的問題點了。

小記者們紛紛在心中吶喊，他的衰事從上午聽到下午都沒聽完，爲什麼此人還不死？

正常人應該早就死了對吧！

怎麼可能不死？

莫非，他其實是已經掛掉之後的活屍復活？

「不過各位學弟妹們，你們的專輯好像要採訪的是老師不是學生吧？」搔搔頭，發現另一個問題點的幸運同學如此詢問。如果他沒有記錯，校園記者小組好像是要採訪老師做專刊而不是採訪學生喔？

一語點破，所有小記者立即面色大變，急忙翻找工作袋，裡面滿滿的都是傳說中很衰的那個人的相關訪問帶，眞正訪問老師的只有一捲。

完了！

被太離奇的事件吸引，反而忘記還有很多老師沒有問到。

被學校知道的話可能會被扣除預算跟採訪權！

「對不起學長，我們要先離開了。」說著，就匆匆忙忙逃逸了。

於是小記者們的行程就這樣被迫中斷。

❋

「那些學弟妹們在幹嘛？」

拿著表單，才剛要走來的褚冥漾看見一堆亂哄哄的人落荒而逃，就像是後面有鬼在追一樣。

最近的學弟妹們還眞奇怪。

「不曉得耶，大概還有事吧。」幸運同學聳聳肩，說道，「對了，今天放學要不要一起去精明一街吃東西？騎腳踏車。」他想很久了，剛好今天放學什麼事都沒有，可以去放空一下心靈。

「又去，不是前幾天才去嗎？」而且前幾天他去的時候還被裝招牌的掃到屁股，到現在瘀青都沒退。雖然他有點想去，不過跟被招牌打到比起來，他寧願珍重自己的人身安全。

畢竟他想順利參加畢業典禮啊……

「我想喝珍珠奶茶。」他想念那個甜甜飲料的味道，一邊吃還可以一邊叫個小點心，搭配起來眞是天上人間啊。

「又喝，飲料不要喝太多啦。」聽說現在新聞都在說飲料喝太多會怎麼樣怎麼樣，照他的衰運，搞不好很快就要輪到他了。

爲了自身人身安全，他還是想說服一下同學。

「就是想喝咩，走啦走啦，一起去我請你喝。」拖著對方的手，幸運同學強迫中獎地說道，「就這樣決定啦，我想一下，喝完飲料後要不要去看個電影慶祝我們快畢業了啊？先打個電話跟你媽媽報備比較好對不對。」自動自發地開始規劃行程起來。

「……」他無語，眞的無語了。

「對了，你覺得動作片比較好看還是冒險片？聽說這兩天還有一部不錯看的驚悚片。」

不然，他還能怎樣。

〈一個怪學生的故事〉完

by 護玄

下集預告

新版 特殊傳說 THE UNIQUE LEGEND VOL. 2 *6月熱鬧上市！*

「墓陵課」的現場實習要開始了，
漾漾卻心生不祥之感，因為——
這堂課竟然需要帶上能夠保護自己的東西!!!

漾漾、喵喵與學長等人進入了鬼王塚，
不知是誰帶賽，莫名其妙地喚醒了鬼王。
喔買尬，一場驚險萬分、驚悚連連的戰鬥即將展開……

內心OS：
搞什麼鬼呀，
為什麼會讓學生到這麼危險的地方來啊？

國家圖書館出版品預行編目資料

特殊傳說. / 護玄 著.
——初版.——台北市：蓋亞文化，2012.05
冊；公分. ——

ISBN 978-986-6157-93-6（卷1：平裝）

857.7 101005845

悅讀館 RE271

作者／護玄
插畫／紅麟 封面設計／克里斯
出版／蓋亞文化有限公司
地址◎台北市103承德路二段75巷35號1樓
電話◎（02）25585438 傳真◎（02）25585439
部落格◎gaeabooks.pixnet.net/blog
臉書◎www.facebook.com/Gaeabooks
電子信箱◎gaea@gaeabooks.com.tw
投稿信箱◎editor@gaeabooks.com.tw
郵撥帳號◎19769541 戶名：蓋亞文化有限公司
法律顧問／宇達經貿法律事務所
總經銷／聯合發行股份有限公司
地址◎新北市新店區寶橋路235巷6弄6號2樓
電話◎（02）29178022 傳真◎（02）29156275
港澳地區／一代匯集
地址◎九龍旺角塘尾道64號龍駒企業大廈10樓B&D室
電話◎（852）27838102 傳真◎（852）23960050
初版十九刷／2023年3月
定價／新台幣 250 元 特價 129 元
Printed in Taiwan

ISBN／978-986-6157-93-6

Gaea

Gaea